凤凰枝文丛 ／ 孟彦弘 朱玉麒 主编

闽海漫录

陈庆元 著

凤凰出版社

图书在版编目（ＣＩＰ）数据

闽海漫录 / 陈庆元著. —— 南京 ： 凤凰出版社，
2023.12
（凤凰枝文丛 / 孟彦弘，朱玉麒主编）
ISBN 978-7-5506-4014-6

Ⅰ．①闽… Ⅱ．①陈… Ⅲ．①随笔－作品集－中国－
当代 Ⅳ．①I267.1

中国国家版本馆CIP数据核字(2023)第185365号

书　　　　名	闽海漫录	
著　　　　者	陈庆元	
责 任 编 辑	单丽君	
书 籍 设 计	陈贵子	
责 任 监 制	程明娇	
出 版 发 行	凤凰出版社(原江苏古籍出版社)	
	发行部电话025-83223462	
出版社地址	江苏省南京市中央路165号,邮编:210009	
照　　　排	江苏凤凰制版有限公司	
印　　　刷	苏州市越洋印刷有限公司	
	江苏省苏州市吴中区南官渡路20号,邮编:215104	
开　　　本	880毫米×1230毫米　1/32	
印　　　张	9.375	
字　　　数	173千字	
版　　　次	2023年12月第1版	
印　　　次	2023年12月第1次印刷	
标 准 书 号	ISBN 978-7-5506-4014-6	
定　　　价	68.00元	

(本书凡印装错误可向承印厂调换,电话:0512-68180638)

陈庆元

福建省金门县人。1946年出生于厦门。福建师范大学教授、博士生导师。历任文学院院长、协和学院院长，现为闽学中心主任。兼任过中国韵文学会副会长、福建省文学学会会长。曾在香港中文大学访学，在台湾东吴大学、金门大学等校任过教。主要从事六朝文学文献研究，近年兼及闽海文学文献研究。主要著作：《水经注选（注译本）》（1991）、《中古文学论稿》（1992）、《沈约集校笺》（1995）、《福建文学发展史》（1996）、《龙性难驯：嵇康传》（1999）、《赋：时代投影与体制演变》（2000）、《文学：地域的观照》（2003）、《谢章铤集》（2009）、《东吴手记》（2011）、《鳌峰集》（2012）、《徐𤊶年谱》（2014）、《晚明闽海文献梳理》（2017）、《瓯安馆诗集》（2019）、《中古文学论稿续编》（2020）、《徐兴公年谱长编》（2020）等。

弁　言

"凤凰台上凤凰游"，是李白《登金陵凤凰台》之诗句，昔年我江苏古籍出版社立足南京、弘扬文史，而更名所由也。

"碧梧栖老凤凰枝"，是杜甫《秋兴八首》所吟咏，今日我凤凰出版社为学林添设新枝，而命名所自也。

30多年来，凤凰出版社围绕中华传统优秀文化，彰显传承文明、传播文化、服务大众、贡献学术的出版理念，坚持以整理出版中国文、史、哲古籍及其研究著作为主的专业化方向，蒙学界旧雨新知之厚爱、扶持，渐已长大成为"碧梧"，招引了学界"凤凰"翩然来栖。箫韶九成，凤翥凰翔！嘤其鸣矣，求其友声！

"凤凰枝文丛"是本社与学界同人共同打造之文史园地，除学术研究论文外，举凡学人往事、经典品评、学术札记之文化随笔，旧学新知，无所不包。是作者出诸性情而诗意栖息之地，读者信手撷取而涵泳徜徉之处。

"凤凰鸣矣，于彼高冈。梧桐生矣，于彼朝阳。"

愿"凤凰枝文丛"成为我们共同的文化家园。

2019.5.22

小引

　　闽海，是一个地域概念。1885 年台湾建省之前，当今中国东南沿海的福建、台湾岛、台湾海峡及台湾岛周边的海洋洋面、洋面上星罗棋布的岛屿，统称"闽海"。晚明宣城沈有容将军所辑《闽海赠言》的"闽海"，指的大致就是这个范围。

　　1997 年至今，或乘航班或搭海轮，我往返海东海西数十趟，还在台湾的东吴大学（2007—2008）、"中央大学"（2012）、金门大学（2016—2017）担任过教职；现在，我仍然是金门大学的荣誉讲座教授。在台湾和金门生活、教书、从事研究工作，我没有不适感，因为其地语言环境、风土习俗和福建没有明显的区别。二十多年间，我生活的地域，没有超出"闽海"的范畴。

　　二十多年来，我除了继续从事魏晋南北朝文史研究工作，更多的时间和精力则投入在闽海文献和文学的研究及相关写作中。2007 年我申报的国家社会科学基金项目"明代闽海作家群研究"（07BZW042），2012 年我在台湾"中央大学"给本科生开"闽海文化与文学"课，2017 年我在人民出版社的《晚明闽海文献梳理》，2020 年我在广陵书社主编的"闽海文献丛书"（国家古籍整理出版专项经费资助项目）等，都使用"闽海"这个概念。

去年冬天，樊昕先生来电，说若干年前，我曾建议组织一套可读性较强的学术随笔，现在恰有这样的机缘，这套"凤凰枝文丛"中也纳入我一本。我很喜欢这种不太受拘束的写作形式，二十多年前我为中华书局《学林漫录》写过三篇这类文章，当时的责编顾青先生来电说，福建可写的素材很多，不妨多写。本书取名《闽海漫录》，多少带有敝帚自珍之意。

2021 年 7 月 31 日
于福州仓山华庐

目录

第二辑　学林漫录

第三辑　闽海序跋

第一辑 海东海西

外双溪钱穆素书楼

　　我到东吴大学，住在外双溪的一个半山坡上。门廊外，一片小树林，密密匝匝，上下的石阶也被枝叶遮盖着，要是夏天，肯定很清凉的。我到来时已经仲秋，照理应当是天朗气爽的时节，而台北却是"雨季"。不过，只要不是台风来，雨却也不大，秋风中，雨点打在枝叶上，沙沙作响，我还特地打开门窗，听风听雨，似乎也是一种小小的享受。

　　钱穆故居，去年10月间我来台参加云林科技大学的一个学术会议，返回台北时，东吴大学中文系主任许清云教授领着我参观过一次，留下很深的印象。我记得钱氏故居的门牌是临溪路七十二号，在东吴大学的校内。现在我居住的房号是七十号五十六室，门牌与钱穆故居仅有两号之差，单双分列，那么，我的寓所可以说竟与大师的毗邻了。从我的住所，下了石阶，过了车路，再往下走上一段弯曲的、苔痕斑斑点点的小石径，就到了钱穆故居。不过，若从正门走到故居，还要下若干石砌的台阶，石台阶左侧是教堂，右侧是故居的围墙。如果算直线距离的话，可能也就是七八十米的样子。由于小树林遮挡住视线，从住所的门廊是看不到钱穆故居的。10月6日，台风"罗莎"折树拔木，门前的大树小树各倒了一棵，树枝折断无数；往故居的路上，也躺下一棵老树和若干小树，经过工人的整理，视线宽远得多了，站在门廊，居然可以看到故居一片红红的屋顶，一下子觉得与大师的距离缩短了许多。

钱穆先生原名恩，字宾四，后改名穆，生于清光绪二十一年（1895）六月初九日（阳历7月30日）。钱家世居江苏无锡南延祥乡啸傲泾七房桥村，七房桥即以钱家先世七房得名。钱先生自幼天资聪颖，勤学苦读，十八岁当乡村小学教师。1918年，还在担任小学教师的钱先生所著的《论语文解》，由上海商务印书馆出版，这是钱先生的第一部著作。此后，钱先生担任多年的中学教师，任教期间，又先后出版了《六书大义》《论语要略》《孟子要略》等著作。1930年秋，发表《刘向歆父子年谱》，辩驳康有为《新学伪经考》之误，震惊了当时北平的学术界；同年任燕京大学讲师。1937年转任北京大学历史系教师。抗战全面爆发前的七年，钱先生在北平任教于北大，又兼清华、燕大、师大等学校的课，1935年、1937年商务印书馆分别出版了先生的《先秦诸子系年》《中国近三百年学术史》。抗战全面爆发后，北大文学院南迁，钱先生辗转南岳、桂林、南宁、昆明、蒙自等地；后又任教于齐鲁、华西、川大等校。1940年《国史大纲》由香港商务印书馆出版。1948年钱先生出任无锡江南大学文学院院长，次年赴香港创办新亚书院。1955年应美国耶鲁大学东方学系之邀，钱先生在该校讲学半年，并获耶鲁大学名誉博士学位。1967年秋，钱先生与夫人定居于台北外双溪之素书楼，并在台湾中国文化大学授课；这期间，先生花了七年时间完成了巨著《朱子新学案》。1986年，九十二岁生辰，钱先生在素书楼讲了最后一课，对学生赠言曰："你是中国人，不要忘记了中国！"1990年初，钱先生迁出素书楼，8月逝于台北市杭州南路自宅，享年九十六岁。1992年，钱夫人遵照钱先生遗愿，将其骨灰运回江苏故乡，安葬于苏州太湖中的西山。1994—1997年联经出版事业公司把钱先生的著作总汇为《钱宾四先生全集》三编（甲编：思想学术，乙编：文史学术，丙编：文化论述）出版，皇皇五十四巨册。

钱穆故居，坐南朝北。南边是坡势不太陡的山坡，二十世纪六十年代钱氏居所兴建之时，我现在的住处，以及左邻右舍的几座住宅尚未兴建。看看我现在住所附近尚未开发的后南坡，就可以想见当年林木的苍郁。东坡也是密密的山林。故居大门外就是水花溅溅由东向西流去的外双溪，地势开阔，远远地可以看见台北"故宫博物院"浅青色的琉璃瓦。西侧则是一座红砖外墙的教堂。这处居所，是钱先生和夫人生前共同选定的。钱穆先生过世之后，故居闲置年余，台北市图书馆于1992年元月正式将故居辟为纪念馆。2001年12月委托东吴大学经营，2002年3月重新开馆，五年来慕名前来参观者络绎不绝，在离纪念馆两三千米的地方，就开始设有路标，指示参观路径。

钱穆先生生前居所名"素书楼"。"素书楼"是钱先生为了纪念母亲的抚育和呵护而命名的。钱先生故乡无锡七房桥五世同堂之老宅，第二大厅叫"素书堂"。钱穆先生十七岁时得了一场重病，要不是母亲在"素书堂"对他悉心照料，可能就活不下来了。钱先生在九十二岁高龄时撰写的《怀念我的母亲》一文写道：

我母亲的一辈子，可用《论语》上"贫而乐"三字来作形容。但使我最难忘怀的，是辛亥年那一年的夏季，我十七岁，得了伤寒病，误用了药，几乎不救。我母亲朝夕不离我身旁，晚上在我床上和衣陪眠，前后七个星期，幸而我终于痊愈了。我之再得重生，这是我一生中对母亲养护之恩最难忘怀的一件事。现在我的外双溪住宅，取名素书楼，就是纪念当年七房桥五世同堂第二大厅我母亲养护我病的那番恩情。

故居有围墙，占地三四亩。进了故居的大门，东边

钱穆先生故居

是步道，西头是水泥车道。步道由小石砌成，有三十多个台阶，夹道有枫树迎人，山茶秀雅，古松劲挺。素书楼是钱夫人胡美琦女士亲手绘制屋舍、设计图样建成的。我们对照当年的老照片，可以发现，草创之初，楼的四周仅有一些小草细木，虽然规划得齐齐整整，但草木稀疏自不待言。居所的一砖一石、一草一木都是主人多年的经营。拾级至素书楼前，东侧的黄金竹在秋风中摇曳，竹箨虽然年年剥落，竹身却比当年更加修长婀娜、金黄灿灿，竹叶依然婆娑多姿、青翠欲滴。这是钱夫人亲手所植。钱夫人在庭院所植草木多矣，而她最爱的只是这一丛黄金之竹。钱穆先生有诗云："一园花树，满屋山川。无得无失，只此自然。"这不仅是素书楼的真实描绘，也是钱穆夫妇人生境界的写照。

走进素书楼，东头是客厅。客厅里立着朱子像，悬挂着朱子手书"立修齐志""读圣贤书""静神养气"等碑刻拓片。由此，我们知道主人著《朱子新学案》，除了学术研究的因素，还缘于对朱熹的热爱和崇敬。说是客厅，这里其实还是讲学的厅堂。我们仿佛还可以看到钱穆先生坐在桌前讲说，他的学生们环围四周，人数众多，有的只能站着。先生神采飞扬，出神入化。厅堂的空间虽然狭小，但是有的学生一听就是二十年，就是到他已经当了教授了，还是经常来这里受益，甚至把自己的学生也带来一起受熏陶，薪火相传。

二楼东侧是书房兼工作室，中间一个房间是藏书室。据介绍，钱穆先生的藏书非常丰富，他的书架顶天立地，从地板到天花板，每层书架都有里外两层，钱先生绝大多数藏书都捐赠给台湾中国文化大学或赠送给友人了，今天我们前来参观，看到的只是先生各个时期的著作展品，即便如此，琳琅满目，已让我们应接不暇。我站立于五十四巨册《钱宾四先生全集》之前，沉思良久。从1918年先生二十四岁出版第一部著作《论语文解》，到1987年盲瞽口述的《晚学盲言》问世，著述时间长达七十年，总字数达数千万字，涉及史学的多个领域：断代史、通史、思想史、政治制度史、学术史、文化史等，数量之多、博大精深，这些论著到底是怎样写出来的？我觉得这是一个很值得我们今天思考的问题。先生早慧、刻苦用功、废寝忘食，这些确实是没问题的，但是这几点似乎还不能完全概括钱穆先生对学术执着的追求。仔细想来，也并不复杂，钱穆先生在最后一堂课上说："你是中国人，不要忘记了中国！"他就是以一个中国人的身份，一辈子研究中国传统的文化和学术，他太执着、太沉迷于这一身份，太挚爱、太醉心于这一研究。辛亥年他才十七岁的时候，1937年他流离西南的时候，1949年他在香港办新亚学院的时候，1967年他迁居台湾的时候……期间他当小学教员、中学教员，中年、晚年他当教授甚至在国外讲学，不论环境如何变化，不论学术地位如何变化，他始终潜心研究传统文化。钱先生抗战时在昆明除讲学外，还安心于郊外著书，连陈寅恪先生这样的大学问家见了都说："在此写作真大佳事，然使我一人住此，非得神经病不可。"一年之内，钱穆先生完成了近50万字的《国史大纲》。论钱穆先生的学历，他没有上过大学；论其职位，最高不过文学院院长；论其最后执教的学校，不过是民办的大学！"潜心"二字，说起来容易，但对绝大多数人来说却难，许多学者经受不住学术之外的诸多诱惑。人们往往习惯于大师要有一个高学历和高学位，习惯于大师要有一个很高或较高的职位光环，习惯于大师有一个著名大学作为他的学术背景，但是，钱穆先生却使习惯于这种思维的人期待落空。

1949年钱先生赴港后，夫人张氏及诸子女皆留在大陆。七年之后，也即1956年，钱先生与胡美琦女士结为连理，生活始得重新安定。素书楼西侧的房间是钱先生夫妇所居，两张床，一个五斗橱，陈设十分简朴。1952年钱穆先生来到台北淡江大学讲演，新建的礼堂屋顶水泥掉落，先生被砸昏迷，经抢救脱险。钱先生在台中养病期间，多亏夫人胡美琦的照顾。胡美琦是江西南昌人，先后就读于厦门大学和香港新亚学院，后来毕业于台湾师范大学。上了素书楼的二层，有一条长长的楼廊，从东边的书房通向西头的卧室。楼廊宽约两米，外侧是一排落地的玻璃窗。钱穆先生的生活很有规律，每天清晨起床之后，他都会在楼廊小坐片刻，然后踱到书房开始写作。楼廊就是楼廊，没有什么陈设，只有西头摆着的一对竹沙发和竹茶几而已。西头还有玻璃门，可以通向外面的阳台，素书楼的主人称之为观站台。透过楼廊的窗，可以俯视楼外由主人精心培植和经营的花园，春有杜鹃，秋有红枫，还有四季常绿的青松和翠竹。素书楼是根据钱夫人所绘房舍图而建的，这个楼廊也是她精心的设计，原来，钱穆夫妇在香港的居所也有楼廊。钱夫人曾经回忆道："远在我结婚以前，我和外子宾四在一起，常喜欢闲聊人生。成婚后，我们最初住在九龙钻石山难民区一小楼上。楼有小廊，可以望月，可以远眺一线的海景。……以后我们迁居九龙郊外沙田半山上一楼……楼居有廊，长五丈余，宽六尺。前面一排四丈宽，高逾八尺的玻璃长窗，对着宽大的海湾。海湾中有一排如屏风般的远山。从楼廊远望，海山宛然，真是令人心旷神怡。我们在此居住八年，每得闲暇常在此廊上闲话。"关于素书楼的门廊，钱夫人又写道："一九六七年，我们由港迁台定居，第一年先住市区，第二年迁来外双溪素书楼。溪外长山一列，楼前亦有一长廊，面前溪山，依稀往年沙田景象。又成为我们日常闲话的好所在。"据钱夫人的叙述，钱先生常常透过日常社会种种现象、种种人和事，借题发挥，引经据典，谈论人生，精深而有启迪。钱夫人的《楼廊闲话》，文笔优雅生动，不经意间记载了他们夫妇间看似闲淡却很耐人寻味的生活。

钱穆先生辞世已经十几年了，大师似乎已经走远。有两件事，一个多月来，在我心中一直挥之不去，不时觉得郁闷。一是钱先生被迫迁出素书楼，说那地是公产。没过几个月，先生就过世了。"老东吴"的人说，钱先生迁出后可能心情不好，不然也许没那么快离去。二是因历史原因，很长一段时间里，钱先生的著作在大陆几乎销声匿迹，新一代的学人对钱穆先生的学术几乎一无所知。说来惭愧，直至 1987 年春，我给助教进修班开"先秦诸子"课，始得接触先生的《先秦诸子系年》，此后才知道先生还有《国史大纲》《中国文化导论》《朱子新学案》等著作。现在我的寓所与大师的故居为邻，生活在大师生活过的氛围周边，是一种缘分，一种幸运。每天下午，我读书写作累了，就会到素书楼的花园散散漫漫地走上几个来回，有时还在先生故居的茶室慢悠悠地喝上一杯浓浓的咖啡；夜晚，当我上完课，身子虽有点疲惫，但还是会绕道从素书楼与教堂间的小道小心地登着石阶而上。若干年前，钱先生与夫人就在我仰头可见的楼廊闲聊着人生，在观站台上赏月……

2007 年 11 月 4 日

阳明山林语堂故居

到阳明山已经是第三次了，前两次都到过台湾中国文化大学。第一次到阳明山，由廖一瑾教授带着去看山，她开着红色小车在山际盘旋，其时已经黄昏，天色在半明半暗间，稍有延宕，天就尽黑了。晚上，廖教授在一家格调清雅的餐厅请客，在座的还有六朝文学专家洪顺隆教授。眼前依然是苍苍的青山，迷蒙的山岚，而十年之间，洪顺隆教授已然离世，不复可寻，不免怆然。

细雨如织，山风吹来，仍然穿着短袖，依旧不撑伞，这才感到有点秋意了。徒步走了约两个小时，山径铺满新新旧旧的黄叶，一路踩过去，又湿又滑，山壁布满青苔，泉水叮咚作响。出山后随即往回乘车，去林语堂故居，故居也是先生的葬地。

林语堂，生于清光绪二十一年（1895），卒于1976年，福建省龙溪县（今龙海）人。原名和乐，后改玉堂，又改语堂。语堂先生1922年毕业于美国哈佛大学文学系，获文学硕士学位。1923年获德国莱比锡大学语言学博士学位，回国后历任北京大学教授、北京女子师范大学教务长和英文系主任。1924年后为《语丝》主要撰稿人之一。1926年到厦门大学任文学院院长。1932年创办《论语》半月刊，提倡幽默文学，"幽默大师"从此加冕。1934年创办《人间世》，1935年创办《宇宙风》，提倡"以自我为中心，以闲适为格调"的小品文。1935年后，在美国用英文写作，有《吾国与吾民》《京华烟云》《风声鹤唳》等文学著作。1945年赴新加坡筹建南洋大学，任校长。1952年在美国与人创办《天风》杂志。1966年定居台湾。1967年受聘为香港中文大学研究教授。1976年在香港逝世。

林语堂故居位于阳明山山腰，北投区仰德大道二段141号。这个路段，散落着各式别墅，深门高墙，大致可以据此推断主人高贵的身份。我们到达时大概是正午十二点。林语堂故居大门敞开，门口一个小牌子上写着："展出时间：早上九点至下午五点。"故居备有简单餐点。故居由台北市文化局主办，东吴大学承办。我因为在东吴客座，一下就觉得很亲切。

语堂先生故居兴建于1966年，占地一亩有余，由先生亲手设计。故居坐北朝南，南边靠墙有几株开着花的树，几处奇石，像是放大的盆景似的。东侧正对庭院的大门，为露天揽景雅座，几把大大的遮阳伞，伞下有雅洁的桌椅，

林语堂先生故居

这一处的摆设，供参观者小憩，虽然未必是故居之旧，但与建筑也还相配。建筑主体以中国四合院的架构模式，结合西班牙式的建筑风格。白色墙体配以蓝色的琉璃瓦，镶嵌着深紫色的圆角窗棂。从西式拱门走进，右侧有一个台子，售票小姐收你二十元，说：“可以抵餐费。”她还会递给参观者一份印制精美的介绍和一枚典雅的小书签。无论是介绍还是书签，“林语堂”三个字与“故居”两个字中间，都有一个红色“✓”的图案，这个“✓”的左尖，较大较圆，右端的把也比较长，形似烟斗。原来语堂先生烟斗几乎不离手，烟斗成了先生生活的一个组成部分，也成了先生的一个象征，故设计者有此创意。穿过回廊，可以见到透天的中庭，南、东、北各自一字形排开的三行西班牙式螺旋的粉白色廊柱，支撑着回廊的拱式屋檐，有太阳的晨昏，阳光轻轻爱抚，粉白的柱子身影长长，定然特别温馨。中庭的西南角修竹轻摇，枫叶正在由黄转红，点缀着苍藓、藤萝。翠竹与奇石是语堂先生的最爱。这个角落还有一个椭圆形的鱼池，池鱼穿潜于奇石萍藻之间，怡然自得自乐；观鱼者亦泰然从鱼之自得自乐而自得自乐。建筑的庭院兼具东西方风格，融合古典与现代的美，颇能体现语堂先生淹贯中西的思想、精神、气质与美学的精髓。

西厢有房三间，南边是书房。书房往往是作家的灵魂所在，精神的寄托，语堂先生生命的最后十年，不少日日夜夜就是在这里写作和读书的。语堂先生说："我写作并不为取悦某些人，相反地，还可能得罪很多人，因为我所说的完全是出自我个人的观点。"语堂先生又说："没有阅读习惯的人，就时间、空间而言简直就被监禁于周遭环境中。他的生活完全公式化，他只限于和几个朋友接触，只看到他生活环境中发生的事情，他无法逃脱这个监狱。但当他拿起一本书，他立刻进入了另一个世界。"透过先生的藏书和手稿，我们仿佛可以看到先生每日叼着烟斗，有时俯身于书桌，写出天地，写出人间，写出他的思想和感受；可以看到先生背靠皮制的沙发，拿着一本书，如入无人的世界；或者看到先生对窗凝视着天空、绿树，思绪情感飞越对面的阳明山头、淡江水波。在书房的东侧墙边，摆放着一台老式的打字机，我不知道，1947 年先生在纽约发明的"明快中文打字机"，是不是就是它？西侧窗棂下的玻璃柜，陈列的则是香港中文大学1971年出版的《林语堂当代汉英辞典》的手稿，先生生前非常珍惜这部辞书，视其为一生写作和学术的登峰造极之作。

中间是简朴的卧室，一床、一桌、一椅，床的宽度似乎还比常人的窄。不要以为大学问家、大作家出言都是惊天地、泣鬼神，动辄震撼人心什么的箴言，语堂先生常常有一些很散淡、很随适、很生活化的言语："我需要一个很好的床垫，这么一来，我就和任何人都完全平等了。""我相信人生一种最大的乐趣是卷起腿卧在床上。为达到最高度的审美乐趣和智力水准起见，手臂的位置也须讲究。我相信最佳的姿势不是全身躺直在床上，而是用软绵绵的大枕头垫高，使身体与床铺成三十角度，而把一手或两手放在头后。在这种姿势之下，诗人写得出不朽的诗歌，哲学家可以想出惊天动地的思想，科学家可以完成划时代的发现。"原来，躺在床上舒适与不舒适是如此地重要。自从人类进入文明史，数千年来多少人在床上躺过，一个人的一生有多少时间在床上躺着，有谁去想过这"躺在床上的艺术"，有谁会把躺着舒服不舒服和不朽的诗、惊天动地的思想、划时代的发明画一个等号？也许陶渊明算一个，渊明先生盛夏高卧于北窗下，尽情享受着凯风自南，完全进入了羲皇上人的境界，于是有不朽的诗篇，但是渊明先生只有实践，并没有理性的或者美学的思考。基于语堂先生的思考，我们就更能理解他为什么偏爱陶渊明、偏爱苏东坡、偏爱袁中郎了。语堂先生和陶先生、苏先生、袁先生一样地洒脱，一样地散淡，一样地闲适，一样地快乐生活，甚至有过之。

卧室的床头、小书桌、墙壁上，还挂着或摆放着语堂先生夫人廖翠凤的多帧照片，有年轻时的，也有中年时和老年时的。语堂先生夫妇鹣鲽情深，很有意思的是，语堂先生不但发明"明快中文打字机"，据说还亲自为夫人设计符合人体力学的舒适座椅。闽南人唤人往往唤名字的尾字，所以先生终生唤夫人曰"凤"。国有国徽，校有校徽，唯独家徽少有听过，而语堂先生之家就特有一个家徽，这家徽不是别的，就是"凤"字的篆文经过加工改造过的图形，据说这个图形还见于语堂先生的一个皮包或钱包上。男人的包，有时也会隐藏着含义很深的、不为人知的"图腾"符号。不过语堂先生的图形符号是公开而不是隐秘的——经先生的加工改造，在大"凤"字的左侧还有一个小小的篆书"林"字。这一富有创意的家徽，或许能给我们今天的生活一点启示。

西厢的北边连着建筑正中的厅堂，这就是语堂先生的客厅与餐厅。客厅及餐厅摆放着旧式的但却是比较考究的茶几、沙发、餐桌、餐椅，还有餐具及酒杯。或许是使用频繁加上年岁久远，本色已经渐渐褪去，我们从中似乎可以看出先生及夫人的好客，厅堂里常常高朋满座，杯觥交错，客人们也表示出对语堂先生夫妇的热爱。我们仿佛可以见到谈笑风生的场面，可以看到先生会心时的神情，静静地听着他说道："我们如若得到一个真正的朋友，则其愉快实不下于读一本书。"接着他又说："我们只有在知己朋友相遇，肯互相倾吐肺腑时，方能真正地谈天。而谈时各人也是任性坐卧，毫无拘束，一个将两脚高高地搁在桌上，一个坐在窗槛上，一个坐在地板上，将睡椅上的垫子搬下来当褥子用。因为我们必须在手足都安放在极舒服的位置，全部身体感受舒适时，我们的心地方能安闲舒适，此即前人所谓：'眼前一笑皆知己，座上全无碍目人。'"有谁见过这么洒脱随意的主客、任心所适的朋友？见过这样还原于人性、还原于人的本来面目的朋友间的谈天？或许，只有魏晋时期的嵇康、阮籍为代表的"竹林七贤"和其他的名士们。

餐厅的墙上，还挂着一幅语堂先生亲笔所书"有不为斋"。"有所为，有所不为"，两句是相互关联的，因为有了后句，看起来才有点儿豁达，其实绝大多数人看得到的只是"有所为"，而"有所不为"无非是一种点缀而已，大多数人都不愿意去实践"有所不为"，而语堂先生则去其前者，专注于后者。有一些文人入仕了，亦仕亦文，他们有家国之忧，有兼济苍生的理想、抱负，或许还有相当的才干，每一个时代都需要很多很多这样"有所为"的士人。但是在我看来，文人就是文人，他们应该去做一些符合文人身份的事，专心于学术、写作，"独善其身"。对于"独善"，各人自有各人的诠释，身体发肤，受之父母，随适随性地生活（以不妨碍他人为前提），善待自己，难道不是一种"独善"？语堂先生的人生处世哲学，我们只能远观，就是进不了他的世界。这也是语堂先生和如我辈这样的凡夫俗子最大的不同。

我们来故居参观时，餐厅已辟为优雅的茶室。这里只有五六张深棕色的桌子，每张桌子四个座位。桌椅的颜色与地板和通向阳台的门框都是深棕色的，室外的光线穿过阳台的玻璃门，柔和地铺洒在地板和桌椅上。二三友人，来此慢慢品啜着浓香的咖啡，不慌不忙地谈天说地，体味人生的散淡和闲适。我和同行的刘教授各要了一份午餐。小姐问："在室内还是在阳台？"我们连忙说在阳台——起先并不知道阳台也是可以用餐的。午餐中西合璧，米饭糯香，烧猪排色味俱佳，还有色拉、浓汤，饭后是精致的点心和咖啡。价格也很公道，在市内要一份这样的午餐，或许还不止这个价。语堂先生生前很喜欢待在这个地方，他说："黄昏时候，工作完，饭罢，既吃西瓜，一人坐在阳台上独自乘凉，口衔烟斗，若吃烟，若不吃烟。看前山慢慢沉入夜色的朦胧里，下面天母灯光闪烁，清风徐来，若有所思，若无所思。不亦快哉！"远山如黛，淡水含烟，其时没有其他游客，我和刘教授各占一个仅可供两人用餐的小圆桌，想着语堂先生当年在这儿品茶吃烟的情景。可惜等不到夜色降临，不然，从阳台上俯瞰万家灯火的忽明忽暗，让初起的秋风轻吻着脸颊，又是何其充满诗意！

故居的东厢是史料特藏室暨阅读讨论室，书柜里摆满语堂先生的各种中外文著作，小说、传记、散文及月刊八十余种，其中包括在国际上影响广泛的《生活的艺术》一书的中文版和十二种文字的译本。二十年来，大陆出版的林语堂先生著作的各种版本，林林总总，也应有尽有地陈列着。语堂先生说："一个建筑、一场演讲，只要能给人美感，可以引起别人的共鸣，能够让人的心灵升华扩大，这就是艺术，这也是艺术所在。"无疑，先生的故居，已经成了研究林语堂先生思想和著作的重要部分。刘教授说，研究林语堂的学者，都应来此感受感受。吾有同感焉。循着语堂先生的思路，这个特藏室现在也成了东吴大学和社会相关人员的一个研讨艺文的地方，在这里还不定期地举办"有不为斋书院讲座"，以呼应先生"生活的艺术"。这天是星期日，没有活动，我想，文化名人的故居，由大学参与规划和管理，似乎更能发挥其独特的功用。

出了正门，由东向西，由南向北，由西向东，又由北向南绕别墅一周，四周都是苍郁的树木。西北角有一个实木建起的观景台，很少磨损，不知道是否为先生居住时的建筑。下了台是北侧，那里有语堂先生的墓园。语堂先生的别墅，是一座一层半的建筑，从南边看是一层，从北边看是一层半，依山势而建，北低南高，并且多出半层，这半层可附设做其他的用途。语堂先生说："宅中有园，园中有屋，屋中有院，院中有树，树上有天，天上有月，不亦快哉！"又说："我要一小块园地，不要有遍铺绿草，只要有泥土，可让小孩搬砖弄瓦，浇花种菜，喂几只家禽。我要在清晨时，闻见雄鸡喔喔啼的声音。我要房宅附近有几棵参天的乔木。"语堂先生就长眠在这样一个他设想的园地当中，青石的墓盖上镌刻着"林语堂先生之墓"七个字和生卒年，墓前有参观者敬献的鲜花，墓旁有一两棵参天的巨松，长年和先生相依相伴。

在林语堂故居盘桓了两个多小时，就要告别故居了，这时我想起语堂先生的故乡福建省漳州市，那里也有一座林语堂先生的纪念馆。漳州是我经常去的一座城市，但是每次都是来去匆匆，一直没有前往参观过语堂先生的纪念馆。一个名人故居或纪念馆，似乎应该有一个突出的主题，林语堂先生故居当然应介绍先生的生平，展示先生的作品及其成绩，如果要我说它的主题，我以为，这个故居的主题主要应表现语堂先生散淡的生活场景和他的生活哲学。漳州馆是怎样的呢？很想去看一看。

附记：本文的写作，参考林语堂故居介绍，引文也多引用介绍的文字。

2007 年 10 月 20 日

坐落在彰化的明道大学

到东吴大学不久，系主任许清云教授就通知我，明道大学中文系准备召开"唐宋诗词国际学术研讨会"，让我准备一篇论文，时间是 11 月中旬。没过几天，明道中文系秘书薛雅文和韦金满教授先后发来邮件，交代一些会议的事宜。薛雅文女士是许清云教授的博士，在东吴当过助教，也是东吴的校友；韦教授原任教于香港浸会大学，与我是老朋友了。

会议最后确定在 16 日、17 日两天，地点在明道大学校园内。通知说，参加者下榻的宾馆是台中市日华金典饭店。本来，许清云主任约我一起南下，查了一下课表，他 16 日晚还有课，只能课后乘晚车赶到台中参加次日一天的会议了。

15 日，我自己一个人先到了台中拜望金门同乡。第二天一早，明道的车来接。明道大学在彰化县埠头乡文化路，从饭店到明道约四十分钟路程，似比从彰化县城到明道要近一点，而且台中的饭店比彰化的好，所以主人选择台中的饭店作为来宾下榻处。明道大学是一所新建的私立大学，2001年开始招生时只有四系二所，经过几年的建设，已经初具规模。中文系主任陈维德教授，福建福州人，政治大学博士，曾任台北教育学院教务长，2002年退休，到明道大学任中文系主任。陈维德教授对先秦诸子和古典诗词很有研究，著述颇丰。台湾私立大学与公立大学之别，首先主要是办学经费的来源不同，其次是退休金发放的方法也不太一样，此外没有太多差别。私立大学大多也能招硕士生和博士生，优秀的博士也可以到公立大学任教。2007年，明道大学中文系的一个本科生同时考上多所大学的研究所，结果他选中了私立的世新大学。私立大学的教师来源和公立一样是通过招聘录用的，没有博士学位很难进入大学担任专任教师。私立大学还招聘一部分六十岁上下的公立大学退休教师，这些教师都有丰富的教学经验，而且有比较丰硕的研究成果，他们通常是系所的中坚和骨干。明道的陈维德教授、胡楚生教授、韦金满教授等都是这一类型的教授，他们很受教师们的尊重。陈维德教授多才多艺，其书法在两岸颇有名气，早在大学阶段，他就获得过台湾大专院校书法比赛的第一名，后来还举办过个展，出版过个人专辑。这次的学术会议，陈维德教授画兴、书兴大发，大到大会的横幅旗帜，小到信封信笺便笺，都出自他的设计和手笔。中文系的书法硕士班也由陈主任亲自指导。会间，我参观了大学部的书法展，一些学生入学时，书写似涂鸦，一年之后，进步非常明显。在陈主任看来，传统的书法训练是中文系学生非常重要的一门课程。书法，成了明道中文系的一门特色课程。

开幕式之前，林佑祥副校长一直在打听我。见了面，他非常高兴，因为我是从福建来的，他的女儿在厦门大学从吴在庆教授读古代文学的硕士。吴教授是我多年的朋友，每年他的学生毕业，都是我去主持论文答辩，或许林副校长的女儿也见过我。近几年，台湾到大陆读学位的学生慢慢多起来了。台北板桥的金门乡亲施志胜，他的女儿也在厦门大学读书。几年前，台湾中国文化大学一位陈姓硕士来我这儿读博，他的硕士导师是郑阿财教授。郑教授已经转到嘉义的一所大学任教，我到中正大学时和他会了面。次日，郑教授的太太朱教授接我去嘉义大学，她对她的同事说，他们夫妇和我还有一层关系，就是因为他们和我有着一个共同的学生。

学术研讨会规模不是很大，但是安排紧凑，井然有序。与会的专家，除了上述提到的几位，还有台湾大学中文系的何继彭主任、台湾大学客座教授也即南京大学的张伯伟教授、中兴大学的李建昆教授、台中教育大学的刘莹教授、台湾中国文化大学的廖一瑾教授等。我到台湾参加学术会议已经多次，对学术会议的安排也略知一二。与会者首先都必须提供论文，论文初审通过后才发正式通知。与会者都有机会在大会发表论文，发表论文都指定专人作为评论人。评论人往往不讲情面，指出要害，有时很令人难堪。此外，还有开放讨论的时间，听会者都可以就发表人的论文进行质疑或提出不同见解。学术者，天下之公器。互相讨论切磋，有利于学术水平的提高。近几年大陆的学术会议水准颇高，也比较规范，但是会议的规模往往过大，如2007年暑假我操办的"中国明代文学学会年会暨国际学术研讨会"，与会者150余人，要做到人人都在大会上发表论文实在有困难，不得已，论资排辈，年轻学者能上大会发言的机会就少了。这次研讨会，我的论文由逢甲大学中文系主任李威熊教授评论，李主任的评论，使我受益匪浅；而我评论的对象恰好是东道主陈维德主任的论文，陈主任的论文则给我不少启发。

明道中文系虽然是第一次组织这样的学术研讨会，但内容安排得很丰富。参加这次会议的，除了学者，还有一些台湾中华诗词学会的诗人词客。两天的午餐之后，都举办诗词吟诵或吟唱，不少老诗人一往情深，动情动容，对古典诗词这一传统的文学形式热爱有加。还有一些比较年轻的学者和学生，身穿古色古香的汉装，又是歌唱又是表演，很投入，和我在大陆时常见到的没有两样。吟诵吟唱大多用的是普通话，有的还用方言。方言中，有闽南语，还有韦教授的粤语粤调。韦教授歌喉极好，还能模仿红线女唱粤剧，让与会者忍俊不禁。廖一瑾教授也是吟诵的行家，我乘坐她的车子，音响播放的没有一次不是吟诵或吟唱古典诗词的CD。1998年我到文化大学，她还特地送给我一盒吟唱的磁带。诗词学会中还有一位老诗人林祖恭，祖籍福建仙游，1948年就读于台湾大学，与原配已育有一男一女。林先生滞留台湾，其妻生活无着，不得已改嫁。若干年后，林先生亦再婚。他在台北"故宫博物院"服务数十年，已退休。据说，当年大陆有关部门让他在仙游的儿子与他联系，同仁戏曰："双木传李杜，一心系闽台。""双木"者，林也（李、杜各有一木，林好作诗，故云）；"系闽台"者，闽台先后各有一妻也。"恭"下为"一心"也，亦与"双木"相对。林先生七十年代初有《春节怀大陆》诗，中有句云："今夜失眠非守岁，天涯无客不思归。"句虽不甚工，亦一时之感念。现在，其大陆之孙已来台定居，侍候老人。林先生古风写得颇有气势，他一遍又一遍地诵读自己的作品，旁若无人，颇得诗人的赤子真情。

明道大学的用地，原属"台糖"，是甘蔗地，地势平坦。行政大楼叫"伯苓楼"，楼前有一条清清的河水流过，水上卧着一座小石桥，名曰"朱熹桥"。楼后是一个大湖，名曰"镜湖"。学校的大楼，沿湖而建，建筑倒映在水上，从不同的角度呈现出各种美丽。我们开会所在的寒梅大楼，也在湖边。会间休息，我有时溜出来，坐在湖边，吹吹清风，看会儿蓝天白云下的湖光水色。镜湖还可以荡舟，湖岸有专供泊舟的码头，一艘名叫"蠡泽"的小艇系缆于垂柳丛中。岸边有大大小小的草坪，散落着各种奇石，紫荆花灿烂地开着。承正图书馆大楼刚刚落成开馆，藏书颇丰，一套影印文澜阁的《四库全书》已经全部上架，没有新办校那种图书匮乏的尴尬。最让人动心的是水上运动中心，室内一座五十米标准游泳池对我有说不出的诱惑，水上健儿正在划水踢腿，通常出门我都带着泳具，这会儿只能趴在窗上"作壁上观"，后悔不迭。学校还预留农场用地，林荫小道，蜿蜒曲折。林荫中藏着若干别墅，是供教授们使用的，设计简洁别致。18 日，陈维德主任邀我同往鹿港参加龙山寺的一个活动，为了节省第二天出行的时间，17 日晚，我就下榻于别墅群中的一座，享受了一晚明道教授的待遇。

明道的活动只有两天，18 日，我乘着陈主任的车往南去了，车在乡间的公路上奔驰着。明道很宁静，是一所很适合做学问的学校，也是一处很适合修身养性的地方，但因为过于安静，对于长期在城市生活惯了的人来说，似乎觉得太偏了一点，如果自己不开车，来往确乎有诸多的不便。我这样想着，也许是杞人之忧。

2008 年 2 月 5 日

鹿港访古

　　鹿港是彰化县的一个镇。2006 年冬，到云林科技大学参加古籍国际研讨会，会后，友人陪我到台湾南部，返程由台南经彰化北上桃园，与鹿港擦身而过。研究班上有一个同学叫许永德，他是鹿港人，每次课后，我都要问他几句鹿港的事。永德说起鹿港，绘声绘色，弄得我心头痒痒。

　　11 月中旬，我的安排大致是这样的：17 日参加明道大学的"唐宋诗词国际学术研讨会"之后，18 日就可以自行到鹿港，赶得上 19 日到台南成功大学讲演就可以了。到明道之后，中文系主任陈维德教授说，18 日上午鹿港龙山寺有一个活动，让他找几位朋友一道去，问我可否参加，我真是喜出望外。陈主任还邀上天津社会科学院的王云望研究员、台北"故宫博物院"的林祖恭老先生同往。从明道大学到鹿港，要不了一个小时的车程。

鹿港，又叫鹿仔港。闽南人称人、称物，词尾好加一个"仔"音，"仔"不一定是小的意思，例如猫称"猫仔"，狗称"狗仔"，窗户称"窗仔"。鹿港今属彰化县，清代与府城（今台南）安平港、艋舺（今台北万华）并称三大港口。台湾多鹿，自明代陈第《东番记》之后，文献多有记载。清光绪八年（1882），诗人黄逢昶游台，过鹿港，写下一首《鹿仔港熟番打鹿诗》，云："打得鹿来归去好，歌喧绝顶月当头。"一百年前，鹿港这个地方是不是仍然有许多鹿可供捕猎，还是诗人有所夸大？但是鹿港此地，从前多鹿，当是事实。现在的鹿港，鹿的影子，大概只能存忆在耆老的脑海之中，我们已不复可见了。鹿港的港口，在台湾诸港中离大陆最近，港深可泊巨舰，可容纳商船百余艘，且风不论南北，时不论春冬，扬帆可进。清康熙二十二年（1683），施琅灭明郑，官方实行海禁。尽管如此，闽台民间贸易仍然不断，亦有移民不断来台。乾隆四十八年（1783）设鹿港正口，随即开放海禁。从乾隆末至道光末的六十多年，鹿港门户大开，商船云集，行郊林立，鹿港进入全盛时期。故"鹿港八景"以"鹿港飞帆"居其首。光绪间，港口虽然渐渐淤塞，但鹿港作为一个城镇已经呈现出它的规模和特色。光绪至今，又过去了百年，我们来到鹿港，随处都可以看到古迹。

陈主任的车开进街路，趁着停车与龙山寺有关人员联系的间隙，我们逛了一家糕点店。糕点店的建筑和招牌都十分醒目。楼房是三层的洋式建筑，二三层有环状的阳台，二层两侧的玻璃窗呈瓶状，三层则是圆形的。招牌上写着"玉珍斋"三个大字，下边分两行写着"鹿港名产专卖店"和"创立于清光绪三年"，光绪三年（1877），至今已经有130多年的历史。即使在闽南，要寻找创立时间这么长，而且记忆如此精确的百年老糕点店，似乎也有些难度。我见过鹿港日据时期的一组老照片，其中一幅就是"玉珍斋"。玉珍斋传统的闽南糕点，做得精致极了，赏心悦目，人见人爱，很想带点回去与亲朋好友分享分享。

龙山寺的小李很快就开着车来和我们会合。早上赶着上路，来不及吃早点。小李领着我们到市场边吃小吃，经过天后宫，然后进入市场，正好碰上天后出巡，我们的车真有点进退维谷的感觉，几乎是擦着行人身边过的。小李介绍说，小小的鹿港有三座妈祖庙。最早的一座叫兴安宫，建于康熙二十三年（1684），也是鹿港现存最古老的建筑。鹿港最早的移民是来自福建的兴化人，他们以捕鱼为生，祈求神明庇佑他们出海平安，并透过共同信仰以强化彼此间的密切关系，于是从莆田湄洲迎请来妈祖，希望保佑"兴"化人平"安"，因而创建了兴安宫。但是，现今除了苏姓兴化人的后裔来此祭祀外，本地人大多不再来此拜祀，故香火不如其他两座庙。第二座就是现在我们经过的这一座，叫"天后宫"。鹿港八景之一的"宝殿篆烟"，指的就是此宫。传说天后宫神像原奉祀于湄洲天后宫，为该宫开基妈祖像之一，清康熙二十二年（1683），施琅奉命征台，乃恭请其一为护军之神，台澎平定之后，施琅班师，其族侄施世榜恳留神像奉祀，后来建此宫供奉。这尊"湄洲妈"颜面原为粉红色，因为百年来香火鼎盛受烟熏为黑色，又有"香烟妈""黑面妈"之称。第三座称"新祖宫"，建于乾隆五十三年（1788）。据传福康安率大军镇压林爽文，在横渡海峡时遭飓风侵袭，乃向妈祖祈求庇佑，瞬息风平浪静，安然抵达鹿港，大败林爽文。为了感谢妈祖，官方出资兴建新祖宫，宫前立有"文官下轿武官下马"的石碑，当地百姓称此宫为"官宫"。午后，我们参观了新祖宫，宫中的顺风耳、千里眼，均着官服，与其他的妈祖庙、天后宫确实不同。

我们的车停在离龙山寺不远的地方，下车无意中瞥见一堵矮墙，墙体下半是红砖砌成的，上半分三层，每一层是一排整齐的酒瓮，呈窗状。陈维德主任说：这就是"瓮牖绳枢之子"的"瓮牖"。"瓮牖绳枢之子"，出自《史记·陈涉世家》，形容民众的贫困，用瓮作窗，用绳作户枢。"瓮墙斜阳"，也是鹿港八景中的一景，以废置的绍兴酒瓮作为建筑材料，或嵌入壁中，或堆栈于门上，大致成窗形，以流通空气，兼具美观及实用价值，在斜阳下，阴影分明，古意盎然，是鹿港古式建筑的特色。这样的建筑，我是第一次见到，感到十分新奇。

鹿港有"三大古迹""八景""十二胜"。三大古迹是古刹莲香、宝殿篆烟和书院夕照。古刹莲香，即龙山寺，为古迹之首。相传明清之际，永历七年（1653），释肇善奉石雕观音像欲往南海普陀山，海中遭遇暴风骤雨，漂到鹿港，遂在暗街仔一带苦修，不久，即在港畔创建龙山寺。据说，这就是佛教传入台湾之始，也是台湾创建佛教寺院之始。康熙五十一年（1712），为鹿港八郊士绅所重建，占地约5000平方米。龙山寺的建筑吸收了泉州开元寺的精华，宏伟典雅而又庄严肃穆。我们这次到来，龙山寺正门正在维修。彰化县鹿江书画学会今天在此举办"书法大街活动"，书法家个个挥毫泼墨。台北"故宫博物院"的林祖恭老先生口占一绝，云："初入龙山参古佛，欣从此处悟天机。寸心欲与禅心共，笔点仙花万片飞。"陈维德主任将诗书写于旗上，插于庙廊，随风飘扬。龙山寺右出口，有一座小小的"惜字亭"，很不起眼，然而却是"十二胜"之一的"圣亭惜字"。这是早年鹿港儒生或民众焚烧字纸的字炉。鹿港民众敬惜字纸的风气非常兴盛，不敢随便糟蹋纸张，只要是废弃的字纸，都被送入惜字亭化成灰烬，然后供奉于制字之祖仓颉的神位，最后才恭送入河海。只是现在惜字亭已经封炉，敬惜字纸的民风民俗不复存在，香客甚至还误以为这也是香炉，欲于此炉烧纸钱。

龙山寺的活动还在继续着，我出了庙门，沿龙山路北行，折入三民路向西，到中山路口再向北，十来分钟的路程就到了九曲巷。九曲巷以金盛巷为主，金盛巷口有十宜楼。"曲巷冬晴"和"宜楼掬月"是八景中的另外两景。九曲巷虽以金盛巷为主，然亦泛指鹿港主要街道之外的弯曲多折、逼仄狭隘的小巷。小巷两旁盖着许多闽南式的低矮的红砖小楼小房。每年秋天之后，东北季风恣意横扫，当地称为"九降风"。为减少风害，早先的鹿港居民建造房屋时，特意采取迂回方式，排列一栋栋的楼房，以阻挡风势。冬日的鹿港，"九降风"寒意逼人，而九曲巷内则静暖如春，故有"曲巷冬晴"之称。"九曲巷中风不到，十宜楼上士闲吟"。在挨挨挤挤的楼房中，十宜楼鹤立鸡群。"十宜"者，宜琴、宜棋、宜书、宜画、宜花、宜月、宜烟、宜酒、宜茶、宜博。十宜楼双层建筑，分东西两楼，上层有"跑马楼"连接相通，不仅有利于安全，而且具有观赏的价值。每当月满西楼，文人雅集，烹茗煮茶，弹琴作画，对酒对花，吟诗长啸，亦鹿港文士一大快事也！我一个人独自在深巷中七转八拐，钻到一处危楼之下，一个三轮车夫，身着小褂子，脖子披着一条毛巾，笑吟吟地用生硬的英语给两个老外解说道：这就是意楼，是旧时的闽式闺楼。传说百年之前，住着一位女子，名叫尹娘，新婚燕尔之后，夫婿赶赴唐山应试，临行之前手植杨桃一株，对尹娘说："见树如见人，吾试毕即返。"没想黄鹤一去，从此杳然。尹娘日夜对树思夫，遂郁悒而终。"意楼春深"，也是鹿港"十二胜"之一。百年已经过去，尹娘已经成为过去，而意楼岌岌可危，搭着脚手架，正在修缮之中。历史的鹿港，有多少的故事，有多少的传说？

在龙山寺用过午餐，陈维德主任请来他的老同学彭隆民带路，参观古巷、古街。台湾早年的开发，来自闽南的移民大多没有太高的文化，一些地名未免起得粗俗，如大肚溪、鸡笼、诸罗等。而鹿港此巷更为低俗不雅，现在也是一个观光景点。巷残存六七十米，都是些低矮简陋的小房，高不超过两米挂零，红砖墙，窗口很小，已经人去楼空，坍塌者有之，倾圮者有之，依然苦苦支撑者亦有之。巷宽仅容一人勉强通行，如若两人相遇，则须侧身，即使侧身，亦难免肌肤皮肉接触，故有陋称。观光客过此，无论男女老壮，脸上无一流露出各种诡异的笑靥，各自的心思，各自的意念，也只有各自知道，谁也不明说，谁也不直说，只是诡秘地笑着，嘻嘻嗤嗤，同时又是小心异常。如果男女相遇，男生不免拘谨，面壁紧贴墙体避让，女生不免脸红，小心面壁而过，故现在有人戏称其为"君子巷"。

琼林街连着浦头街，现在已辟为鹿港的古街，并加以保护，这两条街区不准建造任何的新建筑物，即使维修，也尽可能保持原来的面貌。鹿港旧时有谚曰："一不见天、二不见地、三不见查某人。""查某人"，即女人，旧时鹿港民风保守，女人不抛头露面，所以街上见不到"查某人"。旧时中山路一带的民居，房屋密集，街屋密遮不见天日。现在的琼林街、浦头街则仍然不见"地"，因为地面不是铺着红色方砖，就是从唐山运来的石板（旧时台湾盛产大米，用船运往大陆，返程以石板压仓），见不到泥土的"地"。街路两旁有各式各样的庭院、小楼，这一带的居民似乎比九曲巷来得富庶。民居的名称大多典雅，有"合德堂""友鹿轩""家足居""采风居""意和行"。王家的门楣题有"三槐挺秀"，颇能表现出王家的书香风范，其院墙外露出半圆形的井，称"半边井"，原来墙里墙外各有半井，墙外的半边井供左邻右舍汲用，有甘露均沾之意。此外，民居的门匾还往往有"某某衍派"字样，所谓衍派，就是记录祖上是从哪里来，警示子孙永远不忘根本。街头的零食，也都是地道的闽南口味，如"凤眼糕""糖葱""鸟来糖"之类。人头攒动，摩肩接踵，古街的红方砖，赤红赤红，像是刚刚刷洗过一般，踩在上面，似乎是踩在历史的痕迹之上。

　　"三大古迹"的最后一处"书院夕照"在城南。书院，即"文开书院"，书院与"文庙""武庙"连成一片，统称"文祠"。彭隆民先生说，鹿港乡绅曾议建孔庙，但是鹿港不是县治所在地，不准建。乡绅又议建文庙。文、武两庙建于嘉庆十七年（1812）。道光二年（1822），鹿港同知邓传安率八郊士绅倡立文开书院，"文开"为明郑时期入台文士沈光文之字，书院于道光七年（1827）竣工，藏书一度达到二三万册之巨。书院四周老榕垂着长髯，枝盛叶茂。文祠占地面积大，祠前开阔，有半月形的池塘。

文庙中的一面墙上题有"明道"二大字，我赶紧提议明道中文系主任陈维德教授合影（其实在"唐宋诗词国际学术研讨会"之际，陈教授已荣升文学院院长），以记明道和鹿港之行。

鹿港的古迹还很多，"十二胜"中的"浯江烟雨"（金门馆），拟另文述及。此外，还有城隍庙、灵威庙、地藏王庙、三山国王庙、定光佛寺、凤山寺、南瑶宫、南泉宫、泰安宫、南靖宫等，很多庙宇都有一二百年的历史。这些庙宇是鹿港历史的见证，有的还反映了鹿港族群的某些情况。鹿港的闽南话系泉州腔，但上文我们提到的兴安宫，则为兴化人祭奉，而三山国王庙则是潮籍客家人的庙宇。几百年过去了，各个族群已经融合在鹿港这个小镇生活圈当中。

2008 年 2 月 9 日

鹿耳门七鲲身与成功大学

11 月 18 日午后，告别了古镇鹿港，我搭高铁到台南。

成功大学中文系主任王伟勇教授得知我来东吴大学客座，盛邀到成大做一次讲演。我的讲演是该校"迈向顶尖大学计划创意人文讲座"之一。台湾的大学有 170 多所，著名的有"台成清交"，即台湾大学、成功大学、台湾"清华大学"和台湾"交通大学"。成功大学校址就在台南市。台湾有两所大学是以明清的名人来命名的，一所是铭传大学，以晚清台湾首任巡抚刘铭传命名，另一所就是以明末民族英雄郑成功命名的成大了。说来也巧，台湾的大学，除了东吴大学，我和这两所大学关系似乎最密。铭传大学，我多次到过该校，并且走遍所有校区，讲演次数多达三次。而成功大学，则是我受邀赴台参加学术会议的第一所大学，时间早在 1996 年的上半年；2005 年，文学院院长张高评教授又邀请我到中文系做合作研究。遗憾得很，由于种种原因，两次活动都未能成行。虽然成行未果，但和成大学者的交往始终没有间断。除了张院长、王主任，来往比较多的还有陈怡良教授和赖丽娟博士。台南火车站在市内，与成大近在咫尺，从高铁站打车到市内，恐怕得花五六百新台币，因而系里就安排赖博士前来接站。

下了车，很快就见到赖丽娟博士及其夫君郭秋显副教授，他俩都是台湾"中山大学"的文学博士。三四年前，赖丽娟写作《刘家谋及其写实诗研究》的博士论文，见到我编纂的《赌棋山庄稿本》和有关刘家谋的文章，屡次从台南打电话到福州，请我协助她找寻刘家谋等的文献资料。刘家谋（1814—1853），福州人，道光十二年（1832）举人，先后任宁德、台湾教谕，劳瘁，卒于台。著有《东洋小草》《外丁卯桥诗集初稿》《砭剑词》《观海集》《海音诗》等。谢章铤填词，颇得刘氏启示。谢、刘交情甚笃，刘卒后数十年，谢言及刘，依然唏嘘不已。赖博士说，2005 年，知道我要到成大做合作研究，翘首期待，竟失之交臂，今天见面特别高兴。我对她顺利获得学位表示祝贺，并说："你的博士论文我早收到了，做得很好。"我说这话并非出于礼貌，而是出自内心。我曾经对我的学生说过，我们的博士论文题目往往比较求大，求名家，求分量重。不要说刘家谋，即使是谢章铤，也可能被看成不够大，不够出名，分量不够。刘家谋则又其次矣。台湾古典文学的博士论文有的题目并不太大，但是多数做得较为深细、扎实。刘家谋虽不大为人所知，但是刘氏创作丰富，有词有诗，而且他是晚清闽词人从叶申芗过渡到聚红词榭诸家的一个重要词家；他任台湾教谕期间所作《海音诗》《观海集》，还是台湾的重要文献和重要的文学作品；除了谢章铤，黄宗彝的词也受到他的启迪，黄氏所作《婆娑洋词》是第一部与台湾关系至密的词集（刘氏在台当有许多词作，惜已亡佚）。郭博士，也做地域文学，我和赖博士讨论刘家谋、谢章铤，他也不时参与，看得出来，他对刘、谢也是十分熟悉。当晚，郭博士送我到成大的迎宾楼，背着一大书包的书，原来都是我所著所编之书，让我签名，其中还有刚出版不久的《徐𤈷集》，他说是花了很大力气才购到的。看来，大陆对台书籍的贸易还有不少值得改进的地方。我对他说："不好意思，还让你们破费，以后有书，我再寄过来；将来，你们博士论文出版，也寄给我。"

台南，是闽南人渡海来台开发较早的地区之一，郑成功、郑经、郑克塽祖孙三代居住于此，也是清代台湾县、府治所之地。赖博士娴熟地驾着车，驱往明靖王墓。靖宁王朱术桂，明太祖九世孙辽王之后，明末鲁王监国时封为长阳王，唐王时改封靖宁王。康熙二年（1663）东渡台湾，在今台南市赤崁城附近（天后旧址）建府第，后在凤山县竹沪（今高雄路竹）招民开垦。靖宁王在晚明诸王中颇有诗名，在东宁时与渡台的浙人沈光文、闽人王忠孝多有倡酬。康熙二十二年（1683），施琅克澎湖，王自缢殉国。高拱乾《台湾府志》云，墓在凤山县长治里竹沪，前有明月池，与其妃罗氏合葬。靖宁王墓初无标识，以避清兵破坏，湮没不可考，故迟至1937年才被发现。1977年，高雄县政府重修，古树环绕，墓前百米凿有清池一方。墓园通向大路，建有牌楼，匾曰"靖宁公园"，牌楼前的巨石上则勒有"明靖宁王墓"五个字。离墓一千米左右，原先建有靖宁王庙，郭博士说，百姓无知，改建时不知何故，易为"华山庙"，不过仍祀靖宁王，罗妃陪祀。庙前辟有"靖宁园"，园内立碑，蒋氏题词其上，花草依旧繁盛，而园庭显得冷落。靖宁王另有五妃，亦殉难，有五妃庙。

晚餐之后，海风渐渐强劲。赖博士说，抓紧时间去看素有"台湾之门"的鹿耳门吧。鹿耳门是台湾早期的一个港口，形如鹿耳，分列两旁，中有港门镇锁水口，门甚隘，凡进港船只皆从此入。"鹿耳春潮"，是台湾府最初的八景之一。高拱乾诗云："海门雄鹿耳，春色共潮来。二月青郊外，千盘白雪堆。线看沙欲断，射与弩齐开。独喜西归舶，争随落处回。"然而，游客到此，受到感染的恐非春潮之美，而是鹿耳的天险，故近人于临海处立石大书曰"府城天险"。清张湄《鹿耳门》诗云："铁板交横鹿耳排，路穿纱线几迂回？浪花堆里双缨在，更遗渔舟向导来。"范咸《重修台湾府志》卷一引《赤嵌笔谈》云："水底铁板沙线，横空布列，无异金汤。鹿耳门港路纡回，舟触沙线立碎。南礁树白旗，北礁黑旗，名曰'荡缨'，亦曰'标子'，以便出入，潮涨水深丈四五尺，潮退不及一丈。入门必悬起后舵，乃进。"所谓天险，即船只必须乘潮才能入门，而且水道迂回，对水道不是很熟悉，船必触礁而碎，易守难攻之谓也。鹿耳门的神秘，还在于此门联系着明清之际两大事件。一次是郑成功从鹿耳门入台驱逐荷兰侵略者。一次即康熙二十二年（1683）施琅平台，施氏平台后作《祭鹿耳门水神文》，前半云："惟沧波之浩荡，渺难测之所之。何重关之据险，严要隘于天池。既迤逦于迂折，复迅激而奔驰。拟鹿耳于岩浚，若砥柱兮标奇。澥渱无以喻斯流之湍急，天堑奚以轶扃键于藩篱。"鹿耳门虽号天险，但天险却阻挡不住施琅大军，郑克塽不得不出城受降。此时，夜黑风高，大海茫茫然无涯无涘，我和郭博士小心地在堤上移步，脚底下汹涌澎湃，轰鸣声一阵高过一阵，惊心动魄。浪头卷着水沫不断扑来，我们的头发脸颊完全被水雾包裹。堤旁立着一座巨碑，碑有四面，每面都写着两个字：海魂。岸边有海巡（海警），据说"解严"之前，几乎没有游人到此，如果有，海巡就吹哨劝离，有拍照者即没收相机。如今的鹿耳门，已任游人出入，通行无阻矣。多年来，我已经习惯于从海峡西岸望海东，今天却在海东望海西。海天苍茫，如果直飞，穿越海峡，从前数日的水程，现在瞬间可至，俯瞰海峡，也不过是一道浅浅的海沟而已。

进入鹿耳门的路口，有一座鹿耳门天后宫。天后宫好像刚刚修饰一新，牌楼高耸，宫殿富丽堂皇。鹿耳门妈祖宫正在做法事，虽然是夜晚，还可以入内参观。过了一会儿，天后娘娘出巡，有"巨人"引路，八人大轿侍候天后，鸣锣打鼓，鞭炮时起，夜色中颇具神秘。驱车三四千米，到了一个叫"土城"的地方，又见到一座"正统鹿耳门圣母庙"的妈祖庙，此庙气势恢宏，后墙修成城墙状，连绵里余，庙观三进，供奉包括妈祖在内的诸多神灵，道佛合璧，朱漆金粉，珠光电气，炫人目睛，叹为观止。过一条马路，有"鹿耳门公园"，天已尽黑，无缘观赏。台南的天后宫还不止鹿耳门这两座。另一座在安平古渡口（今安平古堡）附近，始建于永历十五年，即清顺治十八年（1661），郑成功东渡，自湄洲奉祀天后像来台，舟师抵达鹿耳门，突水涨数尺，畅行无阻，遂驱逐踞台的荷人，郑氏军民咸感神庥，建庙奉祀。据传，此庙为台湾建天后宫之始。日据时期遭破坏，后重修。门有一对子曰："天地仰深恩神佑台澎金厦，后妃膺厚爵灵著宋元明清。"以"宋元明清"对"台澎金厦"，亦新颖。还有一座在城内赤嵌楼之南。康熙二十三年（1684），台湾底定，靖海将军施琅同诸镇捐俸鼎建，栋宇尤为壮丽。台湾是个海岛，早期闽南人渡海东来，无不历尽千辛万苦，凡是观看过林怀民编导的著名云林舞《过唐山》一幕，就可以感受到台湾先民的不易。天有不测之风云，在航海技术还不太发达的古代，漂越台湾海峡是一件非常艰辛的事情。明郑时期，沈光文准备从厦门回浙，却被大风吹到台湾；清道光间，台湾兵备姚莹返福建述职，却漂到了广东惠州；澎湖人（原籍金门）蔡廷兰将赴内地应考，巨风一吹把他刮到安南（越南）。他们都是不幸中的大幸者，至于葬身鱼腹的冤魂不知多少！但是，人们并没有被海峡征服、吓倒，一代又一代的闽人还是不断地移居台湾。妈祖的信仰，不仅是闽台民众精神上的寄托，而且是闽台民众战胜万顷波涛的信念。直到现在，我们在台湾不论走到哪里，都可以看到天后宫、妈祖庙，以我的直觉，其信众或许还超过闽省。

19日上午十时许，张高评教授由夫人开车，送我去七股湿地看越冬的黑面琵鹭。湿地在台南县，沿途须经过早年被称为"七鲲身"的海边七座山阜，一鲲身与安平镇相接，七峰相联，推排海上，连绵十里。方志云："七峰宛若推阜，风涛鼓荡，不崩不蚀，多生荆棘，望之郁然苍翠，外为大海，内为大港，采捕之人多居之。"沧海桑田，三百多年来，原来的许多滩涂浅湾，已经被填为陆地，从车窗西望，只能大体上认得七鲲身的方位，至于当年的八景之一"沙昆渔火"，已经成为历史。

七股湿地是一片浅滩。浅滩外就是森森茫茫望不到边际的海峡了。黑面琵鹭，脸面是黑色的，全身的羽毛都是白色的，是比较稀见的飞禽，常年栖息于韩国，冬天南飞。

七股湿地有一座琵鹭飞行的指示牌，以七股湿地为坐标，冬天南飞之地还有江苏盐城、香港米浦、越南红河口，次年北飞之地则为韩国济洲岛、日本福冈。南飞过冬的黑面琵鹭，80%飞至台南的七股湿地。今天报道，已有1085只琵鹭飞到此地。鸟类学家已将此地列入黑面琵鹭自然保护区。从岸上肉眼望去，白白一片，伸向远处的则是白白一线，与茫茫海天相接。远观似乎不动，用望远镜细瞧细看，琵鹭腿脚细长，或以喙梳栉羽毛，或左右腿互换。如果不用望远镜，也可以观看录像的直播。观察台有一架电视机，不断地播放着即时录下来的琵鹭活动的镜头。黑面琵鹭白天休息睡眠，晚上出来捕食。据说鸟类学家曾救助过一只黑面琵鹭，养好伤，并编了号，然后放回。春末这只琵鹭飞回韩国，韩国的鸟类学家追踪此鹭，到了今年冬初，韩国方面的鸟类学家向台湾专家报告某日某时，此鹭南飞，过了六天，这只有编号的黑面琵鹭已飞至台湾七股湿地，即原先被救助的地方过冬。张教授说，今天能见度虽然不是特别高，但也可以了，好几次他想带朋友来此赏鸟，都因天气的原因作罢。他说："你运气好！"

下午三点，到成大中文系讲演。来听的有本校的硕博士生，还有北欧和俄罗斯的留学生。讲的是六朝文学，张高评教授和系主任王伟勇教授都来听，一时让我惶恐万状。讲毕，一个芬兰留学生还和我合影留念。张教授研治经学和宋代诗学，著作等身，名享两岸。前年我在文学院院长任上，他还带领各系主任来福建师范大学文学院访问，和我商谈两个学院合作研究的事宜。王主任的词学研究自成一家，著述颇丰，且长于讲演，<u>丝丝入扣</u>，往往令听众倾倒。世界说大也大，说小也小，王主任的小弟弟正好是东吴大学夜间部的学生，叫王伟国，每周上课都可见面。有一天伟国说，他祖上是惠安人，我说成大的王伟勇教授也是惠安人。他说："那是我二哥！"我抿嘴笑道："幸亏没说你二哥的坏话。"

20日一早，吴荣富助理教授带我逛成功大学校园，确切地说，是成大的复兴校区。校园绿地多，榕园是成大的标志，三棵老榕，树龄百年，树冠如巨盖，修理齐整，占地数亩，绿地成茵。有《老榕百龄记》勒于石，落款是成大校长之名，时间是2003年。我来成大，则又过了四年，这三棵老榕，树龄已有104岁了。我既惊叹榕林之美，老榕之奇伟，又赞赏记文之雅致。吴助理在一旁，突然觉得有些不好意思，他说，文署的是校长的名字，实则出自他的手笔。我说，吴助理，你写得一手好古文!《记》文的湖，即成功湖。成功湖不大，有拱桥可通湖心小岛，远观近看都很美观，但走起来得十分小心，不然会滑倒，不过校方已采取补救的措施，斜坡上铺了不少不规则的突出的石子。湖心岛有假山，有高矮不一的亚热带植物。成功大学创建于1931年，校内的建筑，既有古朴老式的，又有日式的和现代的，存在着不同时期文化的交融。文学院旁侧的小西门古城遗迹是台南市八大城门之一，创建于清乾隆五十六年（1791）。门前立有两尊古炮，为成大校园的一道风景。当吴助理领我盘桓之际，王伟勇主任适逢路过，我们便在城门前合影以作纪念。

2008 年 2 月 3 日

又见东海大学

应东海大学中文系朱主任之邀，为该系的研究班同学做一次讲演。12月9日一大早，我搭乘高铁南下，台中市金门同乡会理事叶宗礼到车站接我。叶宗礼十年前在福建中医学院就读，获学士学位。宗礼是两岸隔绝数十年后较早到大陆求学的金门人，毕业之后，来到台湾发展。11月25日，我到台中参加了台中市金门同乡会员大会，很意外，见到了宗礼，一问，才知道他已经从台北移居台中了，并且自己开办了一个保健中心。午后，宗礼领着我到三义参观木雕博物馆。

从台中市到三义只有半个多小时的车程，又见东海，欣喜兴奋。1996年4月，成功大学举办"魏晋南北朝文学国际学术研讨会"，我也在应邀之列，后因故没能成行。次年，东海大学再次举办同类型的学术会议，终于如愿以偿了。这是我第一次来台湾做学术交流。学术会议邀请大陆的学者，事先并不太知道有哪些人，到了东海之后，一碰面才知道那次来的教授还不少，记得有暨南大学李文初、郑州大学俞绍初、北京大学张少康、南开大学李剑国、苏州大学王钟陵、北京教育学院张亚新、上海师范大学曹旭、南京大学张伯伟。后来几次我再来台参加学术会议，好像大陆的同行都没有那次多。我到东海大学，仍然下榻于校友会馆。会馆边上的咖啡屋没有变，会馆前的道路也没有变，当年会议的情形宛然在目。

第一次东海之行，认识了许多朋友。首先是东海大学的朋友，而最早认识的则是许建昆教授。第一次到台湾，人生地不熟，许教授特地从台中来到桃园机场迎接大家。会议安排得比较满，许教授利用间隙带着我们参观了台中的自然科学博物馆和美术馆。许教授为人热情，还把我们迎到他家小坐。他住的是学校的房子，在学校围墙边长满翠竹绿树的地方，有一座独栋的小房，房前还有一间玻璃小屋。这次，见到许教授，问他是否还住在那座玻璃小屋，他说已经搬走了，搬到校外的私宅了。不过小屋还是归他使用，放书。这次来东海，许教授又是安排房间，又是请吃饭，又是赠书。他一再说，你来台湾这么久了，怎么不早点告诉我？和许教授聊得比较多的是明代文学，早年许教授出版过一本《李攀龙研究》，这是两岸较早研究明代诗人的专著，我个人很看重这部专书。目前，他正在指导他的学生做晚明闽诗人曹学佺的研究。第二天，当我讲演之后要离开东海时，他还特地开车兜到他的旧宅门口，让我看看他的旧居，怀怀旧，让我回味十年前初次来台的情景。许教授真是有心人！

王天昌教授也是当时认识的一位教授。王教授是福州人，因为我工作的福建师范大学在福州，所以特别亲切。当我下榻校友会馆不久，王教授就兴冲冲跑到房间来看我。我说不敢当，王教授是前辈，应当我去看他。他说，他住在校外，我们来不方便。我回大陆之后，王教授又让他住在福州仓山的外甥来看过我，让人感动不已。我这次又来东海，讲演之前，王教授一大早就在系主任办公室等我。王教授在台湾以编《书与人》出名，几十年如一日，没有中断。现在他虽然退休了，已经不做具体的编务，但是仍然指导着新手的工作。见面时，王教授还不忘带了几份《书与人》送我。我一看，那是七八年前我在该刊发表的一篇关于金门作家林树梅的文章，我自己都有些忘记了，而王教授依然放在心上。我望着已经发黄的报纸，不知说什么好，只能笨拙地连声道谢。王教授还拿出一张纸片，上面写着一些人的姓名，他说，这几位都是《书与人》的大陆作者，回去之后见到他们，请代他问候致意。

那次参加研讨会的学者中，还有一位叫王次澄的福州籍教授。王次澄教授当时任职于英国伦敦大学，特地回台参加研讨。王教授说，她的老家就在福州仓山下渡。福建师范大学临近上渡，上渡、下渡仅咫尺之遥，步行二三十分钟可到。她还说，东海大学现任校长王亢沛教授是她的哥哥。王校长设宴款待与会学者，次澄教授把我介绍给他。其时，福建师范大学将举办建校九十年校庆，我对王校长说，我代表曾民勇校长邀请他参加福建师范大学校庆。王校长表示感谢，但又说，行期太近，已另有安排，另找时间吧。回大陆之后，我立即向校长报告，校长指示有关人员和东海联系。大约过了一年，王校长果然率东海同仁来福建师范大学交流，曾校长宴请客人时也让我出席叨陪。王校长还到下渡寻访故居和亲友。又过了一年，听说福建师范大学也组团回访了东海。其实，福建师范大学与东海大学本有渊源。福建师范大学是 1949 年以后由华南女子文理学院、福建协和大学等校组建而成的。1949 年之后，大陆的教会大学全部终止办学，到了五十年代，东海大学就是利用原本资助大陆教会学校（包括华南女子文理学院和福建协和大学）的庚子赔款款项，在台中筹建而成的。

再次来到东海，也认识了好几位新朋友。系主任朱歧祥教授是研究古文字学的，我对研究古文字学的教授一向非常敬佩，古文字难懂，资料又匮乏，书籍价格特别昂贵，出成果也相对困难。朱教授年纪很轻，和大陆的许多文字学宿老都保持良好的学术联系，学问做得很好。在系主任办公室，朱主任从桌上拿起一本相册，其中有一些十年前研讨会的照片，他信手翻开其中一页，竟是我在大会发言的个人照片，其他大陆学者发言的照片也无一不在相册中！

年轻的学者杨永智，来台之后已经第二次见到他了，第一次是在中正大学，11月间我到该校中文系讲演，互动时，他提了一个问题，并说他是东海大学的，因此有了一面之缘。我来东海，永智特别高兴，或许是由于台湾做版本目录的人较少，我也多少做过一点文献，可以谈得来吧！永智赠我《明清时期台南出版史》一书，这部著作选题很有意义，可以弥补近年出版的各种中国古代出版史著作的某些不足，改日得闲，拟另撰文推介。后来，永智又寄来两篇论文的影印本，其中一篇是《金门林树梅刻书考》，资料丰富，让我大开眼界。王福助教授，我已久闻其名，前年我的一个博士生做《历代都邑赋研究》，得知王教授有两部《全台赋》的著作，千方找寻，以不得为憾。王教授也非常热情，从研究室抱出包括《全台赋》在内的一大堆个人著作送我，使得我的东海之行"成果"颇丰。

又见东海，又见到东海大学美丽的校园。在台湾，东海被誉为"台湾最美大学"。进入校门，林木葱葱，一大片草坪中间耸立着一座近乎尖三角状的教堂，让人第一眼就知道东海是一所教会大学。教堂的设计，出自设计大师贝聿铭之手，名"路思义"。教堂四周，两三百米之内没有任何建筑，金黄色的墙体傲然独立于蓝天绿草之间。建筑物左右两侧是顶天立地、带有弧线形的玻璃窗体，以供教堂采光之用。由于教堂独立于绿色草坪的中央，四面都

东海大学

可供观赏，角度不同，观赏的感受也不尽相同，而无一不见其美。这就是东海大学标志性的建筑。每年5月，东海举办艺术节，乐团在教堂西侧演奏西洋乐，不要说大提琴、小提琴等管弦之类，只要看看灿烂阳光下一身身黑色西服的男生，一袭袭黑色长裙的女生，都会让人心醉。

教堂的南头隐蔽着一条斜坡不大的文理大道，东西走向。说它隐蔽，是因为大道两旁榕树成荫，与校园众多的林木融合而成一体。大道中央是石板路，路两旁绿草与石板间隔，形成独特的风格。校园网页特地提醒男士，如果陪女士散步，别忘了背一背走累的女性。校园中充满如此浪漫的情调，这就是东海？是，似乎又不是。清晨，我在林中漫步，男生和女生，不是拿着笤帚扫地，就是蹲下身来捡起很难扫净的榕叶。东海的劳作课是每位新生的必修课，风风雨雨，周一至周五，从不间断。升上二年级甚至三年级，他们中的一些人，还可能出来带领新入学的学弟学妹做往年他们做过的事情。一年又一年，一届又一届，东海的劳作课闻名遐迩。十年前我见到的景象，十年之后再次复制在我的眼前。东海，既是浪漫的，又是务实的。

文理大道榕树林外的两侧，是文理各学院和学校管理机构的院落。校友钟楼耸立在大道的中间点，斜坡的尽头是图书馆。初看两旁的建筑是对称的，走近细瞧则不然。从校长的办公楼到学院各楼，全部都是采用唐代的建筑风格，十分协调。而每座院落的体式又各不相同，有一层楼的，也有两层楼的，有的有围墙、有门，有的没有。景观学系的院落有奇石怪松，文学院的石榴树红花正开得如火一般，理学院内有回廊红枫，教务处楼前有石桥，校长楼雅素端庄。校友钟楼是1964年一位建筑学系应届毕业生设计的，经专家评审而中选。钟楼上一层一层的空格由小而大，有位建筑师说："这个设计的构想，是表示东海大学如同东边朝起的旭日，缓缓升起，慢慢的由小到大，也象征东海永不止息的朝气。"钟的式样与音色均有东方情调。铜钟上，一面刻有"金声玉振"四个字，一面刻着东海大学的校徽。

台湾中南部何处没有相思树？而东海的相思树更加富有诗意。诗人余光中有诗云："春天在远方喊我，整座相思林的鹧鸪在喊我。"初夏，相思树花开，校园添满淡黄闪亮的色彩。相传一位在校女生与学长相恋，学长走出校门之后，女生"闻君有两意"，特寄上一封无字的信函，函内只有相思的黄花，男生感动得热泪满眶，终于回到女孩的身边。五月凤凰木花开，灼红灼红；八月中秋，皎洁的月色下，东海湖漾着银光，更引发东海学子的无限诗情。至于暮春三月，东海大学独有的牧场绿草正肥，成群的乳牛俯身草间，又独具田野牧笛的情调。

十年间，东海大学也有不少变化，高楼多了，十年前我们开会的那座矮楼，已经不见，在原来的地方建造成了一座文学院的大楼。10日上午，我在文学院做了讲演，午后，许建昆教授开车送我到高铁台中站。十年前初见东海，十年后又见东海，再见了，许教授！再见了，东海！

2008 年 1 月 14 日

铭传大学印象

2005 年元旦，金门建县九十周年暨世界首届金门日在金门县举办。我在故乡会到许多乡亲，陈德昭教授便是其中一位。陈德昭教授的身份是铭传大学应用语文学院院长兼金门校区主任。认识了陈德昭教授才知道台湾有一所私立大学叫作"铭传"。

铭传大学，系用台湾首任巡抚刘铭传的名字来命名。刘铭传（1836—1896），安徽肥西人。1884 年，中法战争爆发，刘铭传先后在基隆和淡水沪尾炮台大败侵略军。我到基隆港看海，到淡水湾登沪尾炮台，每每想见其人。1885 年台湾建省，清政府任命刘铭传为台湾巡抚。一百多年来，刘铭传在台湾人的心目中留下深刻的印象。大学取名"铭传"，既是为了纪念首任巡抚，又有表达崇敬先贤之意。

2007 年 3 月，当时我在独立学院任职，有幸应邀参加铭传大学建校五十周年庆典暨第二届两岸大学校长论坛。铭传大学始建于 1957 年，取名"铭传商业女子专科学校"，1990 年改为"铭传管理学院"，1997 年升格为铭传大学。建校五十年的庆典之年，恰逢铭传的创办人包德明博士 100 周岁，庆典的会场上，当创办人坐着轮椅被缓缓推进会场时，在场的人全部肃立，屏住呼吸，当字幕上打出"永远的包校长"时，掌声雷动，热情的校友向她敬献鲜花，现任校长李铨博士——也是包创办人的公子代为致辞，场内一些女生因喜悦、因崇敬，激动得泪湿粉面。早年的校友不会忘记"眼泪"与"鞋子上泥巴"的往事。有几个学生因为到圆山饭店去看来自香港的明星翘了课，创办人为她们不懂得珍惜学习机会而心疼得掉泪；学校草创之初，四处泥泞，创办人的鞋子没一天不沾满泥巴；周会，她还脱掉高跟鞋，站在板凳上给学生讲话。包创办人以"人之儿女，己之儿女"的襟怀办学，五十年间，惠泽遍布世界五大洲数万学生。

李铨校长温文儒雅，在美国获教育管理学博士学位，讲一口流利的美式英语。他的新著《大学的变革与发展——铭传从女子专科迈向国际大学的蜕变》（五南图书出版公司 2007 年版）刚刚出版，只要看此书的题目，就知道李校长办学最重要的理念，就是要把铭传办成一所国际化的大学。对外国留学生来说，他强调的是华文、华语；对中国学生来说，他强调的是英文、英语。我参加过李校长在圆山饭店举办的一个晚宴，因为有外国人在场，从他开始，副校长、处长、院长，以至学生及表演艺目的演员，全部讲英文，而且没有中文翻译。而留学生则全部讲中文，不讲英文。铭传大学在台湾私立大学中，来自世界五大洲的留学生数在台湾所有大学中排名第三，私立大学中排名第一。令人惊讶！其次，李校长预见，两岸大学的交流不管将来政局走向如何，势在必行。校庆期间，我在应用语文学院演讲之后，两名大陆交换到铭传的学生跑来和我合影，一问，他们来自武汉大学文学院。其实，陈德昭院长被聘为武汉大学兼职教授更早在九十年代。数年前，我还在福建师大文学院任职，陈德昭院长也曾带一帮教授前来交流。据我所知，福建高校中与陈院长有交流的，还有厦门理工学院、福州职业技术学院等。校庆这一天，即将被推举为中国国民党主席的吴伯雄先生也来祝贺。李铨校长还请大家观赏铭传的"啦啦舞"大赛，桃园校区的田径场一时火辣劲爆，年轻人的热情高涨，充分展现了一所学校朝气蓬勃、奋发向上的精神风貌。"铭传金钗"的美称，不知始于何年，数十年间，名声在外，一届又一届的学生毕业了，几十年过去了，"铭传金钗"的名声犹在。铭传，她又是一所活生生的、秀外慧中的学校！

时隔半年，我来到东吴，这次时间较长，让我有机会跑遍铭传三个校区（金门校区不在其中）。台北校区在剑潭，傍依美丽古典的圆山饭店，校区前面就是地铁剑潭站，跨过剑潭站步行十多分钟，便到基河校区。台北校区依山而建，地势有点陡峻，所有的建筑都掩映在绿树丛中，不仔细辨认，看不见绿树丛中的校舍。十年前，我在剑潭住在青年会馆，与铭传近在咫尺，依稀可见枝叶中的建筑，由于无人引导，怎么也想象不出这里还藏着一所大学！校区的最上端是逸仙堂，背后树林成片，从山下往上看，还有点险要。这是一座规模不小的会堂。逸仙堂前有一长排的栏杆，站在栏杆边上俯瞰，基隆河银光闪耀，地铁的轨道就在脚下不远的地方。南望中山北路，一直延伸到台北市的中心；北望，阳明山隐隐约约藏身云间。圆山饭店位于它的侧后方，被峰树遮挡，在视野之外，但是，如果有兴致，下坡出校门东南行，恐怕也只有十五分钟的路程，难怪早年有学生翘课跑到那儿去看明星，路程实在太近了；不过，二十一世纪的学生再也不是四五十年前的学生，再也不会有人翘课跑去看明星了。

基河校区，离台北校区很近，是铭传在基河路新购的一幢闹市区的大楼。推广部、学生实习旅馆等都办在这儿。我还在实习旅馆住过，旅馆设施一流，装备全新。我住的是普通客房，还有日式或西式的房间。我入住时，值班的是旅游系大一的学生，无论男生女生，态度都诚恳可爱，只是办事还比较生涩。从大一到大四，还有三年多的时间，如果三年后还有机会住到这儿来，再看到这几个学生，或许他们对业务已经相当熟悉，等到他们走上社会，如果还在客房部，一定是很老练的员工了。有一天下午，艺术中心主任黄建森教授领着我来基河校区参观，走着走着，他突然驻足观看墙上法学院教员的介绍，我问："黄教授，你看什么？"他说："你看，这里有两位教员在西南政法大学获得博士学位。"据我所知，铭传在大陆获得博士学位的绝不止这两位，例如陈德昭院长的公子，服务于铭传的国际处，他还是中国人民大学的博士呢！陈院长对人大的教学，总是赞不绝口。

我在基河校区虽然住过，但早出晚归，了解不多。铭传的重头，当在桃园校区。这个校区坐落于桃园县龟山，1994年第一批校区建成。现在这个校区有十几幢大楼，两座体育馆，还有其他设施，展现了一个现代化综合大学的基本风貌。到这个校区，大多是因为陈德昭院长和艺术中心黄建森主任邀请。陈院长领导的应用语文学院有三个系，即应用中文系、应用英文系和应用日语系，三个系分别有三个教室，每个教室都是按照各自的专业来设计的。如中文教室，有镂空的雕花屏风，可以书写毛笔字的大台子，台面上摆着文房四宝以及图章、八宝印泥，靠墙处陈列着明清的青瓷（并非仿造成品）和少量出土文物，有意营造古代读书人的环境。日本语教室，摆设全部是和式的，陈院长带我去参观，正好下了课，老师学生刚脱下和服，整理着坐垫。教室的柜子，陈列着偶人、日式纸扇等小摆设。我想，这大概就是情景教学吧！铭传中文系的教授，除了陈院长，我还认得徐亚萍主任、江惜美、陈温菊、徐福全、陈成文等教授或副教授，文学院办公室的杨秀芬小姐替我办过很多事，也是熟人了。

陈德昭教授的职位是应用语文学院的院长，还兼金门校区主任，本身还要为研究班授课，两个星期要飞金门一次，为该校区的学生授课。周五晚上西飞，周日晚深夜飞回，周一上午照常出现在桃园，我非常佩服陈院长的敬业精神。黄建森教授也是身兼多职，他是经济系的教授兼主任，还兼艺术中心主任。铭传的艺术中心搜集了一批从北周到明清的石雕或木雕像。我觉得有些奇怪，黄教授的专业背景是经济学，为什么又兼艺术中心主任？（准确地说，是艺术中心主任兼经济系主任，中心主任是一级主管，和院长平级，系主任是二级主管。）原来，中心相当多展品是黄教授的私人藏品，他从家里搬了来，充实了这个中心，黄教授本身对艺术情有独钟，艺术修养一点也不比专业人士逊色，加上他的热心；校方的用人，可以说是人尽其才了。陈德昭院长、黄建森主任，十多年来往返台湾与大陆，恐怕有四五十趟甚至更多。陈院长稍年长，黄主任说，都是陈院长领着他去的；陈院长则说，是结伴而行。

我在东吴期间，得到陈德昭院长很多的照顾。陈院长实在太忙，我听说，从金门校区回台，次日早在前往桃园的校车上，他总是不知不觉地睡着，太累了。不过，一到学校，精神又来了。他交代推广部的吴惠巧主任多多和我联系，让吴处长直接帮助我。吴处长是台湾师范大学政治学的博士，在英国剑桥待过两年，到过几十个国家，见多识广，很能干，曾任铭传校友总会会长。吴处长说，陈德昭院长是老铭传，像大哥一般地关心她，陈院长交代她办的事，她一定得办好。我到新竹、宜兰等地的旅行，都是她安排的。吴处长做什么事，都像在大企业上班那样，先要做好计划，有文案，几点几分上车，几点几分在什么地方用餐，井井有条，一丝不苟。那天，我和黄建森主任去基河校区看她，没有预约，她正好在开会，不能脱身，让秘书出来表示歉意，让我们先喝喝咖啡。吴处长是有心人，抱了一大堆关于台北地铁的吃和玩、高铁沿线的旅行等图文并茂的图书，让我卧游一翻。

我要离开东吴了，有些眷恋，同时对铭传也很眷顾。台湾的大学，可以说，除了东吴，铭传是我最熟悉的了，走进应用语文学院的办公室，从秘书到助教都认得我，资料室也可以随便进去看书。在应用语文大楼上下楼梯，学生都喊我老师，可能是面孔太熟了吧！

2009 年 7 月 31 日

附记：铭传大学创办人包德明博士于 2009 年初逝世，享年 102 岁。

我的"中大"学生毕业了

第十八周周三的第一、二节课，是大学部"闽海文化与文学"的最后一堂课，学生交研究报告。

大学部的课是选修课，只有两个学分，大二到大四都有学生选修这门课（还有一位重庆大学的交换生叫周明俐），共有三十多人，其中大四的学生有十人。中文系每年招生五十名，也就是说，毕业班有五分之一的学生选了我这门课。

半个月前，毕业班的同学开始筹划他们的毕业活动。"中大"校园万松婆娑，草坪翠绿，随处可以看到穿着学位服的同学，或两三人、七八人、或一二十人；有时是一对情侣，加上一位为他们拍照的摄影师。大家都美滋滋地在那儿留影。也就在这个时候，我收到中文系大四同学送来的纸制学士帽和精美的请柬：邀请老师参加他们的谢师宴。我顿然一悟：这么快，我在"中大"教的学生马上就要毕业了!

5月13日,谢师宴在中坜市的聚风华举办,规模不大,除了同学,就是这四年间给他们授过课的十多位老师(因为有的老师住在台北等地没能参加)。平日上课,着装雅素的女生,今天都精心打扮,穿上颜色鲜艳的裙子或套装、高跟鞋,蛾眉轻描,连她们自己都感到惊喜,不断地相互拍照。主持人逐一给他们上过课的老师递上一大束的鲜花,还有一个小小的礼盒。挨着我坐的是戏曲教授孙玫。孙教授的名单在我之前,他笑盈盈地回到座位,打开小礼盒,礼盒内是两块巧克力、两张手写的小卡片以及一些小小的装饰品。孙教授仔细看着小卡片,说道:"我就喜欢这个。"我不知道这小卡片写着什么,是祝福的话,还是上课的感受?我心里想,他们会在送给我的小卡片上写些什么?按照顺序,我也捧回鲜花,拿到小礼盒,每一个小礼盒的外观虽然不一,巧克力和小饰物也不一,但是都很精致可爱。让我稍稍有点失望的是,小礼盒内并没有小卡片。过后细想,我上的只是选修课,写小卡片的同学或许没有选我的课,或许虽然选了我的课,但是不好以整个班级的名义给我写卡片。

6月9日,早上是全校的毕业典礼,我没参加。午后,中文系举办拨穗活动。活动由低年级的同学当主持人,看得出来,主持人稍稍有点紧张,平日里都是学长们带领着他们做这个活动、那个活动,今天,他们却站在台上主持学长的拨穗活动，为学长送别。很荣幸，我作为毕业班的老师也坐在第一排。掉头一看，大教室座无虚席，除了学生的老师，一大半是家长。系主任和班导师作简短的发言，系主任杨祖汉教授是位哲学家，讲话很有哲理；龙亚珍教授和几位班导师讲亲身经历的小故事，充满温情。毕业生都穿上整齐庄重的学士服，学士帽的帽穗经由师长往左边一拨，他们就成为真正的学士了。毕业班的同学分成五组上台，第一组只有一位同学，是上一届的学生，推迟毕业了，主任杨祖汉教授拨穗。其余四组分别由四年中担任导师的老师拨穗。每一组上台，都是一片欢呼，一位位同学的帽穗往左拨，一张张难忘的照片把这动人的情景记录下来。女生们眼圈红红，泪光莹莹，有一个女生扑在系副主任廖湘美老师怀里，嘤嘤啜泣。我和家长们、老师们一起经历了这激动的时刻、难忘的时刻。

第十八周的周三是 6 月 20 日，学生如期交来研究报告，没有想到毕业班的同学还陆陆续续递给我小信封或小卡片。四年半前，我离开东吴大学，许永德同学赋诗送别，我已经将那首诗记录到《东吴手记》，今天，我还要把"中大"这些同学的赠言记录下来（为省篇幅，称谓"陈老师"三字省略）：

谢谢您辛苦的教导！希望您在"中大"的日子将来是美好的回忆。未来若有机会亲临武夷山，那必定是老师

"推销"有成！（学生陈又加敬上）

您上课的内容真丰富，让我认识到大陆东南地区人文特色。谢谢您！（学生杨馨雅敬上）

上您的课真是非常有趣！您给人的感觉真是十分和蔼可亲，总是带着亲切的微笑讲课。希望在"中大"这一个短暂的日子里，能给您留下美好的回忆。（学生卓惠君敬上）

这个学期一转眼就结束了，上老师的课，对闽海文学方面又有新的认识，真的是获益良多。每次问老师问题时，老师总是以亲切的笑容回答我们，相信毕业之后一定会很怀念这门课的。祝老师：事事顺心！（学生陈诗芸敬上）

这个学期结束后我也要毕业了，上老师的课很有趣。许多细节都是我没有注意到的。希望自己再多加努力一点，成为像老师这么细心、用心的人。这学期即将结束，老师的和善，我会永远记得，希望您在"中大"的回忆是美好的！以后如有机会，一定要吃遍台湾的小吃喔！（学生林彦均敬上）

感谢您不远千里而来，辛苦了！这学期非常感谢您的教导。敬祝安好！（学生丰玲敬上）

感谢老师这一学期的教导，还参加我们系上毕业生的各种活动。感谢老师不远千里而来！（学生培阳敬上）

上次听老师说很喜欢我们大四送的礼物巧克力，真的很开心。在上了老师的许多堂课后，渐渐了解和发现老师的可爱之处，老师真的是很有活力的人，喜欢到各地去旅行，去探访古迹、名幽胜地。从老师的讲课中，我学到如何欣赏大自然，并且更加深入抒发自己的感受。老师也说，要不断积累自己的审美经验，毕业后，我会利用暑假的时间到各地走走，像老师一样，对许多事物保持着热忱和学习心态。谢谢您这个学期的陪伴，陪我们走过许多人生重要时刻。

常在107电影院看到老师的身影，老师您也喜欢文艺演唱会吧？所以想在这儿和老师分享一个我看过并觉得很棒的表演。虽然演出时间已过，但老师若有机会到台湾，三四月份，"神韵"会在台湾演出！（晏如敬上）

有一堂课，我讲的是朱熹的《武夷棹歌》，兴头一来，我说将来你们到武夷山旅行，我可以当你们的导游，所以陈又加同学说我"推销"有成。"中大"文学院三馆107是小型电影院，我是那儿的常客，不小心被晏如他们撞见了几回，所以他们推断我一定喜欢看表演，邀我下次来去看"神韵"。我倒有话要对晏如说，我对林怀民的"云门舞集"心仪已久，总是错过，戏曲研究所前贴了一张宣传广告，说《九歌》秋天还将公演，不知10月间我再度来台能不能赶得上？

这篇小文从动笔到今天，十天过去了，十天间，我看完了所有的报告，大四的同学毕竟和大一、大二的同学不一样，他们的报告大多写得很认真，有的还有创见，其中一位同学还根据我授课的内容，扩展阅读，自拟新题，颇有新见。十天过去了，6月变成7月，大四的同学们都已离开"中大"，不久我也将结束这里的生活。在这即将离去之际，我也要告诉同学们，"中大"给我留下了美好的印象，同学们给我留下了美好的印象。我要对大四的同学们说："谢谢你们一个学期来的支持和配合！我会想念你们的！"

选我研究所课程的同学没有今年夏天毕业的。何维刚同学早已修满了全部学分，他的论文也写得差不多了，这个学期也来听我的课，并且自始至终没有缺席过。维刚很有独立思考的能力，论文也写得严谨，他很快就要口试，也很快就要毕业了。另一位硕士生陈贞如，这个学期正在写论文，之前她到过武夷山，并且读过我的一篇关于朱熹《武夷棹歌》的文章，课余也和我讨论过这个论题。今年夏天，她毕业了，并且找到一个教师的职位。何维刚和陈贞如虽然没有在我这儿修得学分，但是他们也是我的"中大"学生，故附记于文末。

2012年7月4日于"中央大学"文学二馆

金门大学离职

过了元旦，我离开金门大学的日子越来越近了。吕主秘早就和我约定，说黄奇校长要为我饯行。5日晚上，黄奇校长、陈建仁副校长和吕主秘加上我，四个人小聚，与其说是饯行、叙别离，不如说是唠家常，轻松愉快。我离开金大的前一天，校长室来电，说校长还有一份春节礼物要送我。不过是半年的讲座而已，校长如此细心，很过意不去。

十年间，我在台湾有三段客座教授或讲座教授的经历。每到一所新学校都有"洗尘"、离职时都有饯别，虽然形式不尽相同，但是都很温暖。2007年9月，我刚到东吴大学这一天，中文系主任许清云教授在学校餐厅为我"洗尘"；2008年正月，我离开东吴，文学院莫院长组织饯别；文学院和我同时离职的还有历史系的讲座教授王秋桂先生，也因为有这次饯行，我才认识王先生。2012年，我到"中央大学"，次日，中文系系主任杨教授为我洗尘。这学期的新员工还有一位来自加拿大多伦多大学的陈教授，陈教授研究新儒学，他到"中大"来，是与杨教授做合作研究，不上课，为期四个月。7月，我离开"中大"，6月20日，文学院安排下午茶，送别两位退休教授，两位离职教授。院长是美国人戴维教授，他太太是台湾人。离职的另一位是来自西方的女教授，教英文。院长送给退休教授一份礼品，离职教授则是一枝玫瑰花。大家喝咖啡或者茶，吃小点心，闲聊，其乐融融。

到金门大学服务是我的夙愿。2016年8月1日，到金大的第一天，黄校长已经安排好为我洗尘的晚宴。学校安排我住在学人一舍112室，住所和黄校长只有一小片草地之隔，相距不过二三十米。有几次校外活动，校长打电话约我，说三分钟后到他家门口一起乘车前往。所谓"一起乘车"，实际上是我乘校长的自驾车。我太太也陪我到金大，黄太太对我太太说："我会开车，随时可以带你出去玩。"我太太因家中有事，先回大陆了。过后，我太太每说起此事，都非常感动。

到金大正式任职的前一年，黄奇校长其实已经发给我一份聘书，聘我为荣誉讲座教授了。离职之后，黄校长仍然续聘我为荣誉讲座教授，说："你可以随时来，或开讲座，或短期讲学。"无以报答家乡、报答金大，便和家人初步商定，将陆续把部分藏书捐赠给金大，这项工作已经开始着手做了。

　　从金大离职了，金大的网页上还可以找到我的名字。上个月我到东莒演讲，经由台北过金门，黄奇校长、陈建仁副校长还专门安排时间分别见我，一再说欢迎常常回来。不只是金大，在"中大"中文系的网页还可以找到我任职的时间、专长；东吴中文系的网页一直保留着十年前许清云教授为我制作的《东吴手记》电子书。虽然从这些学校离职了，但内心仍然感到十分温馨。

　　我到金门大学任教的前半个月，收到福建师大人事部门的一纸公文，从2016年8月开始享受"退休俸"，文学院也曾来电通知。2017年元月，从金门大学回大陆，有人问我有何变化，我说既没有，也有：工作、日常生活和从前并没有两样，照样给硕博士生上课、指导论文，照样做研究工作，主编的《闽学研究》也照样出刊；变化的只是薪酬变成"退休俸"。其实，我已经很感恩了，绝大多数教师六十岁或者六十五岁退休，我则一直拿全额的"俸禄"直到七十岁；而且，七十岁刚过，还受聘金门大学，还有机会到家乡服务，谢谢金门大学、谢谢家乡父老！从金大离职之后，又继续受聘于其他大学。但是，我还是时时怀念着金大，虽然离开已经半年了。

2017 年 7 月 10 日

大安书画展

　　台湾的学术活动和文化活动比较频繁。学术会议、讲演或听讲演，都是学术活动；文化沙龙、画展、书法展以及图书的首发仪式，都是文化活动。

　　3月间，我到铭传大学参加建校五十周年庆典活动，和作家杨树清通电话，他让我尽快赶到龙泉街旧香居。旧香居正在举办二十世纪三十年代旧书刊的展览，同时有一个文化沙龙。龙泉街，是台湾师范大学的"学生街"，虽然还是下午四点多钟，出租车只开进一小半就进不去了。旧香居，店面古雅朴素，店内书柜顶天立地，干净整洁。展室在地下层，搜集近千种八十年前的旧书刊，在台湾绝非易事。来了四五位文友，包括从台南成功大学赶来的、写过《作家群与五十年代台湾文学史》的应凤凰教授。我们在学生街用晚餐，随后到附近的茶室喝咖啡，很随性地谈二十世纪三十年代的文学。

金门作家黄振良先生知道我已经到了台湾，特地通知我，9月26日金门县文化局将在台北举办一场金门作家新著发布会，说李炷烽县长也会到会场。一看课表，不行了，周二我有六堂课，一周我要上十堂课，走不开。

10月和11月，还有些活动，都被我错过了。11月下旬，树清兄来电，说12月8日有"杨树森漂木画展览"，让我一定要去，树森是他的哥哥。8日午餐后，乘地铁到和平东路，过台湾师范大学，二段29号很快就到了。展馆马路的另一侧，就是大安森林公园。和平东路二段，也是闹市区，居然有一座森林公园，令人惊诧！时间还早，乘便逛逛森林公园也不错。公园门口，悬挂着"2008台北花卉展"的牌子。走进公园，树木高大密集，形成东一片西一片的林子，和我们通常想象的一进入树丛就会迷失方向的森林可能还有点不同。不过，高楼林立的城市，有这么大片的林子，并不多见。林子和林子之间，有亭台、草地，还有一个大的音乐池。时节已经进入冬天，而台北却仍有秋意，阳光很好。公园内随处可以见到坐在轮椅上，由菲佣或印尼佣推出来晒太阳的老人，他们安详地坐着，观看过往的行人和嬉闹的小孩，以及天上的飞鸟。公园还有一个不算大的湖，三五只从北方飞来过冬的候鸟正在湖上的假山梳栉着羽毛，吸引过往游人驻足观赏。

二段29号，一楼和二楼是展馆。行人经过，就知道这儿在办展览。树清兄说，这个地方是文化人小规模的聚集场所，经常举行展览、沙龙等文化活动。门前素雅，没有过多的装饰，摆放着几个祝贺的花篮，还有不大的"杨树森漂木画展览"招贴广告，一半印着展品中的代表画作，一个女人的半身像，她的头靠在右肩，裸露右臂、右胸，左臂、左胸所处的位置正好是漂木残缺处，没能画出来，也不可能画出来，画家根据漂木的自然形态，加以构思，整幅图是完整的，由于质地的原因，留给读画者很大的想象空间。漂木不是人工采伐的木头，它们在山上，在森林中，或因为树木衰老干枝轰然倒下；或因为雷电袭击老枝断折，一场或几场山洪，把山上林中的树木树枝冲到河谷，又冲出河口，冲入大海，海浪海潮又反向把它们卷到海岸。于是，海滩上满是惨不可睹的树木树枝的残骸。这就是漂木。漂木大多是名贵的硬木，如桧木、檀香木等。漂木有天生的奇形怪状的形体，因此引起漂木雕刻家的莫大兴趣。台湾东北角风景区专门建造了一座漂木雕刻博物馆。漂木形状特别，质地的颜色也和一般的原木不太一样，偏暗，多褐色。高明的漂木画家也会充分地利用这种自然的色泽加以创作。杨树森的这幅画也是这样，画面的左侧除了残缺，色又偏于黑褐，和右侧恰好有一个明显的对照。这幅广告下有几行广告文字："秋冬之际／漂木因为浓烈的色彩而温润／因为斑驳而缤纷深邃／森林因此众声喧闹／畅怀笑开了起来／热情地邀请了你／恭请莅临指导。"下方写着展期、时间和地点。

走进展厅，灯光明亮柔和。展品不是太多，可能只有二三十幅，幅幅精美。广告上的那一幅，题曰《月娘》。实物比照片好看，漂木黑褐色的自然质地，衬托出女人皮肤的白皙。加上画家对右臂右胸的夸张，似有一种特别的神韵。另一幅，漂木的下半部分很像是一条木船的船底，有几条波浪式的纹理，有点绝的是船底部还有若干斑点，像是寄生的壳类。漂木右上与船体相连，船上画着一对情侣的头像，画家以夸大的手法，让情侣的头像占据了船体三分之二的空间。其他如《暖》《邂逅》《美丽境界》《等候》《生命街》《书拉密》《花枝的祷告》《长路将尽》等，都颇有创意。外行人看画，有如雾中看花，毕竟隔着一层，我是第一次看漂木画展，觉得很新奇，对杨树森先生的高超艺术非常钦佩。

这一天是开幕式，应邀来参加的还有诗人洛夫（写过《石室之死亡》）、菩提，作家黄克强、杨树清以及其他金门乡亲，如施志胜等。

2007年匆匆过去了，2008年悄然到来。1月5日，龚鹏程教授书法展还是在这个地点举办。龚鹏程教授祖籍江西吉安，1956年生于台湾。获台湾师范大学"国文"研究所博士学位。曾任淡江大学文学院院长，台湾南华大学、佛光大学创校校长等职。2004年起，任北京师范大学、清华大学、南京师范大学教授。龚教授素有"才子"之称，他研究领域广泛，大凡中国古代文学、历史、哲学、宗教，无不涉猎，著作颇丰。旧体诗词，老到圆熟，自成一家。不过，我没有想到龚教授的书法也这么好。我以为，当代的文史哲学者，看他是否具备中国传统文人的素质，古典诗词及书法，似乎是一个分野。我素来对精于古诗词及书法的当代学者有一种发自内心的钦佩之情，对龚鹏程教授也不例外。

这天下午，我到得早一点，参加了开幕式。开幕式可能有百把人，有龚鹏程教授台湾师范大学的老师、朋友，来的客人还有诗人管管、画家夏丹（许玉音）、天卫文化图书有限公司沙水玲、佛光大学助理教授朱嘉雯、唐山出版社陈隆昊、兰台出版社卢瑞琴、"中央大学"文学院院长李瑞腾等先生和女士。龚教授个子不高，身穿一件汉装上衣，儒雅中透露几分刚毅。

树清兄让我在开幕式上也讲几句话。我说："久仰龚先生大名，没有想到初次见面是在这样一个特殊的场合。在今天这个开幕仪式上，只有我一个人是来自大陆，虽然我只能代表我个人，又认识了这么多的前辈和朋友，何幸之有！我向龚教授表示祝贺，祝愿展出成功！"龚教授的师友有好几位发言。我听得出来，龚教授在台湾有许多喜欢他的人，也有一些不太喜欢或者不喜欢他的人。为什么不喜欢或不太喜欢？因为他太过于率真，甚至在一些特定的场合，例如和至朋好友在一起的时候，他是个性情中人，率真、疏狂，他的某些想法或做法，有时与常人不太相同，为一些人"看不惯"。凡是读过一些中国古书的人，都知道率真、疏狂是怎么回事，不必以为怪。或许，龚先生一时不得意于心，或许一时兴之所至？"竹林七贤"的阮籍，驾辆车子，不由径路，途穷大哭而返。也是"七贤"的刘伶，常常喝得酩酊大醉，他写了一篇颂文来歌颂"酒德"，并对仆人说，你扛把锄头跟着我，我倒地起不来了你就随地埋掉。王子猷在一个大雪天的晚上突然想起好友，连夜乘船赶到山阴，友人戴逵的家就在眼前了，出人意料，王子猷说："兴头已尽，咱们回去吧！"陶渊明分明不会弹琴，家里偏偏挂着一张无弦的琴，朋友来看他，他说："请先回吧，我得先睡个觉。"诸如此类，在当时或许为礼教所不容，数百年后，已经成为文坛佳话。"我的人格与精神状态本近于游者。庄子《逍遥游》一文正是我治学入机之处"（《游的精神文化史论·序言》），龚鹏程教授说的虽然是治学，为人处世何尝不是如此？师友发言讲到鹏程教授的一些小事，含有婉劝的意思，在我听来，诸如此类，数十年后，如果有人将它写出来，岂不也是一段又一段的佳话？有谁还在意于当日的社会风尚、宗教礼俗？

一楼的展馆展出鹏程教授的书法作品数十件，有中堂、小幅、卷轴和扇面，字体多为行书，有少量隶、篆。行书飘逸如其人，隶、篆谨严好似他的学术。书写的内容，有集古句或古人诗词，也有自己的创意。中堂如："创无涯生业，作不朽文章。""拥瓣莲三千画舸鸎移花扶人醉，度清商一曲小楼重上秋与云平。"偶然也有书写自己的诗作,《游阳明山》诗云:"我为伤故真惘惘,犹来三千落花中。樱回残馥消清气,梦浸余痕染酒红。嚘唶兵声浑不觉,沈绵春事已空蒙。蓬山密意香尘在,坐看纵横太古风。"落款为"丁亥春中写之一时惘然如梦寐焉　龚鹏程"。

展厅有茶、咖啡、小糕点和水果,观赏之余,诗朋书侣还可以坐在沙发上交谈和交流心得。参观是免费的。龚鹏程教授著述甚富,展厅一角出售他的新著三种(其中一种是齐鲁书社出的),已经设计过数千种图书封面的设计家、金门人翁翁,跑到柜台前购书三册,并请龚鹏程教授签上名送给我留念。

这次参观,由作家杨树清先生牵线,施志胜君从午间起一直陪着我,会了老朋友,认识了新朋友,是一次难得的、也是难忘的文化活动。

2009 年 8 月 3 日

生命是一场尽力的演出
——黄世团版画展随想

　　世团对我说，他将办个展，请我参加，随即寄来请柬。请柬很精美，彩色，印有六七幅代表作品。封面是个展的主题：意象龙腾——黄世团版画个展。展出日期：2012 年 5 月 13 日至 6 月 17 日。封底：展出地点——新庄客旅人文艺术馆。封内是吕允在博士的一篇短文《我从黄世团的版画创作看见"生命是一场尽力的演出"》。5 月 20 日，世团特地开车来中坜带我去新庄，下午三点举办"意象龙腾"开幕式。

　　版画是中国一门古老的艺术，目前我们知道的版画作品始于唐朝。明清则是版画发展很快的时期，如小说、传奇，还有启蒙读物如《千家诗》之类的插图，大量涌现。我见过建刻本小说《西游记》，上栏为画，下栏为文字，《千家诗》也是如此。有单色、双色、三色等，还有色彩鲜艳的套色版画，如年画之类。进入二十世纪，版画艺术则广泛运用于书籍的封面设计、插图，或制作藏书票等。中国的版画，在引入西洋艺术之后，有了长足的发展。

2010 年世团来我名下读博士，我知道他是位版画家，但对他的成就如何，在台湾版画界的地位如何，并不是很了解。后来，我知道他得了许多奖，包括台湾版画的最高成就奖，并且有台湾"版画四冠王"的美称。再后来，得知他名列"辛亥 100 年来台湾的 100 名画家"。但是，却始终没有实际观赏过他的作品。直到今年 2 月，我和太太访问台湾艺术大学图书馆，才略知一二。这所台湾最高的艺术学府，一层、二层、三层、四层的墙壁上、柱子上展示着世团多幅版画作品。我问图书馆负责典藏的吕允在博士，是不是每一位台艺大的老师都能将自己的画在图书馆长期展示？吕博士说不可能，是有挑选的；当然，还得本人同意。世团的个展，已经举办过不止一次，如果加上联展，已经有十几场之多，其中一次个展以"意象·无限"为题，2010 年 1 月 9 日至 2 月 3 日在台北市大安区举办。今年这一次，总算给我赶上了，让我大开眼界。画展精心挑出三十四幅作品，琳琅满目。世团每幅版画作品都有独特的创意，主题的构思，画面上点、线、面的安排，色彩的敷设，印制方式的选择，都经过深思熟虑。从他的版画，我们可以看出他对中国传统艺术手法的继承，又可以看出他对西洋绘画艺术的吸收。每一幅画，既有生活中基础的元素，又有丰富的想象，超越时空的跃动；每一幅画，都可以让人慢慢地琢磨，仔细去品味。世团的版画，已经形成自己独特的风格和个性。

展品中有一幅题为《框架中的岁月》的作品，画的是一个咖啡色的框子，套住黑白相间斑斑点点的底板，而不安分的底板却部分穿透框架，尽管底板不能完全突破框架的束缚，但框架终究也不能完全套得住底板，终究不能让底板中规中矩地待在框架之内。还有一幅题为《故乡情怀》的作品，远处是一片三角状的红色屋顶，代表着故乡典型的闽南建筑，近处是不规则形状的红色建筑物的碎片；外层是灰黑色的烟雾，最外层是暗红色的烟尘，这就是画家长年记忆中的故乡金门。黄世团对我说："我很喜欢这一幅。"

每一个生命的轨迹都不能离开特定的时间和空间，世团当然也一样。世团出生在金门的农家，二十世纪五六十年代，金门是一个贫困的海岛，世团从小跟着父亲去放牛；偏偏金门还是一个炮火纷飞的战地。农家子弟，从小营养不良，家里条件又不好，虽然勉强上了学，但是世团的功课一直不好。他经常自我调侃，说小学、中学的同学中，没有一个人比他同过班的"同学"多，因为他小学蹲过班，中学还蹲过班，所以和他同过学的人就特别多。他从不讳言他的留级，从不讳言他的一次又一次的失败，从不讳言他输在人生的起跑线。时间、空间，先天的不足都束缚着他，但是不安分的黄世团又不愿意死心塌地去接受这种束缚，他努力挣脱这种束缚。孩童时的留级、少年时代的失败使他似乎输在了起跑线上，他说："输在起跑线有时是无可奈何，但我不能输在起跑之后的过程中。我得跑得比别人更快，跑得比别人更好。"他年纪很轻的时候就跑到台湾闯荡，母亲非常舍不得，但终究还是支持了他的选择。世团闯入版画的殿堂，是从考上台湾师范大学美术系的夜间部开始的。就是说，在起跑之后，别人是白天跑，他白天要谋生，只能晚上跑。

要突破时间和空间的束缚，首先就得突破自我的束缚，就得超越自我。世团经常自我调侃的还有他那一米六左右的个子。凭他那个子，在茫茫的人山人海中，很快就会被埋没得无影无踪，谁又能相信他曾经是台湾艺术大学教职工篮球队队长。最初，他下到场子打篮球，谁都不愿意和他"一国"（一队之意）。打着打着，世团一下场，大家争着拉他到自己这"一国"来。打着打着，世团成了篮球队的队长。

在人生的旅途中，世团有幸得到素有台湾"版画之父"的廖修平教授的指授。廖教授先后游学于日本、法国、美国，"不烟不酒不浪漫"，"总是满手油墨"。无论是做人还是作画，廖教授都对世团产生很大的影响。廖教授的创作理念是"从自己周遭环境着眼，不能光看画册学画画"；"不跟流行，不要一味学外国"。世团也是很用心地观察着社会，用他的心在体会周遭的世界。有一次，我和他一起过马路，他突然说，红绿灯大家司空见惯，现在交通越来越拥挤，以红绿灯为素材，也许能创作出一幅很有意思的画来。廖教授对黄世团爱护有加，当世团荣获代表台湾版画最高奖的"金玺奖"时，时任版画协会理事长的廖教授不仅亲自为世团颁奖，还慷慨地赠送世团一台价值二十万新台币的全新版画机。从个展的这一天中午开始，世团不断地对我说，"先生说会来"，"廖先生已经在路上了"。三点，廖教授准时出现在开幕式上，高高的个子，非常随和，三言两语，只简单地说了几句祝贺的话，朴实无华。世团虽然在起跑线上输给许多人，但在往后生命的进程中，他却超越了许多人。在超越他人的过程中，廖教授是世团重要的指引人和推手。

早年的世团，在小学，或者中学，也许得过"倒数第一"，然而近三十年来，他却真正地得到许多的"第一"。世团总说，我不去追求第一，但是我懂得坚持，从事版画艺术的创作一定要学会坚持，坚持艺术的理念，坚持对艺术的追求。他不怕把自己的"丑陋"展示给别人看，他甚至用自己"留级"的事例说给学生听：不要怕失败，但一定要学会从失败中走出来。从事艺术创作，没有不失败的；没有失败，就不会有成功。

观赏世团的版画，我老想起《阿甘正传》，在漫长无边的跑道上，如果阿甘的脚步停下来，那就不是阿甘了。在人生的道路上，如果世团放弃追求，那就不是世团了。

二十世纪五十年代，或者六十年代初期，在金门那个地方的一个"蹲班生"，英文对他来讲简直是外星人的语言。我不知道世团多少岁才跨进英文的门槛，但是，他一路从大学夜间部，到硕士班，到博士班，他的英语在不断进步。他说，记英语单词，就是硬记，别无窍门。不止一次，我和他走在路上，他会突然吐出几个生硬的单词来，而且自我诠释一番。这就是他今天的功课？我心里想。世团搬新居了，在三峡，门口杂草乱石，一片狼藉，他用自己的手，今天一点，明天一点，石头太大，搬不动，他就请允在博士这些朋友来帮忙。他问我："老师何时回去？"我说："7月。"他说："来得及，6月就可以整理好了，请老师来喝茶。"

世团说起太太和儿子，似乎比他的版画还自豪："我太太比我高，儿子更高。"20日下午，世团的太太许家凤、儿子黄升辉也来到展厅。世团介绍给大家，说："这是我太太，这是我儿子。"大家眼睛为之一亮，真的，世团个子比他们都小，黄升辉足足有一米八的个子。"来，拍个照，拍个照！"大家说。许女士似乎有点腼腆，世团说："她就那样，还山东人呢！"大家纷纷按下相机的快门。

2012 年 5 月 22 日

洪春柳开讲浯江诗

　　二十世纪九十年代中期，内人还在福建中医学院教日文，我们尚无能力购置住宅，暂时寄居于学院的公寓。中医学院是大陆较早招收台湾学生的院校之一，内人人缘好，曾游学东瀛，见识较广，常常有台生来家里聊天。1998年春夏间，一位叫叶宗礼的台生来寓所小坐，一聊，知道宗礼也是金门人，似有一种他乡遇故知之感受。其时，宗礼由金门来福州上学，要绕道台北、香港，颇费周折。后来，宗礼知道我在大学教的是中国古代文学，说，他在金门上高中时有位老师叫洪春柳，台大中文系毕业后，又就读于文化大学的研究所，对古文也情有独钟，有《浯江诗话》一书。作为一个未曾回过故乡的金门人，对金门的文献资料有着特殊的情感，但与洪春柳女士素昧平生，故吞吞吐吐让宗礼回金门后向作者搜求。宗礼明白我的意思，说这是没问题的。在期盼中过了一个暑假，宗礼辗转又从金门回来了，果然为我带来洪春柳女士的大著《浯江诗话》，衬页上还有洪老师的签名并钤有印章。一口气读完之后，又再三把玩摩挲，呵护有加，珍藏于镶有玻璃的书柜之中。此书不惟具有学术性、可读性，装帧精美、插图极佳，有学生或友人来，我则不无炫耀地拿出来展示。

中国古代的诗话，一般认为始于欧阳修的《六一诗话》，元明以降，"诗话"成为中国文学的一种专门文体，这种文体主要的功能是评论诗歌，同时兼有辑存佚诗、考订诗人生平事迹或记佚闻佚事的功能。历代诗话到底有多少种，恐怕谁也没有办法进行精确统计，至少目前情况如此。比如清诗话，据蒋寅先生《清诗话考》（中华书局2005年版）中的《清诗话见存书目》存目多达1469种，不可谓不多，但如按蒋氏体例，可补的诗话当还有一些，例如笔者所见之魏宪的《诗持》、郭柏苍的《柳湄诗传》《竹间十日话》等。民初之后，诗话著作仍不少见，但是，自二十世纪五十年代之后，诗话几乎绝迹，故洪春柳的《浯江诗话》甚为引人注目。

《浯江诗话》（台北设计家文化出版事业有限公司1997年版）为地域诗话之属。地域诗话，顾名思义，是以某地域为限的一种很特别的诗话。例如清郑方坤《全闽诗话》，是一部以某一省（福建）为范围的诗话；清郑王臣的《兰陔诗话》，是一部以某一地区（福建莆田、仙游，宋称兴化军）为范围的诗话；清梁章钜的《南浦诗话》，是一部以某一县（福建浦城，浦城有南浦江）为范围的诗话。洪春柳的《浯江诗话》也是一部以一县为范围的诗话。金门，古属晋江，晋江析出同安县后，属同安县；民国四年（1915），又从同安县析出金门县。浯江为晋江支流，故金门古代又有"浯江"之称。

洪春柳《聆听前贤的声音》（《浯江诗话》卷首）云：

我们熟读大中国的唐诗、宋词，却不知道地方志的后面也常列有乡贤的诗选。

我们揣摩着长安李白"与尔同销万古愁"，揣摩着浔阳陶渊明的"采菊东篱下"，就是忽略了脚边的这块土地也曾有诗人走过。

为什么遥远的中原令人汲汲向往？亲近的边陲反而成了陌生？

君是故乡人，应知故乡事，应解故乡诗，这就是《浯江诗话》的写作缘起。在中国的版图上，金门不过是一个蕞尔小县。这个县虽然建得晚，人口不多，又处在海上，但是这个县的历史上出过四十多位进士，涌现过一批又一批的作家诗人。稍远一点的明代，有文集的不少，其中许獬、蔡复一、蔡献臣三人被朱彝尊列入《静志居诗话》。但朱氏却误蔡献臣为晋江人；1990年人民文学出版社标点本则误蔡复一为蔡复（同安和金门历史上无蔡复其人），"蔡复一字敬夫"，被误点为"蔡复，一字敬夫"。稍近一点的清代，开台进士郑用锡、开澎湖进士蔡廷兰，都是金门迁台、迁澎的后人。让金门走向世界，不仅仅要靠高粱酒、菜刀和贡糖，更要靠金门的文化和人文；让世界了解金门，也不仅仅要让世人了解金门高粱酒、菜刀和贡糖，更要让世人了解金门的历史、文化和人文。洪春柳女士此书介绍金门历代的诗人、诗作，诗歌的精神和诗歌的艺术，多有深刻见解，令人钦佩。而且，洪氏文笔清丽，深入浅出，要言不烦，也颇见文字功底。

地域诗话，如果要加以正名的话，那就是这种诗话是有关某一地域之诗人及其诗的诗话，如郑王臣的《兰陔诗话》，进入诗话者全为莆田、仙游籍的诗人及其诗作；如果范围稍加扩大的话，则可稍涉他籍诗人某些相关其地域的人与事之作，如《全闽诗话》《浯江诗话》大体也是金门一县诗人之诗话，但个别非金门籍的作家，其诗似与金门的人与事关切不甚密，亦入诗话，似可商。与此相关的是，随着两岸交往的频繁，个别选目如再版，似也可以考虑调整。

自春柳女士赠书之后，一直未曾与她谋面。2001 年"两门"（厦门、金门）对开，厦、金的距离又恢复了五十多年前的自然状况，仅仅四十多分钟的水路，真可谓一苇可航。2002 年岁末，我率旅居于福、厦、漳、泉四市的乡亲回金门探访，受到热情款待。我们下榻于浯江饭店，是晚，洪春柳女士早早就在大堂等我，神交有年，一见如故。原来面前的这一位就是《浯江诗话》的作者呀！春柳女士从研究班毕业后就回乡执教，服务于养育她的乡土，服务于养育她的乡亲。见面时，她又赠以《七鹤戏水的故乡》（台北设计家文化出版事业有限公司 1996 年版）一书。2005 年 8 月 26 日，洪女士随杨理事长清国先生所率金门县写作协会赴同安读书交流，是日下午我也由福州赶到同安接待来自故乡的文友。27 日上午，大家一起研讨、一起读书；下午，又一起拜谒乡先贤蔡复一敬夫墓。新学年开学在即，28 日我必须回榕，是晚，洪女士再次赠书，是一本名为《金门岛居声音》的著作（金门县政府印行，《金门学》第三辑之一种，2001 年版），这是我得到洪女士的第三本书了。顺便说一句，这次与我到同安的，还有我们学院的两位研究生陈雅男和王圆圆，他们是前去学习的，洪女士对他们也爱护有加，赠以《浯江诗话》各一册（因手头无书，先赠一册，另一册回金门后另寄），泽施后学。洪女士执教于金门岛中，多年笔耕不辍，我也常以此为例来勉励我的学生。

2005 年 8 月 29 日

黄振良：金门海山何其美

　　十年前，我着手研究南明诗人卢若腾，读其《岛噫诗》，又读《卢若腾传》（光绪《金门志》卷十，林豪等撰），深为感动。《卢若腾传》云："康熙三年，将渡台湾。至澎湖病亟，梦黄衣神持刺来谒。忽问今是何日，侍者以三月十九对。矍然曰：'是先帝殉难日也。'一恸而绝。遗命题其墓曰'自许先生'。年六十六。"按：先帝即崇祯。若腾原墓在澎湖，光绪《金门志》卷一又载："先生孙勖自撰其父饶研《墓志铭》曰：'通议公之殡于澎也，属红夷之警。忽梦公告以寒，觉而心动。复买舟至澎，启攒归葬于浯。'"因此知道卢氏墓庐在金门。关于卢氏，我写过一篇论文发表于《中国典籍与文化》（1996 年第 4 期）。研究卢氏，诵其诗，崇敬其为人，而未能亲展其墓，多年来，一直以为憾。

　　2002 年，我第二次回到金门。上一年回金门，时间安排太紧，未有独立活动的时间。这一回，因有的节目已经看过，可以省略，所以很想拜谒卢若腾的故居及墓庐。

这一次回乡，会了许多老朋友，还结识了不少新朋友。黄振良先生就是新认识的一位。振良先生是福州市金门同胞联谊会理事黄莲治的堂弟，毕业于台北师范学院，当了三十年的小学老师。初次见面，就有一见如故的亲切感。振良先生随即赠我以《江山何其美》一书（金门县政府2001年出版），副标题是"金门古迹导览"。此书简要介绍金门县有等级的古迹三十三处，文字简约，而且纸质优良，图片精美，装帧极佳，令人赏心悦目。是夜，一口气读毕，金门古迹历历在目矣。三十三处古迹，都是明清遗迹，少则也有百年以上的历史，且大多保存完好。黄振良先生为宣传金门的文物做了一件十分有益的事。

既然再次回来金门，这一次不能再带着遗憾而去。我小心地问振良先生，留庵（卢若腾之号）故宅在何处？鲁王疑冢又在何处？振良先生善解人意，表示可以导游。由"金门古迹导览"的作者亲自来做古迹的导游，何幸之有！我问振良先生，那你上班怎么办？他笑笑说，已经退休了。他还补充一句："金门的小学教师不论男女，五十岁就可以拿退休金退休。退休后可以做许多自己想做的事。"后来，我才知道，振良先生还是金门采风协会的理事长，对金门的古器物、方言和风土民情多有涉猎，真可谓多才多艺。

驾轻就熟，振良先生开车，我们很快就到了贤聚里卢宅。让我描述卢宅，甚感笔拙，还是用振良先生《江山何其美》中颇为"专业"的文字吧：

　　卢若腾故宅又称"留庵故居"。正屋是马背式的圆脊，左右边有二榉、尾榉各一，正屋、左右榉之间是深井，平面形状像是一个凹字形，属于一落四榉头格局之金门传统民居。大门上方为加两斜坡屋瓦带有燕尾的"墙街"。

院落整洁闲静，三百多年前，官至都察院右副都御史兼浙东四州巡抚、人称"卢菩萨"的诗人卢牧洲（若腾之号）就曾经住在这座很传统的金门老宅里。流连凭吊，并和住在这老屋的卢氏后人合影以作纪念。卢若腾的墓庐近在咫尺，《江山何其美》又描述道：

　　位于贤厝村北的墓园，与故宅相距仅百公尺。此墓乃是其子饶研因梦乃父告以"在外苦寒"而于康熙年间自澎湖迁葬回籍，初无墓碑，至其孙卢勖才"琢石立于墓门"，碑石铭文分四行，中间两行楷书阴刻"有明自许先生　牧洲卢公之墓"，是牧洲先生临终遗命刻于澎湖原墓者，碑左"奉"和碑右"遗命勒石"即说明此意。

这方墓碑具有很高的学术价值。光绪《金门志》的卢氏传说，墓碑只有"自许先生"四字，甚有疑焉。此碑在"自许"之前多了"有明"二字。因此碑是奉卢若腾遗命所刻，当以有"有明"二字为是。"有明"，正表明卢氏不忘旧国；如果没有"有明"二字，传记"先帝殉难"云云，似亦无着。振良先生之书与墓碑的实物，令我茅塞顿开。疑光绪本《金门志》作者作传时有意规避而去"有明"二字；而同书卷一记卢氏墓碑，则有"有明"二字，亦见编者用心之良苦。

《江山何其美》也有小憾，就是没有介绍鲁王疑冢（或因疑冢无等级之故，限于体例而割爱）。金门共有三座明代鲁王墓：疑冢、真冢和新墓。疑冢为清道光十二年（1832）乡人林树梅发现，真冢1959年发现，新墓为1963年所修。既然真冢发现了，新墓也修好了，疑冢又有何意义？在我看来，疑冢前所立墓碑，也是金门一处很有价值的文物。墓碑高近三米，镌有"明监国鲁王墓"六个大字，右上镌"大清道光十六年岁次丙申四月"十三个小字，左下镌"福建泉兴永道富阳周凯"十个小字；碑阴有周凯记，系书法家吕世宜书。碑文与碑阴刀笔苍劲有力。周凯是当时有名的古文家和书法家，倡修《鹭江志》和《金门志》，赈灾于澎湖，今台北板桥林家花园廊墙还留有他的墨迹，道光中在台、澎、金、厦有很大影响。道光十六年（1836），距今已经一百七十年，流连观赏，也颇多沧桑之慨。墓右有亭一座，曰"鲁亭"，建于民国二十四年（1935）。时已寒冬，芦苇高过人身，野径荒芜，云幕低垂，海风摇树，看得出来，这里已是一个人迹罕至之区了，逗留稍久，不免添出些许的伤感。从金门回学校后，我作了一篇《春来杜宇莫啼冤——读林树梅〈修前明鲁王墓即事〉诗兼谈鲁王疑冢、真冢与新墓》（《中国典籍与文化》2004年第1期）以记其事。文末附记，说此文得到金门乡亲的帮忙，这乡亲，就是黄振良先生。

2005年岁杪，再次回金门，又会到黄振良先生，振良先生又赠以新著《金门战地史迹》。下回再回浯，还要请振良先生作向导，遍游金门新旧城，观赏未及观赏的种种文物古迹，不知振良先生能接受我的预约否？

2005年9月5日

吴宏一：留些好的给别人

2005 年 7 月 19 日，吴宏一教授从香港来。这天，台风从连江登陆，雨大如注，我去他下榻的"西酒"拜访。吴教授此行，专为看书而来。前两年，他也到过福州一次，也是为看书而来。从香港动身前一星期，他发来一航空信件，可是等我收到时，吴教授已经在回港的飞机上，时间过去了整整十天，二十一世纪了，邮路不畅到如此地步，令人扼腕。按例，假期图书馆每周只开放一至两次（古籍部一次，基库两次），师大图书馆的方馆长和古籍部的郑主任，特地为吴教授开馆接待，风雨天，他们放弃休息，吴教授和我都十分感动。此行，吴教授赠《留些好的给别人》（香港明报出版社 2004 年版），回赠以《三曹诗选评》（上海古籍出版社 2004 年版第二次印本）。

吴教授是台湾高雄人，祖籍福建南靖，1973 年在台湾大学获文学博士学位，博士论文为《清代诗学研究》。

吴教授长期执教于台湾大学，曾赴哈佛大学访过学。吴教授还参与台湾某些大学中文系、研究院中国文哲所的筹建工作，编写过台湾地区使用的中小学的语文教材。二十世纪九十年代，吴教授应香港中文大学之邀，赴港任该校中文系讲座教授，前几年从中文大学退休，又被香港城市大学聘为讲座教授。吴教授对中国古代文学情有独钟，从先秦到晚清，研究视野广阔，而于清诗的研究成绩尤为突出。

吴教授研究著作不下十种，研究之余，间或写些旧体诗、新诗和散文。《留些好的给别人》是吴教授的散文新集。这些散文大多发表在香港的《明报月刊》，内地的读者很难读到。我与吴教授认识十余年，又是同行，有较多的见面机会。吴教授由于长年从事文字工作，视力很差，动过手术，有感于友人在香港做白内障手术的成功所作的《刮目相看记》，因此作了一篇《大开眼界记》。吴教授曾对我说，眼睛出了毛病，看东西常常"雾里看花"，稍远一点的物体更加"倩女离魂"，遇见熟人邻居则"视而不见"，不知谁何。他做过三次手术，不仅"刮目相看"，而且"眼界大开"，但装上的毕竟是人工水晶体，是假瞳仁、假眼珠，故吴教授常常自嘲是"目中无人""有眼无珠"，让人忍俊不禁。这次吴教授赠书，再三展阅，不能不佩服吴教授的智慧、机警与幽默。

《留些好的给别人》一文与书名同题，可以看出作者对此文的特别喜爱。作者一位友人的前辈说，小时候出门去买橘子，母亲对他说："要留些好的给别人，不要把好的全挑光了。"这位母亲虽然不识字，但是她的一句话，却让友人的前辈受用无穷。作者说："这句话，也使我怅惘了很久，使我想起童年的一些往事。我的母亲仿佛也说过类似的话。她常教我要谦虚，要为别人着想。譬如说，搭公共汽车要让位给老弱妇孺，走路要让别人先过，吃东西不能尽挑自己喜欢吃的，'要留些好的给别人'……"

我们经常讲弘扬中国的传统文化，而什么是中国的传统文化呢？大道理可以说出许许多多，阐述的文章可以写出一篇又一篇。但我觉得，吴教授所讲的"留些好的给别人"，其实就是中国的一种传统，一种美德，没有什么深奥的大道理，没有什么高深的学问，一代又一代的母亲们，把这句名言教给她们的儿女，一代人又传给下一代人，"觉得妈妈所教的，都是天经地义"。吴教授听了友人前辈的这番话，为什么"怅惘"久之？因为他目睹了台港六七十年代以来世风的变化："很多人觉得不能老是让自己吃亏，于是开始争位子，争权利，争享受，有福先享，有事先推。用买橘子来比喻，大家都抢着要好的，而且抢着把好的挑光，凭什么留下好的给别人享受？"于是，吴教授说，以前不识字的母亲都很自然地教儿女买橘子要留些好的给别人，但现在我们识了很多字、懂了很多道理的父母，"不知道为什么吝啬讲这样的一句话"。

吴教授行期匆匆，我邀请他明年如果得暇，在福州多住两天，并趁便到福建师范大学文学院讲演。2006 年 6 月 4 日，吴宏一教授再次来福州看书，6 日到文学院做了"中国古代文学研究的若干问题"的讲演。福州的国学大讲堂开讲两个多月来，热热闹闹的，每月两讲，越来越为社会各界所关注。吴教授来福州之前，征得他的同意，我们于 9 日晚在福州晚报社 8 楼大厅也安排了一次他的讲演，吴教授讲的题目是"唐宋诗词颜色字"。我一向认为，讲演大约可以分为两大类，一是深雅，一是通俗。深雅非常强调严谨的学术性，不是同行不容易听懂；通俗则更加重视受众的情绪，听讲者众多，而且场面热烈。这两者当然没有高下之分。吴教授的讲演一气贯注，声情并茂，且能由雅而入俗，深入而浅出，我主持过大大小小的许多学术讲演，但像吴教授在福州所做的这两场，气氛这么好，听众如此投入、如此配合的并不太多（2003 年诗人余光中来福建师范大学讲演的那一场效果也很好）。我们不能不为吴教授深厚的学养和高超的讲演艺术所折服。

　　留些好的给别人，以买橘子为例，是说买橘子时不要把好的都挑光，好的也要分些给别人。如果从另一个角度来理解这句话，能不能说，一个人来到世上，是不是也应该留些好东西给他人，给这个世界；能不能说从事中国古代文学研究的学者，在他的一生中，也应该留些好的学术成果给他人，即留些好的成果给同行、给晚辈、给后人？

我这样解释，可能已经离开吴教授《留些好的给别人》的本意，但我想吴教授也一定会同意我的这一看法。现在学界有一股浮躁之风，出书出文章要快，不仅要快，而且书要厚，文章要长（书厚和文章长当然不可一概而论），我们在出书出文章的时候能不能先想一想，能不能给他人、给同行、给晚辈、给后人"留些好的"（成果），而不是些粗制滥造的东西？吴宏一教授新著《清代诗话考述》一书马上要在台湾出版了，为了撰写这部著作，吴教授不仅联合了港、台和内地（大陆）几十位学有专长的学者，而且多次往返于港、台和内地（大陆），跑了几十个大大小小的图书馆，仅福州一地就来了三次。去年和今年他来榕就是为查阅图书，就是为核对这书的资料。相信《清代诗话考述》是一部给他人、给同行、给晚辈、给后人的一部好书，是吴教授所说的"留些好的给别人"的一个组成部分。我们期待此书的早日出版。

2006 年 6 月 13 日

杨树清的大书包

　　乡贤杨水应先生的钻石婚纪念活动原定于 10 月 7 日举办，因"柯罗莎"台风肆虐，推迟到 10 日。上午十一点，我按时来到位于松山区敦化北路的王朝大饭店。五楼的会议中心，亲友故旧，融融一堂。穿梭于人群中的有兼任《金门日报·乡亲版》的杨树清兄。

　　树清兄是"金门丛书"的策划者之一，写过不少关于金门的文章及著作，也是"头衔"冠着"金门"二字的作家，即金门作家杨树清，因此常常想见其人。2005 年元旦，我到金门县参加首届"世界金门日"，大会安排我做一简短讲演，我讲的题目是"木本水源"。讲毕，树清兄过来和我合影，并从大书包掏出一个大本子让我签名，还嘱我写上一两句话，署上福建省金门同胞联谊会某。树清一脸的憨厚朴直，体格壮而不粗，和闽南做活的人没有两样。后来，我才知道，树清的父亲并不是金门人，早年随军来到金门，就在金门落脚。树清就是在金门吃着地瓜长大的，从生活习俗到语言神态完全是金门化了，有一种很特殊的"番薯情"，大概除了血缘，已经看不出一点湖南人的样子了。

2006 年 12 月，我到吉隆坡参加第二届"世界金门日"，在万豪大饭店邂逅了树清兄。在金碧辉煌的大饭店，男人个个西装革履，女人大多珠光宝气，气象大大不同往日，都像换了一个人似的，而树清兄还是挎着一个大大的布书包，穿着与平日并无二致，似乎与富丽堂皇的格调不协调。我们和李县长合影之后，树清兄从大书包又掏出大本子来，翻出一页空白页让我签名，这次与上次稍有不同的是，地点是吉隆坡。

今年 3 月 22 日，我来铭传大学参加两岸大学校长论坛暨建校五十周年校庆，并做讲演。24 日，参观 101 摩天大楼，顺便逛了新光三越。化妆品、首饰柜台都在一楼，柜台小姐满脸堆笑地招呼，让我为女朋友买点什么。她们怎么知道我有无女朋友呢？我也报她们以一笑。稍事休息，趁便给树清兄去电，他回电，说："哪位？我正在地铁上。"我报了家门，电话传来他的声音，似乎有点喜出望外的样子。他说，他准备到台湾师范大学附近一家叫"旧香居"的书屋参加二十世纪三十年代现代文学的书展，邀我前往。我连忙打车赶去，树清兄已在街口迎候。参与今天小聚的还有北部、中部某些大学的教授、出版商。"旧香居"这个名字起得好，书店的品位、书店的高雅、不同凡俗已经隐藏其中。这是一家旧书店，一层卖书，挤挤挨挨，错错落落，虽然都是旧书，但旧而不脏，旧而不乱。地下层是展室。二十世纪三十年代书籍数百上千种，所有的书都精心地摆在镶有玻璃的展柜里，排布得井井有条，灯光取的是暖色，透明而柔和，赏心悦目。这么多的三十年代书籍，除非是老牌一点的图书馆，不然在大陆也算是奇观了。我虽然不研究现代文学，但也为此颇感吃惊，在海东，竟然还有这么些热衷于二十世纪三十年代书刊的搜集、整理、珍藏的文化人！老板、老板娘和他们的女儿都很热情、在行。有一位老教授对旧书行业非常熟悉，不断和我谈北京、上海、福州昔日旧书店之盛，如讲到福州南后街的旧书铺，眼睛是一亮一亮的，充满了爱慕，当然也有惋惜。他还和我探讨了在大陆开店的可能。

晚上，与树清等在师大附近吃泰国料理。饭后，在另一家茶馆喝茶，有点热咖啡或冷咖啡的，有点啤酒的，有点绿茶的。可见人和人的嗜好是不尽相同的。在家，我多喝绿茶和乌龙茶，出门，在宾馆和茶馆我只要红茶。在家，客人来了，泡壶乌龙，你一小杯我一小杯，这时的喝茶是以"我"为主，客只能随"我"之便，因为这是"我"家。工作时，没有人对饮，也没有闲工夫去不断添水斟茶，用透明的玻璃杯泡一杯绿茶，累了，或者文思阻塞，停下来观赏会儿绿绿的叶儿在杯中沉浮，亦是自得之乐。喝红茶，好像要一点好的环境，大宾馆富有气派的厅堂，或者僻静的小茶馆，用白瓷瓯，慢慢品啜。故而来台数日，我要的都是红茶。谈兴很浓，对树清兄来说，是有朋自远方来；对我来说，是他乡遇乡人；对几位当地的教授来说，是小聚，也是结交新友新知。

这天晚上，树清兄的大书包尤其引起我的兴趣。刚才吃饭，他从包里摸出一瓶金门高粱，说："庆元兄给我电话时，我已经在地铁上了，这瓶金门高粱并不是我有意的准备，只是凑巧带出来的罢了，没想到就这样碰上朋友，有了用场了。"款待乡亲，金门高粱是比什么酒都更好的佳酿！这醇香馥郁无比的高粱，是内心浓浓的乡情，是眼睛里温湿的情意；如果是在他乡，还多多少少带着一点淡淡的乡愁，小岛的海波轻轻在怀中激荡。我不知道，平日里，他的大书包是不是也常常藏着一瓶金门高粱，以备不时之需？

小茶馆的顶篷啪啦啪啦作响，下起雨了，好像雨还下得不小。喝茶间歇，树清兄从大书包取出照相机为大家拍照。这款照相机从外观看已经有些老旧，看来用的时间已经不短。树清兼有记者的身份，难道记者就不能多讲究一点他手上的器械吗？树清也说，确实也应该换一台了。我们在一起，聊的多是金门事，说到兴处，树清兄又从书包里掏出一份《金门日报》，说这是今天的，今天金门有哪些消息和新闻。他问我："你也读《金门日报》吗？"我说："读的，但是读的都是一个月前的旧报。不过，我仍然十分感谢《金门日报》社多年来的赠报。我住在福州，从金门到福州，通过'小三通'的管道，本来当天读当天报是没有问题的，台北不是当天就可以读到当天的《金门日报》吗？报纸运到台北，要空运，到福州只需要短暂的水运和三个小时的陆运。我读的报，大约每十天打成一包，辗转许多路程经过许多麻烦的手续才能到手，偶然还丢失过。"树清兄听罢，不住摇头。在茶馆坐了一个多小时，树清兄不停地从书包里取出一些书呀杂志呀参观券呀之类，好像取不完似的，而这些印刷品，又大多和金门的人、金门的事有关联。

我住在富都，树清兄坚持要送我回饭店。他说，那家饭店现在比较一般了，若干年前，那家饭店是很有名的，某某歌星当年就是在饭店顶层唱红的。可惜呀，这家饭店快要转让做楼盘，下次你再来，也许就看不到了。我说，我就住在顶楼的下一层，难怪现在顶层关闭着。说到这儿，大家似乎都有一点点的感伤。看来，人都是恋旧的。我说，我住过的饭店，都会有记忆的，我不会忘记富都。他又麻利地从大书包里找出一本开本很大的签名册让我签名，我说："不是签过了吗？"他说："那不一样。我们见过三次面，是在三个不同的地点：金门、吉隆坡、台北。这次你签名，一定要把'台北'两个字也写上。"我说："没问题。"他说他还要到大陆办些事。我说："到时候是不是让我再签一个名，写上于福州，或于厦门，或于北京、南京？"我们都笑了。

临行，树清兄从包里取出一张小纸条塞给我，上面写道：

金门作家杨树清寻根。

金门作家杨树清，原籍湖南武冈市高沙丘唐杨家冲。

祖父：杨手城。

祖母：谢十妹。

父亲：杨国祺（1949年来金门改名杨国棋），生于民国二年（1913），来金门记载为民前二年（1910）。杨国祺有姐妹：杨福娥、杨美满，均嫁到县城。

我答应树清兄，我会努力的。我握着树清兄的手。树清兄的父亲在他的一生中，有漂泊，有流离，从湖南来福建的金门，树清兄现在也到台北谋生，但是，血脉是绝不会忘记的。树清兄的父亲虽然已经故去，但是生前他并没有忘记把自己的父辈和自己姐妹的名字告诉树清，更没忘记把居住之县、之乡、之里告诉下一代。这使我想起曾经执教于台湾大学、香港中文大学的吴宏一教授。十多年前，我们初识不久，他就让我帮他做一件事，安排他到福建南靖老家，寻找某乡某村。他说，他的祖上是三百年前跟着郑成功到台湾的，三百多年来，一代传一代，始终没有忘记南靖的某乡某村。现在，树清兄居住在台北，我还相信，将来他的孩子一定不会忘记金门，就像我的子女一样，他们也绝不会忘记金门。

树清兄，事隔半年，我又来台了，这次来台可以住上一学期，我们见面的机会多了。不过，我还想探究一下，你的大包包里还有什么？对了，那包里还有一只手机，手机号也很特别，前面09是台湾手机号的识别，接下来的三位号码是823。金门的区号是8，23是金门许多固话前面的两位数。树清兄，你太狡猾了，原来你的手机号也有这么多的玄机！

雨，还在下着。台北的雨，春夜里缠绵的台北的雨。

2007 年 10 月 15 日

王国良教授海西访书始末

　　王国良教授，是我在东吴大学中文系认识的第一位教授——尽管现在王教授已经离开东吴，去了台北大学任教，但他仍然是东吴的兼任教授，每周一都来上研究所的课。

　　认识王教授，当回溯到 1997 年秋天。这年秋天，在东海大学召开"魏晋南北朝文学国际学术研讨会"，这是我平生第一次来台湾（此前一年，成功大学也邀请参加该校主办的研讨会，论文寄达了，讨论的场次、评论人都安排了，后因故未能成行）。王国良也是与会教授之一。王教授主攻汉魏六朝小说，成绩卓著，在海内外学界有相当的知名度。会后，大家由台中回到台北，大陆学者则入住台湾师范大学的招待所，在台北活动了两天，最想看的自然是台北"故宫博物院"。记得从博物院出来，王教授邀请大家便道到东吴大学看看。从博物院到东吴，步行只要十五分钟。东吴校门口的路旁停着一长溜的摩托车，挤挤挨挨。王教授时为东吴的中文系主任，我们在爱徒楼参观了中文系狭小的办公室，他又领着大家去看图书馆。图书馆整洁干净，安宁舒适，图书存藏有序，给参观者留下了良好的印象。

第二年，也就是1998年的12月，我再次东来参加"魏晋南北朝文学国际学术研讨会"，这个研讨会的主办单位是台湾中国文化大学文学院。文史哲出版社老板彭正雄本身就是一位学者，也与会，彭先生邀我们几个人到他的书店看看，并说："出版社和书店是自己开的，你们要什么书，尽管挑走好了，不要客气。"我们两三个人还是不太好意思，我挑了几本，其中就有王教授的汉代小说研究的著作。

记得十六七岁的时候，读过俄国诗人普希金的一首诗，大意是说，每个人都坐在各自的生命驿车上，年轻的时候，希望车夫把车赶得快一些，恨不得往前直冲；中年的时候，坐在车上昏昏欲睡，似乎没有太多的感觉；等到稍稍清醒，无意间发现车夫原来是这么莽撞，无论怎么喊叫，车子的速度还是飞快。和王教授别后，忙忙碌碌，无所事事，莽撞而且飞快地过了七八年。大前年夏天，一位同事参加一个古小说的学术会议，给我捎来王教授所托的小纸条。王教授知道我这几年分心从事地方文献的整理和研究工作，希望协助他查找近代闽籍藏书家龚易图的大通楼藏书目和龚氏著作。我这才知道，他已经离开东吴，去了台北大学，主持该校文献学研究所的工作。陈教授和我的名字仅有一字之差，他说是同宗同族，确定无疑，由于研究的领域有些接近，在某些场合按姓氏排名之时，也是一前一后，特别亲切。大约过了半年多，有个晚上，陈庆浩教授从法国巴黎来电，使我感到意外的是，陈教授居然说王国良教授这时就在他的身旁。我又和王教授说了些话，原来，他去巴黎看书了。王教授还说，他正在申请一个龚易图书目研究的课题，希望福建省图书馆和福建师范大学图书馆能提供帮助。我说责无旁贷，并期盼王教授早日来闽。

今年元月初，和王教授来往了多通邮件，都是来闽看书的事。28 日下午，王教授由台北转机香港，到了福州，开始了为期十天的访书读书活动。常常有人问我，王教授此行做什么课题，我说做的是龚易图大通楼藏书目。我看他们瞪大眼睛的表情就知道，龚易图是何许人，他们并不清楚。我说，龚氏的藏书楼原址在西湖宾馆东门滨湖处，他们才找到话题，说原来在这么好的地方。其实，对很多人来说，龚易图和龚氏藏书，是绝无干系的，但对居住在省城的文化人来说，似乎不当忘记这位近代拥有数万卷珍贵图书的藏书家。清朝乾嘉间朴学家闽县陈寿祺说"闽人不善为名"，这话当然是在特定场合说的，但是，像龚易图这样的藏书家，叶昌炽《藏书纪事诗》竟然将其遗落，我和王教授都觉得有欠公允。王教授以为，福建明清两代出现了许多文学家和藏书家，由于各种原因，很多人不了解、不知道，我们所做的研究，就是推动，就是让更多的人能逐渐了解。王教授对我说："你近年来做的一些文献的书，如《赌棋山庄稿本》《魏秀仁杂著》，还有《徐燉集》，我在台湾都看到了，而且买了。"我说："这么快呀？《徐燉集》才刚刚出版。"他说："台湾有不少学者很关注文献。"经他一说，我也记起了一件事，不久前东吴大学有一位研究所的同学，说他的论文做的是谢章铤，寄信让我替他代购一套《赌棋山庄稿本》。我对王教授说："你现在兼做图书文献了？"他说："你不也是兼做了吗？"彼此会心一笑。

从第二天开始，我陪王教授出入福建省图书馆、福建师范大学图书馆两馆的特藏部，得到省馆谢馆长、林主任，师大馆方馆长、郑主任的帮助。从住所到省图交通不是很便捷，师大文学院的王汉民教授有时还开车相送，张家壮老师也协助做了不少事。在看书期间，不期在省馆见到我的学生林虹、蔡莹涓、刘建萍，他们也来查阅资料，颇为欣慰。王教授祖籍安溪，2月1日（周四），我陪他去了厦门，次日我先回榕，周六、周日图书馆闭馆，他又独自去了漳州和泉州。王教授的日程安排周密，他计划去厦、漳、泉，台北大学三位研究所的同学从台湾赶来和他会合。研究所的同学有一位做砖雕研究，一位做道教宗教信仰研究，我们到厦门市同安区，得到区金门同胞联谊会和文化馆的帮助，他们为研究所的同学实地考察提供了不少的方便。王教授和他的学生到漳州、泉州，也分别得到漳州师范学院、泉州师范学院同仁的热情款待。

2月8日上午，王教授在省图又看了半天书。查书的工作基本上告一段落。午后，我开车带王教授看了三个地方。龚易图大通楼遗址是不能不看的。遗址到底还"遗"了些什么，因为没有见过原址，不好评论，参考龚氏后裔编写的一本小册子，大概可以推断，池塘还在，一些奇石还在，也可能还有一些树木之类。不过，从大体的方位，的确可以想见当年大通楼之盛及龚氏藏书楼之大概。王教授此行，或许多多少少增加了一点感性认识，他还拍了些照片，以作资料之用。

第二处看的是福州城南螺洲的陈宝琛藏书五楼。藏书楼的重修工作已经基本结束，但尚未开馆，差一点吃闭门羹。五座楼的样子都出来了，只是空荡荡的，门可罗雀。日后，人们来到藏书楼，能看些什么呢？看重新修缮的楼房？还是图片、复制过的照片？前年6月下旬，我带学生来此，当时还是一片荒芜，杂草丛生，大门紧锁。当时没有办法呀，只好翻墙，身子刚刚上墙，不好，来人了！心想这一下狼狈了。没想到那人过来是告诉我们："那里有一张木梯可以用，你们徒手翻墙好危险。"从来没见过这样的看门人（他也没有钥匙），如此地"为虎作伥"。他说，他是当地人，有人来参观陈宝琛的藏书楼，他都很高兴，就是来看的人太少了。藏书楼只有沧趣楼灵光独存，其余四座或余残垣，或剩断壁，即使沧趣也已成危楼，踏在木板上，嘎吱嘎吱响，木梯摇摇晃晃，到处是尘埃灰土。这次与王教授一道来参观，与上次的体味全然不同。我心里想，既然陈宝琛现在被尊为福建师范大学首任校长，何不让陈氏五楼交由师范大学管理（或共管），把陈宝琛从前捐给福建协和大学的书搬些过来，在此重建一个陈宝琛图书室，不就多少有点名副其实了？有宾客来访，带他们到此一游，不也更可以看出一个学府的传统和积淀？书生之见，百虑或许尚有一得，可说不定呢。

"螺女江空一派秋，白沙如雪合江流。旗山更在沙痕外，一叶渔舟几点鸥。"这是清朝乾隆年间许遇《家山杂忆》组诗中的一首。我们到螺洲已近残腊，但与当年许氏所咏秋景亦相去不远。螺女江，又简称螺江，是闽江的一段，此地因晋朝有一个美丽动人的"螺女"传说而名螺洲，为此这段江流也相应称螺女江或螺江。螺女江水量丰沛，急速地从藏书五楼前向东流去。螺洲、螺女江之外，还有螺女庙。问了不下五六位当地居民和学生，都摇头说不知，或没听说过。后来经一长者指点，我们才小心地把车开进沿江深巷。深巷逼仄，仅容一车，最后连一车也不能通行，只好弃车徒步。大概是离庙已经不远，村民大都知道其址。一直走到巷道的尽头，其地只有一些老旧的房子，驳杂的树木，不过，左顾右盼，仍然见不到庙宇的真容。片刻间，从堤岸外走过来一位妇女，手上还提了一个

福州螺女庙

篮子，像是从江边洗菜回来的样子。这位妇女指着我们身后三五米的房屋说，那就是了。回身一看，哪像是庙呵，破屋一座，也无牌匾，也无庙号。木门锁着，又让人犯愁。妇女又说，钥匙就在她家。她很热情，很快就取了钥匙，打开木门，拉了开关，如果没有电灯，黑乎乎的什么也看不见。庙很小，大约只有十四五平方米，有供桌、香案，供桌背后的墙上是整幅的壁画。一个大田螺，螺上升浮着一位年轻貌美、脸色善良温和的女子，这就是螺女，或叫田螺姑娘了。田螺和螺女的上方和左右两侧，画着幔帐一类的装饰。应当承认，壁画比较粗糙，可能是年岁较久，色彩也不很鲜艳，因此也就显得特别古质、纯朴。王教授很高兴，说："教了一辈子《搜神记》中的'白水素女'，也知道故事发生在侯官，就是没有到过。今天终于到了，见了，回去可以把拍的照片给学生们看，让他们分享。"在回去的路上，王教授还告诉我："在询问刚才那位妇女之前，他已经看到她在江边洗田螺了，田螺个个都挺大的，她洗得很专注，当时不敢贸然跟她说话，怕她觉得突然，吃惊而出意外（落水）。"怎么这样巧，来看螺女庙，又见到有妇女在螺女江洗大田螺。巧合归巧合，但似乎可以推断的是，螺女庙附近的田螺确实多且大。这也算是这次来螺洲的一个意外惊喜吧！

次日一大早，王教授仍然经由香港返回台北了。一个多月之后，我参加铭传大学校庆也来到台北，并且到台北大学文献学研究所拜访了王教授。台北大学办学的时间不长，文献学研究所更是刚刚组建不久，所里没有多少图书，王教授就把自己的藏书搬一些过来。他说："家里书太多，堆不下了，可能有两万多册吧，搬一部分到学校，别人可以用，我自己也可以用。"话题又回到龚易图的藏书和藏书目录来，他说："论文还没写好。"他还说，正在准备材料，金门技术学院下周请他过去讲一次金门文献。

9月中旬，我重到台北，在东吴刚刚教了几堂课，王教授就来电说："要过中秋了，一起吃吃饭，到时来接你。"中秋前一晚，王教授果然把我接到永康街吃了中秋饭，同时还送了月饼。王教授说："论文写得差不多了。"过了几天，他在电话中谈了这篇论文的一个重要论点：乌石山房藏书与大通楼藏书虽然都是龚氏的藏书之处，但却是不相混同的两处藏书，说乌石山房藏书就是大通楼藏书，或说大通楼藏书就是乌石山房藏书，是不对的；乌石山房藏书目与大通楼藏书目，当然也是两个不同系统的藏书目录，也各不相混。我说："请把文稿发过来，让我先睹为快。"王教授发来论文，题目叫《晚清龚易图藏书探析——以〈乌石山房简明书目〉〈大通楼藏书目录本〉为主的考察》，仔细阅读一过，觉得论文材料翔实丰富，论证充分，解决了多年来学界一直没有解决的问题。论文还对郑振铎先生的手抄本《大通楼藏书目录本》做了研究。王教授在福州查书，非常认真地将郑氏抄本与福建省图书馆藏原本做了比勘，不仅发现郑氏抄本的数处错简，而且对郑氏本的夺、倒、衍、讹一一做了订正。关于乌石山房图书流传到台湾的问题，王教授在论文中也做了交代，虽然这一部分不一定是王教授的发明，王教授所做的工作还是比前人更推进一步。龚氏"乌石山房"藏书精品三万四千余册，已于1929年让售当时的台北"帝国大学"（今台湾大学），这些图书至今仍旧安然无恙，成为台湾大学图书馆庋藏古籍中最重要的一部分。当时经手这些图书的是这所大学文学部的日本学人神田喜一郎（1897—1984）和他的助手前岛信次（1903—1983），书款是一万六千四百美金。关于这批图书如何流入台湾，龚氏后裔编的《忆福州三山旧馆》（2000年春印）记载可能有所出入。

笔者这篇札记，无意详细推介王教授的论文。我只想说说自己的两点感想。其一，王教授撰写这篇论文可谓勤矣，从酝酿到大体成篇（王教授称为初稿），花了两年多的时间，他还特地从台湾飞往福州查了十来天的书，实地考察大通楼的遗址。至于台湾大学图书馆、台湾东吴大学图书馆，特别是东吴，他不知跑了多少趟。王教授是老东吴了，他还告诉我，东吴图书馆一周七天，只有星期天上午休息，其他时间都是开放的。他就是常常利用星期六、星期天来查书的，就在我写这篇短文的上个星期六，他还到过，而且有所收获。可见严谨的科学研究多么不易，写一篇好一点的文章，也不是一朝一夕的事。其二，龚易图过世于1893年，至今110多年，人世沧桑，龚氏的十万卷珍藏的图书一大部分被保存下来了，更值得庆幸的是这些图书已化私为公，分藏于福建省图书馆和台湾大学图书馆，这对两岸的学者来说，都是一种福分。王国良教授说："也许世人除了关心龚易图藏书的来龙去脉，更应把精神用在两家图书馆所庋藏龚氏原有的珍善典籍上，开发其精彩内容，进行更多深入的探索，方是学术界之福。"

我本人非常赞赏王教授的这一结论。

我期待着王教授有机会再到福建，再次利用福建的图书资源，写出更多更精彩的文献学论著。当然，我这次来东吴，也会珍惜机会，多多利用台湾的馆藏典籍，相信对自己的文献学研究也会有帮助。

2007 年 10 月 27 日

有朋自海东来

7月，福州的天气闷热。有朋自海东来，心情却是始终愉快的。

6日，学院的最后一次教职工大会开过之后，算是正式放假了。一两天后，历史学院林国平教授来电，说台湾佛光大学的卓克华教授来福州了，要来看你。我说还是我去看他吧。国平兄说，卓教授是福州人，住在水部一带，约个时间，还是他来。9日，国平兄果然领着卓教授来到寒舍。在这之前，我没有会过卓教授的面。今年元月中旬，我到台北的兰台书店拜访卢社长，社长让我为卓教授的《古迹·历史·金门人》作序。回大陆之后，杂事猬集，卓教授来访，我才想起作序这事儿，时间很快，过去半年了。卓教授是厦门大学陈支平教授的博士，也是国平兄的师弟。很多朋友都问过我，台湾不承认大陆的学历，是怎么一回事。我常常举这样一个例子：有一次，我到一所私立大学演讲，演讲毕，艺术中心黄主任带我去参观台北校区，走着走着，他突然驻足，认真看起某学院公布的教师学位、职称的介绍。他说，你看，这里有两位教师是台湾的硕士，而博士学位却是在大陆读的。我一看，果然。也就是说，如果学校要用你，就不存在大陆学历学位承认不承认的问题了。主任说，当然，公立大学恐怕还不行。我没细问卓教授这个问题，反正他任职于佛光就是了。卓教授腿不是很灵便，我也没问他的实际年龄，从他的经历判断，也就五十来岁的样子。国平兄说，克华研究中国史，很努力。卓教授乐观、健谈，特别是谈到治史，谈小题目如何写大文章，都很有主见。直到离开寒舍，他还意犹未尽。卓教授有些吃力地下楼梯，他一再回过头，连称再见。我想，在台湾，像卓教授这样执着研究中国古代近代史的学者，或许不乏其人。

和卓教授会面的当晚，厦门大学王玫教授来电，说台湾大学的齐益寿教授已经通过"小三通"到厦门了，明天就可以回到福州。齐教授是我多年的老朋友，福州人。1996年我到台湾参加"魏晋南北朝文学国际学术研讨会"，他也是与会代表。1997年，我再次赴台，相见甚欢，齐教授领着我参观了台大的校园，介绍我和台大中文系的同仁认识，还带我到台大附近的书店逛逛，喝咖啡。齐益寿教授在台大和台湾古典文学界以温文儒雅出名，有人说，二十世纪三十年代的教授，大概就是齐教授这个样子。齐教授又是很有亲和力的教授，和他交往很轻松，我和他的年龄差距不是太大，就是他的学生在他面前也不见拘束。去年我到台湾后，知道齐教授从台大退休数年，被世新大学聘了去（同时还在台大兼课），没有及时和他联络。12月初，我到台大讲演，也没有特地告知。几天后，齐教授知道我到过台大，来电不仅没有责怪的意思，而且说要请我吃饭。12月17日，我从金门拟飞澎湖，逗留一天，因齐教授已有约请，当晚便赶回台北的"北平天厨"饭店。齐教授拉了在台大客座的伯伟兄作陪，其余的都是他的学生，黄雅琪（台湾中国文化大学）、高莉芬（政治大学）两位，都是早些年就认识的，但其时并不知道他们是齐教授的学生。在读的，有博士也有硕士，有韩国留学生，还有一位是北京大学交换过来的李姓女博士生（傅刚兄的学生）。齐教授和他的学生们其乐也融融。韩国的女博士生还介绍了自己恋爱的"密事"，说她的老公是高僧介绍的云云。齐教授说，他的学生，要数张姓的女生最厉害。这个学生前天刚听过我的课，在我的印象中好像和"厉害"沾不上边。张姓女生抿嘴笑着说："齐先生这学期本来不开'谢灵运研究'的课，是我要求的；老师这门课是因为我才开的。"原来如此！我弄不清楚，是学生"厉害"，还是老师特别温和？

10日晚，齐教授来电说，他已经到福州了，明天来看我，顺便看看福建师范大学。第二天一早，齐教授自己乘车来到我的华庐寓所，赠送了台湾冻顶乌龙茶。我领齐教授参观了仓山校区和旗山校区。那天是周五，恰好古籍部开馆，郑惠主任很热心，让我们到古籍书库参观了典籍。齐教授见识多广，何况台大图书馆的古籍那么丰富（我曾通过朋友利用过该馆的典藏），但是他看过之后，还是赞赏不已，说古籍这么丰富，藏书条件如此好，不多见。旗山馆闭馆，值班的先生很热心，为我们开了门（6月间我带金门技术学院校长李金振教授来参观，他们也是跑上跑下地导览）。旗山河西的协和学院也是不能不看的，因为那是我服务的学院。苍翠的旗山倒影在湖面上，具有独特风格的建筑群散落在湖边，是福建师大美丽的一角。齐教授连声说，太美了、太美了。齐教授的亲戚住在五凤小区，我留他吃午饭，他说，回来一趟不容易，想和家人多待些时间，因为明天将由福州到上海。齐教授八九年前回来福州一趟，这次的故乡之行，感想很多，说路都认不得了，没想到福建师范大学的校园这么大！

与齐教授会过面的十天之后，即21日，诗人张国治来电，说他到福州了，能否见见面。我说："你赶快来吧，中午咱们一起吃个便饭。"之所以请诗人赶快来，是因为神交已久，并且曾经失之交臂。国治是台湾艺术大学的副教授，余事为诗。他跨了艺术和文学两个领域，两个领域都颇有成就。知道张国治其人，是从"金门文学丛刊"开始的，丛刊第一辑收了他的诗集《战争的颜色》。2001年，

"两门对开"，开启了两岸隔绝52年的大门。那年正月初八，张国治怀着复杂的心情登上开往厦门的渡轮，回到自小梦魂萦绕的家乡惠安，彻夜难眠，草就为人传诵的《风雨渡航》一诗。25千米，52分钟就可以走完的路程，却花了52年的时间。他的父亲苦苦地等待，却走不出52年的时间隧道，走不完25千米的水路。乘坐风雨的渡轮，是为了圆儿时的梦，更是为了替父亲了却心愿。两三年前的一个晚上，张国治来电，我问他在金门还是在台北。出乎我的意料，他说在福州，来参加两岸的一个诗会，明天一早就回去了。欣喜即刻变为失望。国治是金门人，神交有年，却始终没有见过一面。我在台湾客座时，也知道国治在艺术大学，但没弄清是在台北艺大还是台湾艺大。我参加的十多场与金门同乡有关的活动及其他艺文活动，也没有碰到过，不能不说也是一件憾事。国治终于来了！终于和国治见面了！高高的个儿，比平常的金门人高出半个头。挎着个照相机，一见面就咔嚓咔嚓，而且特爱拍特写。我说童头豁齿了，是不是故意要夸大我的丑陋？他还是不管，说某人、某人就是喜欢他的特写。他还让陪他来的美术学院的老师为我们拍了合影。国治说，这次他来，主要是和福建师范大学美术学院谈合作的事。我说赶快把翁院长找来一起吃饭。翁说他已另有安排。那就李副吧！一说，原来李豫闽副院长前几个月还带了一个团访问过台湾艺大呢。真是的，我怎么不知道豫闽前去台湾艺大访问呢？是不是师大真的太大了？要不是我喊豫闽过来，豫闽还知道不知道国治来了福州？

去年11月18日，到位于彰化县的明道大学参加唐宋诗词研讨会之后，明道的文学院院长陈维德教授陪我到鹿港古镇转悠了半天。午后，我直奔台南成功大学。赖丽娟博士和他的夫君郭秋显博士已经在高铁出口等我。台湾的大学，我和成功交往最早，但错失的机会最多。来台客座之后，系主任王伟勇来电说，无论如何，这次得到成功讲演一次。原文学院院长张高评还说："带你去吃虱目鱼。"其实，我和成大教师通电话最多的是赖博士，四五年前她在台湾"中山大学"读博士，论文做的是《刘家谋研究》。刘家谋，福州人，道光间曾任台湾教谕。家谋的朋友谢章铤，有《赌棋山庄集》。那几年，我为江苏古籍出版社编《赌棋山庄稿本》，写过一点谢章铤、刘家谋的文章。赖博士隔三岔五来电，让我协助她找些台湾见不到的资料，或讨论问题。好几次讲了半个多小时还意犹未尽，我只好说长途话费高，挂线吧！有一次，她托我找刘家谋的《外丁卯桥初稿》。没过几天，学院的王进安博士突然来电，说南京大学的鲁国尧教授也需要这本书，让我也帮他找找。我心里很纳闷，鲁先生是研究语言学的，与《外丁卯桥》风马牛不相及。再过几天，恰好鲁先生来讲学，席间谈起此事，鲁先生说，他在成功客座时，有人托他找此书。我见到赖博士时"责怪"她："你是不是不信任我？"她连说："不是不是，是双保险！"

　　赖博士是 27 日到的，同行者有她的助理和林朝成教授。林教授说他有位朋友谢必震，约好 31 日下午两点见面。我到温泉饭店去看赖博士，她带给我的礼物是《全台诗》五巨册。这套书我原想直接带回来的，可惜行李已超重多多，只好回来后再托人买。没想长春书店的老板陈长庆先生回话说，已售罄。于是我只好去托赖博士，成大许俊雅教授知道是我要的，说："《近代卷》七八本也快出版了，出版后再送。"既得陇又得蜀，天下真有这等美事！我在台读过这部书，觉得文献方面有某些不足，在中正大学等校讲演时我曾提及过，后来我才知道此书的编纂者至少有三个人听过我的讲演。许教授可能辗转听说我的某些意见的，没有想到却如此大度！我请赖博士回台后替我向许教授致意！ 28 日至 30 日，客人去了武夷山。约好 31 日上午我到温泉接他们到福建省图书馆看书。省图特藏部的林主任很客气，给了许多帮助。省图古籍丰富，赖博士如在山阴道上，应接不暇，我也临时充当她的助手。十一点半，我说："到此为止，我们赶快奔文史馆，向卢美松馆长要些地方文献。"卢馆长对书呆子有一种特殊的情感，他送书从来不手软。果然，十分钟之后，大袋小袋提着上车。中午，我帮赖博士把行李装车。天！好大的行李箱！三四天的时间，赖博士竟装了这么多宝贝回台湾。赖博士说，在武夷山还买了一套两三百块的线装本《武夷山志》。

我对她说，著者董天工也在台湾当过教谕，好像台湾的学者从来没有人提及。31日中午，林教授如约与历史学院的谢必震教授会面。客人的飞机晚上七点多起飞，还有些时间，我和谢教授分别开车带客人去长乐，本想看看江田的谢氏宗祠，事先没有联络好，就在长乐市文联郑主席的带领下，看了吴航书院和梁氏宗祠。当我们的汽车驶进长乐航空港，晚烟已经四起。7月，最后一批客人登机东回。

7月，来自海东的朋友们，在福建还会了其他的朋友：齐益寿教授在厦门会了王玫教授；卓克华教授在厦门会了他的老师和同学，在福州会了林国平教授；张国治的朋友更多了，有诗人们，还有师大美术学院的教授；林朝成教授会了谢必震教授。亲戚是越走越亲，朋友是越走越近。明年，如果他们再来福州、厦门，说不定不用绕道香港，甚至不用再从金门转乘渡轮了。一条浅浅的海峡，乘坐现代的飞行器，四五十分钟，眨眨眼之间可到。

7月过去了，8月呢？8月来自海东的朋友更多，有来自台北、台中、台南、高雄、桃园、花莲等各市县的。不过，记述这些，已经超出了本文的范围了。

2008 年 10 月 30 日宁沪旅次

陈庆瀚的理性思考与温情浪漫

　　"中央大学"的金门人，一位是中文系的李国俊教授，早些年已经听说过，去年我到"中大"演讲，又不期而遇，这次来"中大"，又见过几次面，李教授教的是戏曲，戏曲是"中大"的名专业之一。李教授住在台北，见面的机会不是很多。还有一位是法文系的教授，法文系有两位教师荣退，我即将离职，文学院院长卫友贤教授举办惜别茶会，席间聊天，才知道原来法文系也有一位金门籍教授。"中大"另一位金门人则是同宗兄弟庆瀚。

　　来台不久，树清兄早早就通知我，说作家洪玉芬做东，邀请朋友小聚，时间是 2 月 15 日中午，地点在新店五小福。我和太太到场时，两张桌子已经挤满了人，有著名画家李锡奇先生及夫人古月等。树清兄还特别把陈庆瀚教授及夫人郑晓雯介绍给我，说庆瀚是我的族兄弟，也在"中央大学"任教，以后我们可多多联络。午后，乘庆瀚的车回"中大"。途中，庆瀚赠送自行印制的新作《离散对话集》。

庆瀚是阳翟陈，我是烈屿湖下陈。阳翟陈是大宗，湖下陈可能是阳翟的分香。按照"志克卿允子公侯伯仲延笃庆丕先德昭谟奕祉贤"辈分的排列，庆瀚是我的同宗兄弟。庆瀚在金门阳翟长大，而我却生于大陆。初次见面，觉得很面熟，因为庆瀚的脸庞长得和我在美国的四弟庆良有点像。庆瀚拥有两个硕士学位和一个博士学位的头衔："中央大学"地球物理硕士和法兰西—孔德大学信息与自动化工程硕士（DEA）；随后又获法兰西—孔德大学工程师科学博士。回台之后，庆瀚进台湾大学全球研究中心，成了该中心的博士后研究员。在法国期间，庆瀚还修了两年文学博士课程。庆瀚在"中央大学"创立机器智慧与自动化技术实验室（MIAT），在"中大"资讯工程学系任教十多年。

钱锺书先生谈宋代的诗歌，以为有理学家中的诗人，又有诗人中的理学家，前者如朱熹，后者如刘子翚。现代社会分工越来越细，越来越专精，又写诗又研究哲学的人恐怕已经很少见，更不用说顶着一个诗人的桂冠去从事空间技术。庆瀚从事自然科学研究，集工程技术专家、诗人和作家身份于一体，在我的亲朋中，也许仅此一位。

本文以《陈庆瀚的理性思考与温情浪漫》为题写读庆瀚《离散对话集》之感想，并非杜撰。"理性思考"与

"温情浪漫"似乎毫不相干，不仅毫不相干，而且是两种不同的范式。思考，更多的是哲学家，或者是自然科学家所为，至于品尝葡萄酒，进而品味其美学，则更多的具有诗人温情浪漫的情调。然而，庆翰的《离散对话集》确实兼二者而有之。此集包括《系统思考》《金门大历史》《机器人感觉诗》《岛屿随笔》《葡萄酒美学》五辑。前两辑是"思考"，其思维更多的是科学家式的，冷静而理智；最后一辑是"美学"，谈的虽然是葡萄酒美学，其感悟却是诗人的，法兰西式的温情浪漫；三、四两辑则或思考，或展露庆瀚独特的美学理念。

庆瀚的思考总是从"概念"入手，他说：

科学家的思考被局限在有限的系统概念里，在这个系统中思考，所有事物都是明确可以理解的，所有推理步骤都可以掌握，据此产生的所有结果可以得到科学社群的认可，宇宙生命的事实可以得到安置，所以科学是令人安心的。（《系统思考》）

这无疑是科学家的严谨。由于严谨，庆瀚对如何命名自己这部书有所困惑，"离散"的概念是什么？一般人会说，"离散"不过是"合"与"聚"的反义。庆瀚的定义却稍稍有点复杂，既有文学人的离散，又有科学人的离散。他说，文学人的"离散"是指植物种子成熟后受自然力的搬移或飘散到他处，萌根开花结果，因此"引申出原乡／他乡的人文感触"；科学人的"离散"则是指"连续事物以最小单位切割的结构表示，得以简化系统模型，或者借以提高信息处理的精确度"。所以他的"离散"，既是文学人的"原乡／他乡"，又是科学人的"连续／离散"。科学人的思考是严肃的、理论的，文学人的思考是感性的、叙事的。尽管文学人的思考带有感悟的性质，但庆瀚始终没有离开他所规范的概念——原乡／他乡。而所谓的"对话"，则是"原乡与他乡的对话；连续与他乡的对话；文学的本我与科学的超我的对话"。庆瀚的这些文章，大多发表在《金门日报》副刊"浯江夜话"，为副刊带来科学的新鲜气息。其实，这些文章和即将出版的这本书，读者读过之后，自然也会和庆瀚"对话"，例如有位读者读了庆瀚的《金门大历史》和《金龟山》之后给作者写信，更多的是心灵上的对话，而不仅仅是面对面或书信式的。如果有一群读者能从心灵上同作者对话，那么庆瀚的文章、庆瀚的书，就是成功的文章、成功的书。

　　记叙描写金门原乡的文章，大多侧重于社会历史、经济、文化，乃至战争。庆瀚所写的金门历史，是金门的大历史，史前，几百万年前，几十万年前，几万年前，几千年前，直至一千五百年前始见于县志。他似乎更加关心金门的环境、生态，关心岩石、沙砾、水、林木、气候，还有星空。他的文章的笔调是文学的，然而思维却是科学的、理智的。他说，如果地球气候持续变暖，海水不断上升，四百年后金门岛的部分村庄将被海水淹没。为了应对这种变化，金门应当建设一个生态岛。尽管小小的金门，也许声音很微弱，力量很有限，但是金门人应当成为世界良善的公民（《当金门逐渐沉没》）。金门兴建各种建筑，也应当作如是考虑，损害生态，生存环境恶化，"土地荒芜，资源短缺，金门人只好不断地外移"（《金龟山》），理智深邃的见解，不能不叫人佩服！

近三四十年来，随着全球社会、经济、科技文明的变化，传统的系统思考陷入某种困境，庆瀚和许多科学家都在试图寻找并建立更好的系统思考模型，期待在未来的岁月里逐渐改变对世界的看法。《复杂思考与创造性思维》一文，是《离散对话集》中唯一一篇讲教学的文章，然而这篇文章讲的还是思考模型，作者的计划是："引导学生去感知和认识复杂的系统现象，借以发展学生多维度、多面向和动态变迁的概念架构"，"启发学生从事创造性的复杂思考"。

科学家理性思考的文章，容易写得平板，甚至枯燥。庆瀚的文章具有严密的逻辑思维无须赘言，使我振奋的是他文章的构思和文彩。《金龟山》是我近年读到最美的文章之一，作者先交代金龟山在金门当地的位置，随即遥想五十万年前、数万年前的自然形态，再转入八千五百年前原住民的活动及三千年前人迹的绝灭，一千两百年前牧马侯来到金门的开发。而四百年前战争对金门自然环境的剥蚀，六十年前日本人对云母矿的侵夺，金龟山千疮百孔，幸而有近四十年来的植树、保护，金龟山才慢慢有了一点生气。行文至此，作者很自然地笔锋一转，说现在却有人想在此地建造一处五倍于金龟山的宏伟建筑，真是骇人听闻！经过数十万年、数万年、数千年、数百年、数十年的生态变迁铺垫，宜建抑或不宜建，作者已经无须饶舌、无须花更多的笔墨去立论去反驳。作者深情地说：金门从来缺的都不是这样一处建筑，"金门缺少的是对环境、生态、历史文化有机体有着同样悲悯和关怀的普世大佛精神"。其实，何止是金门，当今世界，何处不是如此！读庆瀚此文时，自然会联想起唐代韩愈那篇著名的《谏迎佛骨表》，韩愈义正词严，一千两百年后仍然令人肃然起敬；庆瀚以他渊博的自然科学知识叙事说理，则让人钦佩！

庆瀚的理性思考文章，有时也会带点温情，带点浪漫的气息。夏夜望星空，容易使人产生丰富的遐想。庆瀚大学读的是地球物理，同时他又加入"天文社"，热衷于星象的观测，回到金门，也不忘去观赏英仙座流星雨和哈雷彗星。他的观星，是近乎专业的，而描绘观星，又颇见其浪漫——"如果你愿意走出户外，去享受一场英仙座流星雨的飨宴，你可以找一个光害小的开阔地或地势较高的地点"，"如果你期待的是更豪华的视觉和心灵的流星雨飨宴，那么你最好到金门岛东部海岸"；"如果金门政府工程单位可以在观星之夜，九点开始关闭金门所有路灯和公共照明，让卑微星光重新亲近长久以来彼此逐渐疏离的人与自然的陌生关系"，"金门，也可以是一个环境关怀与浪漫之岛"（《观星》）。

《离散对话集》最富有温情浪漫情调的是《葡萄酒美学》这组文章。法兰西是葡萄酒的故乡，庆瀚留学法国，对法国的葡萄酒情有独钟。六年的法国生活，观千剑能识器，听千曲而后晓声，经过无数次的体验，庆瀚完全融入这个国家的葡萄酒文化。庆瀚对法国葡萄酒各种品牌，各种葡萄产地的气候、土壤条件，以及葡萄的栽种、收获，葡萄酒的酿造、收藏，都了如指掌。他还是法国葡萄酒的品酒师和鉴定师。让我吃惊的是，庆瀚还在大学里开过一门葡萄酒品尝美学的课程。对法国葡萄酒如此深入了解和钟爱，在金门人中也许没有第二个了，在台湾以及大陆，能够和他匹敌者恐怕也寥寥无几。何况，即便对葡萄酒有深入了解和钟爱者，也未必能用文字表达出内心的温柔和浪漫的情怀，未必能体味出葡萄酒的美学。庆瀚认为，我们的美学教育，有视觉美学，有听觉美学，但是却忽视了嗅觉和味觉的教育。葡萄酒美学，是兼视觉、嗅觉和味觉而有之；同时，品尝的过程，实际上也是一种心灵意义上的美学。庆瀚描绘葡萄酒品尝的过程，可谓淋漓尽致。庆瀚在谈到品尝薄酒莱新酒时说：

薄酒莱的新鲜、热情，正是年轻、不受拘束的感受。也许没有深沉丰厚的口感，也缺少结构复杂的酒体，但品尝薄酒莱总是带来未经修饰的、轻快单纯的乐趣。它提供一群热闹、喧嚣的年轻学生聚会中对于酒精禁忌的小小凌越机会；它提供不成熟的、直觉的、允许犯错的年轻岁月般的品酒体验；更重要的，它提供一种想象的可能性，对于今年刚采收的葡萄，想象未来酿制熟成的葡萄酒的可能风味，也想象年轻心灵经过岁月锻炼后，未来熟成的视野和丰盈的生命样貌。

我们没有品尝薄酒莱的经历和经验，读了这段文字，却不能不向往之，这就是优秀文学作品的魅力。

2012 年 8 月 21 日

不可捉摸王晚霞

数月前，晚霞说有一部书要出版，请序，我第一反应不是这部书的书名叫什么，而是"又出一部书了"。晚霞有时真的不好捉摸。她一会儿在康奈尔大学图书馆读书，读到"死去活来"（昏厥又醒过来），一会儿又到台北访学，追随王国良教授治文献学，还带个小孩在身边。回来后即随南京大学孙亦平先生从事博士后研究工作。我已经为她的《柳宗元研究》（2014）、《林希逸文献学研究》（2017）分别作过序，这部《濂溪风雅》算来已经是第三部了，难以捉摸的是，她说还有两部书，一部是《濂溪志八种汇编》（2013），另一部是《濂溪志新编》（2019）。晚霞刚刚涉及学术时，也没有什么不可捉摸的，学校项目、省教育厅项目、省社科项目，按部就班，步趋与他人没有两样。

博士一毕业，王晚霞忽然发力，马上得到一个教育部项目（2016），她的同学，还有我，都随之起舞；兴奋期还没过，次年国家项目评审结果公布，她新报的项目赫然其中。接着，2018 年在南京大学又得到博士后一等资助项目，连续三年，三个大项目。晚霞开始不好捉摸了。晚霞英语原来并不怎么样，考博之前，对英语没有太大的把握，三番五次去康奈尔看书之后，长进自不必说，《林希逸文献学研究》一书，又是韩文文献，又是日文文献，不知她啥时弄会这两国的文字？因为《林希逸文献学研究》一书，关涉韩、日对中国宋代理学的研究，引起韩、日学者的关注。还有一幅照片，晚霞身着正装，杂在韩国、日本教授堆中开理学学术研讨会。往后呢？往后晚霞的学术发展会越来越好，至于过程和细节，还是这句话：不可捉摸。

晚霞有感于至今为止没有一部完整的周敦颐诗集，故有《濂溪风雅》之纂。理学家诗歌总集，前有元金履祥、后有清张伯行两部《濂洛风雅》，晚霞的《濂溪风雅》仿其体例而成书。张伯行编，左宗棠重编、杨浚续编的《正谊堂全书》计六十八种，周敦颐的《周濂溪先生全集》为第一种，张伯行的《濂洛风雅》列在第五十八种。《正谊堂全书》编纂，以宋"五君子"（周敦颐、张载、程颢、程颐、朱熹）为宗，阐扬濂洛关闽学说。《正谊堂全书》有《唐宋八大家文钞》一种，张伯行云："推为大家，不特资作文之用，亦即穷理格物之功。"（杨浚《正谊堂全书跋》引，《正谊堂全书》卷首）选此书的动机，脱离不了

"穷理格物"，但是张氏也不否认八大家之文可"资作文"。理学家其实相当看重作文，"文以载道"，好的文章才能载道，劣等文字怎么能载道？文如此，诗亦如之，诗也是载道的工具。宋代还有一位著名的理学家邵雍，其《谈诗吟》云："诗者人之志，非诗志莫传。人和心尽见，天与意相连。论物生新句，评文起雅言。"（《伊川击壤集》卷十八）大凡天、人、心、意、物、志所含的道，都可以用诗来表达。有意思的是，宋代最杰出的大诗家如梅尧臣、欧阳修、王安石、苏轼、黄庭坚、李纲、陆游等，好像没有什么理学的名声，绝对不能称他们为理学家；而理学家中却有一部分人颇有诗名，称他们为诗人，绝对不成问题："理学如周元公、程明道、邵康节、吕东莱、朱文公，皆自成一家。"（曹学佺《宋诗选序》，《石仓三稿·文部》卷二《序类》中）他们不仅是一般的诗人，而且是自成一家的诗人。因此，研究理学家诗便具有双重的意义：一重是诗歌所表现的理学思想，既可与理学家的讲义、语录、文章相互印证发明，又可以对讲义、语录、文章的不足作补充发挥；另一重是理学诗人如何成家，他们诗歌特质及其在宋诗中的地位如何。

明万历中闽人徐𤊹、谢肇淛、徐熥、曹学佺倡导重振闽中风雅。所谓风雅，就是诗歌的正宗地位；重振闽中风雅，就是重振闽中诗风，使闽中诗回归于诗歌正宗。徐𤊹纂辑的诗歌总集《晋安风雅》，收录明兴以来闽中近于风雅的诗歌作品数千首，这些作品继承《诗经》传统，是诗歌的正宗，可以作为重振风雅的标帜。金履祥和张伯行对风雅的认识，亦当作如是观。《濂洛风雅》，是理学诗的正宗；不唯是理学诗的正宗，也是诗歌的正宗。晚霞借《濂洛风雅》之名，为周敦颐诗纂辑《濂溪风雅》，强调周敦颐诗为理学诗之正宗，诗歌的正宗，名副其实，书名起得也好，古意犹存，雅致朴质。

晚霞编纂这部《濂溪风雅》有"三难"，因为克服了"三难"，所以有"三佳"。

一难是搜集文献难。文献难有三方面，首先是周敦颐诗搜集难。周敦颐原有诗十卷，已散佚，重辑难；其次是中国诸先生诗分散于各种别集、总集、方志，搜集难；其三是韩、日、越诸先生诗，这些诗大多藏于韩、日、美图书馆的图籍中，搜集难。过去十多年，我做《曹学佺全集》，搜集诸家集评、诸家酬倡，这两部分最难。有时为查找几条材料，背一个双肩包，塞两瓶矿泉水，东奔西突，废寝忘食。白天跑图书馆，晚上整理搜集回来的资料，还得准备次日的功课，次日一早便去赶第一班车。晚霞比我做得更难，跑国内各大图书馆不说，跑周敦颐足履所到处不说，韩、日、越诸先生异域材料的搜集，其难度还要大得多。晚霞克服了材料方面的困难，因此该书无论是周敦颐之诗，还是中、韩、日、越诸先生诗的搜集甚为完备，这是此书佳处之一。

二难是辨伪校勘难。周敦颐诗散失，后世遂有辑佚者；有辑佚就可能存在辨别真伪的问题。晚霞搜集这些诗，自己又进行一番辨证，确认为伪作的，就剔除；也有他人认为是伪作，而晚霞辨证的结果非伪，则加以存录，独立判断难。校勘难，难在各种版本的比勘，版本越多，越难；但是，版本越多，校勘也就越精越细。本书征引的书目，除了大丛书，还有一百二十多种。考订校勘精审，这是此书佳处之二。

三难是体例编排之难。《濂溪风雅》虽然参考《濂洛风雅》的体例，但是韩国、日本、越南先生的编排，则是原书不可能有的，故为独创。无论是中国先生，还是韩、日、越先生作品的编排，本书都是以类相从，因此编排时首先得把"类"分清楚，一位先生可能有多篇作品，都得为这些作品找到相应的"类"，再把它们归纳其中，费时费事，所以难。编排体例严谨、得当，便于阅读使用，这是此书佳处之三。

我相当看好这部书，不是说它一点缺点也没有。近二十年来的古籍整理工作，不少学者注意利用流散到海外的典籍，如果有好的版本，还会选用它们来做整理的底本，我自己完成的《曹学佺全集》《欧安馆诗集》《崔世召集》都以海外所藏本作为底本。晚霞的《濂溪风雅》，由于周敦颐理学家的特殊身份，近千年来引起韩国、日本、越南学者的兴趣，歌咏亦相对多。如果一部《濂溪风雅》的辑纂，止于中国先生，似乎也说得过去。但是，有了韩国先生、日本先生、越南先生作品的加入，瞬间比单纯搜集到中国先生作品的本子完备，大抵不会留下太多的遗憾。《濂溪风雅》的出版，对我们的启示是，古籍整理也需要有国际视野，以邻为壑的时代已经过去。《濂溪风雅》做到这一步，这部书的流传无可怀疑。

晚霞下一步还有什么书要出版，还有什么项目要申报？似乎难以捉摸。晚霞陕西人，读硕士那会儿，带着西北人的拙朴来到福建。在福建待了一段时间，在闽南成了家，似乎沾上闽南人爱拼能赢的边。后来去了湖南，再回来，感觉她就是湖南妹子，倔强直前，啥事都难不倒她。博士后刚出站，所在单位评给她一个"人才"的称号，她诉说需要多篇C刊，我不理她，其实也不用理她，她自然能够弄得好好的。上次读博士后时不也同样诉说过，不也是准时出站了吗？就事论事，似乎也是可以捉摸的。

2020 年 4 月 30 日

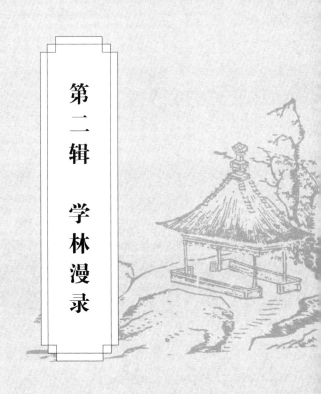

第二辑　学林漫录

黄曾樾辑印《抑快轩文集》

——兼谈《抑快轩文集》钞本

在不正常的 1966 年，黄曾樾教授死于非命。黄曾樾，字荫亭，福建永安人，生于 1898 年，早年毕业于法国里昂大学，获文学博士学位，先后任北平女子师范大学、福建师范学院中文系教授，有《陈石遗先生谈艺录》《埃及钩沉》等著作。据耆老所言，黄曾樾还有书稿数种，1966年受冲击时丢失，下落不明。

《陈石遗先生谈艺录》是一部专门记录陈衍谈文说艺的笔记。黄曾樾 1927 年冬在福州文儒坊拜陈衍为师，"每遇休沐，常随杖履"。有所请益，陈衍必为畅言，黄曾樾"退而录之，以备遗忘，随闻随记，无有汇次"，因此就成了《谈艺录》。《谈艺录》1931 年由中华书局出版，到了1937 年已印了三版。陈衍对高澍然的古文非常推崇，《谈艺录》云：

师云：朱梅崖文在王遵岩上，高雨农次之，张怡亭、李古山又次之。

师云：吾闽古文家朱梅崖外，允推高雨农先生澍然，其《抑快轩文》得力于李习之者甚深，难者集中碑版诸作，除《陈望坡尚书神道碑》等一二篇外，其余皆乡曲庸行，高先生能描写，各肖其人……

乾嘉道间，闽西北古文鼎盛一时，代表作家是建宁的朱仕琇。朱仕琇（1715—1780），字斐瞻，乾隆十三年（1748）进士，改翰林院庶吉士，长期在福州等地讲学，著有《梅崖居士文集》。仕琇治古文，以韩愈为本，李翱为辅，主张"平易诚见"（《与筠园书》）、"淡朴淳洁"（《答黄临皋书》）。陈衍认为，朱仕琇的古文当在明代唐宋派散文家王慎中之上。高澍然（1774—1841）是朱仕琇的再传弟子，字时埶，号甘谷，晚号雨农，福建光泽人，嘉庆六年（1801）举人，为内阁中书、摄侍读。澍然认为，宦、学不可兼，逾半载，父卒于家，遂假归不复仕。年五十，名其轩为"抑快"。高澍然一生著述甚富，身前已梓行不少著作。道光二十一年（1841），高澍然病逝。在他过世前数月，亲手编定《抑快轩文集》七十三卷。去世后，他的几个儿子又将澍然在文集编定后所作的几篇文章编为补录一卷，计七十四卷。由于卷帙浩繁，七十四卷本《抑快轩文集》一直没有刊行过。陈衍命黄曾樾细读高澍然所著

《韩文故》和《李习之文读》，又盛称抑快轩文。黄曾樾间或从他书读得若干篇高澍然的古文，尝鼎一脔，未为知味，始终以未能读《抑快轩文集》为憾。1943年夏，黄曾樾回福州，得何振岱（1867—1952）手钞高澍然文115篇，又承诸好友钞寄56篇，去其重复，得161篇，仍名《抑快轩文集》。时日军已侵占福建沿海，福建省政府迁至永安，黄曾樾供职闽省驿政，与表弟刘存衍同在永安。黄曾樾《抑快轩文集目叙》记其编辑校勘文集的艰辛：

> 校刊之事，与存衍共之，先生手稿既未得见，诸本多讹脱，雠校殊难，每以一字商勘累日，而官书与文事杂治尤不便。每遇警报，则挟册而趋，然终不敢废置，或于山洞中对坐冥搜，盖艰困如此。念世变日亟，文物保持尤不易，益坚其校印流布之心。

山城永安，日机空袭不断，一遇警报，黄曾樾和刘存衍就护着文稿避趋山洞，大有人在文稿在的气概。接连不断的空袭，文稿极可能毁于一旦，因此更坚定黄曾樾校印流布抑快轩古文的决心。苍天不负有心人，从1943年夏至1944年秋，《抑快轩文集》上下二卷终于编辑而成，在友人的襄助下，黄曾樾自己出资出版的《抑快轩文集》终于在高澍然过世后百年问世。黄曾樾也明明知道这百六十余篇的古文绝非高澍然手编文集的全帙，但为了防止日后抑快轩文的继续散失，也算尽了一点保存文物之心了。在辑印此书之后，黄曾樾又搜集到高澍然文多篇，他在《抑快轩文集目录叙》中仍感到不能得文集全帙的遗憾，并希冀有一天能复七十四卷之旧。

五六年前，我应某出版社之约，开始动手撰写《福建文学发展史》，披阅大量闽人的别集。黄曾樾听陈衍说过，高澍然文集有十六册、十册、八册三种稿本（按：实为钞本）藏于陈宝琛（1848—1935）处，但是，他却不知道早在1906年陈衍受陈宝琛之托，从《抑快轩文集》500余篇中选文330余篇，为《抑快轩文钞》。由于各种原因，《文钞》迟至1948年才得以印行，且仅印百部。此时，距二陈过世已十余年，也比黄曾樾辑校本晚出四五年。《文钞》的篇数虽为黄辑本之倍，但有些重要文章，例如《答陈恭甫先生书》（作于道光五年，1825）未录。《答陈恭甫先生书》见《左海文集》卷首，高澍然手订文集时将此文删去。《文钞》是选本而非辑本，故未收。

黄曾樾辑印高澍然文集时，"世变日亟"，兵荒马乱，无由接触抑快轩文的各种钞本。笔者近年寓目的抑快轩文钞本计九种之多：

一、《抑快轩文集》三十卷，四册，同治十年（1871）谢章铤钞本（以下简称"同治本"），藏福建师范大学图书馆。

二、《抑快轩文集》三十卷，七册，螺江陈氏钞本

（简称"陈氏七册本"）。此本及以下七种均藏福建省图书馆。

三、《抑快轩遗集》不分卷，一册，光绪八年（1882）谢章铤钞本（简称"遗集谢本"）。

四、又一种，不分卷，旧题何嵩祺辑，螺江陈氏钞本（简称"遗集陈本"）。

五、《抑快轩文集》乙编四十八卷、丙编十六卷、丁编九卷、补录一卷，计七十四卷，十七册，光绪十三年（1887）谢章铤钞本（简称"光绪本"）。

六、又一种，十六册，螺江陈氏钞本（简称"陈氏十六册本"）。

七、《抑快轩文集》三十卷，十册，有周凯评注（简称"周评本"）。

八、《抑快轩文钞》不分卷，一册，润经堂钞本。

九、《抑快轩文选》不分卷，一册，何振岱1916年选批。

谢章铤三次钞抑快轩文，在今天高澍然原稿下落不明的情况下，谢氏实为抑快轩文的功臣。谢章铤（1820—1903），字枚如，自号江田生，福建长乐人，著有《赌棋山庄全集》。谢氏自称三十以后不钞书，却破例三钞抑快轩文。"同治本"卷首有谢氏题记并钤有"江田生"及"赌棋山庄"印记。总目之后过录读记六条，首条为"道光十年春福州陈寿祺读"，末条为"同治己巳荷花生日侯官杨浚所得中元节后装补完善翻读一过"，最后缀以"同治辛未谢章铤从雪沧移写并校记灶前三日记"。据此，原本为陈寿祺所藏，后归杨浚（字雪沧），谢氏此本系从杨浚藏本过录。此本前有张绅（字怡亭，其古文亦受陈衍称道）道光元年序。此本共收文229篇，大抵中年以前作，其价值主要有三：一、在诸种钞本中，以此本为最早；二、此本卷五《赠程氏三子序》等3篇，为高澍然晚年手订本所无；三、有谢章铤朱笔校及眉批。

遗集本是谢章铤的第二次钞本。这个钞本仅26篇，均为"同治本"所无。谢氏认为是澍然"晚境"之作，是不错的。此本中《海天评月图（代西邮作）》一篇，为他本所无；其余25篇，均见于谢氏第三次钞本，即"光绪本"。

谢章铤第三次钞抑快轩文在光绪十三年（1887）。谢氏从高澍然孙处借得晚年手订稿本（后附澍然子补录遗文5篇），凡七十四卷。此本保存作品最多，又经作者亲订，最能反映高澍然一生古文创作的面貌，故最有价值。此钞本用赌棋山庄红格稿纸钞写，每半页十行，行二十四字，虽非出自一手所钞，但字迹工整。卷首有建宁张绅、仁和陈善、富阳周凯序3篇。此本也稍有缺憾，一是限时日钞书，钞后虽有朱笔和眉批校，但还有些明显的讹误错字；二是钞手多人，钞写时体例不够统一。

螺江陈氏的三种钞本，即"陈氏七册本""遗集陈本"

和"陈氏十六册本"，疑均从谢氏的三种钞本转钞。

在抑快轩文的诸种钞本中，周凯评注本也相当重要。周凯（1779—1837），浙江富阳人，曾任兴泉永道兵备，道光十五年（1835）延请高澍然主讲厦门玉屏书院。此本虽也是三十卷，但篇目大不同于"同治本"。此本为周凯的再读本。此本《送李刑部兰屏思恩守兰卿兄弟还朝序》《太学生鄢居六十七寿序》等文为他本所无；《赠程氏三子序》不见"光绪本"。也就是说，高澍然最后手订文集将它们删去了。为什么删去？因为这三篇都受到周凯比较尖锐的批评。周凯的评注，赞赏的话语居多，但也有一些建议。有些建议高澍然没有采纳，有些是采纳了。此本卷五《吴德圃之甘肃候补知县序》，周评："题亦可易'之官甘肃序'。""光绪本"丁编卷一正作《送吴德圃之官甘肃序》。此本卷十七《永定知县潘汝龙传》："自县界逮百里，香花鼓吹迎入。是夕四门张灯陈百戏如庆元宵。"周评："'香花'二字请酌。'庆元宵'三字亦请酌。""光绪本"分别易为"焚香""报赛"。

高澍然的古文虽上承朱仕琇，却能自成一家。在他的身前和身后，一直受到不少重要古文家的关注，前有张绅、姚莹、陈善、陈寿祺、周凯，后有杨浚、谢章铤、陈宝琛、马其昶、陈衍、何振岱等。由于《抑快轩文集》全帙不曾刊行，黄曾樾的辑印本和陈衍选刊的文钞流传不广，今天知道高澍然古文的人已经不多了，甚至与高澍然同邑的文化人或者只记得他曾独力编纂过一部《光泽县志》而忘却他的古文了，更不要说知晓高氏过世前一两个月所作的那篇洋洋洒洒数千言的名文《御英夷八议》了！每每想起黄曾樾教授当年冒着日机轰炸而挟高氏文稿避趋山洞的情景，每每想起《抑快轩文集目录叙》"或于山洞中对坐冥搜""文物保持尤不易"的话，每每想起黄氏在兵荒马乱中自己出资刊印文集的事，不免掩卷感慨。黄曾樾教授"复七十四卷之旧"的夙愿，数年来一直使我难以忘怀，以致使我萌生点校出版七十四卷本的愿望，因为今天我有机会接触黄教授当年不曾寓目的各种钞本，也初步具备点校的条件。事有凑巧，两年前福建省文史馆邀我参与《福建丛书》的编务工作，去年在讨论第二辑的选目时，我陈述了将《抑快轩文集》七十四卷本列入计划的理由，并讲述了黄曾樾教授在极端困难的条件下完成辑本并出版之经过，与会者无不为之感动，终于被列为第二辑第二种。只是出版的形式与我的初衷有所不同，丛书编委会本着抢救文化遗产、先易后难的原则，决定以影印的形式交由江苏广陵古籍刻印社出版。《抑快轩文集》由作者手订至今已近 160 年了，谢章铤第三次钞文集至今已有 110 年了，陈衍受陈宝琛之托编选文钞已有 90 多年了，黄曾樾在条件极差的情况下辑印文集已有 50 多年了，今天，"七十四卷之旧"将影印出版，公之于世，不能不让人激动。

我是建议在影印出版时将《抑快轩文集》《文钞》的

各种序跋都附上去的，当然也包括黄曾樾教授的《抑快轩文集目录叙》。《抑快轩文集目录叙》写得颇动情，其中固有作者不忘师训的用意在，但从中我们又不难看出一位留洋博士热爱中国文物及其保持文物的眷眷之心。如果离开当时极为困难，甚至恶劣的环境来看他辑印的《文集》，当然可以找到许多理由来对它加以指责；如若将《文集》置于当时的环境来审视，则不难看出辑校者很高的学术水平。七十四卷本影印出版后，黄曾樾教授的辑印本可能就会大大失去它的价值，但是我想，不管是今人还是后人，都不会忘记黄曾樾教授为此而付出的辛勤劳动，特别是保存文物的那种精神。写到这里，突然想起来，今年正好是黄曾樾教授诞辰一百周年，《抑快轩文集》七十四卷之旧的影印出版，恰好是一种最好，也是最合适的纪念。

1998 年 8 月

原载《学林漫录》第十四集，中华书局 1999 年版

读稿本之乐

——以《赌棋山庄稿本》为例

暑中读书，堪称人生一大乐事。学校放了假，摆脱了繁忙的教学任务，绷紧的神经一下松弛了下来，可以从容地读读近半年来师友所赠书、平日所购书以及从图书馆借回来却无暇顾及之书，其乐难以形容。而今夏读书之乐，更甚于往年，因为有幸读到福建省图书馆、福建师范大学图书馆馆藏的一些晚清稿本。

现代的印刷术相当精良，加上华美的装帧，不少图书让人爱不释手。不过，当你翻开正文，虽然字号可能不尽相同，字体也可能小异，但仍避免不了千人一面之憾。有少量图书，则是影印本，影印本中又有一部分系古人或今人的手稿印本。这后一种，往往拉近了读者与作者的距离，至少，读者更清晰地看到了作者的一些"面目"。然而，这种影印本也有缺憾，犹如在欣赏俏女俊男的美照时，有一种"终隔一层"之憾。

排印本、影印本是为他人而印制的，而稿本通常是为自己和少数亲朋所写的。你可能不在作者的亲朋之列，但你在读稿本的时候，似已不再有"终隔一层"的"心理障碍"，却有一种与作者相当接近的愉悦，仿佛你自己也是那"少数亲朋"中的一员似的，有一种这稿本也是为你所写的亲近感。

《赌棋山庄稿本》是这次所读的一种。谢章铤（1820—1903），字枚如，号江田生，福建长乐江田里人，居省城福州。谢家家道中落后，无房产，更无山庄，所谓赌棋山庄，托名而已；晚年在福州九仙山坡购屋，则始勉强有"赌棋山庄"之实。作者还作有《赌棋山庄记》。谢章铤同治五年（1866）中举，光绪三年（1877）成进士，时年已五十八，故镌一印以自嘲："二十秀才，三十副贡，五十举人，六十进士，文不逮震川，而晚达与之同。"震川即明代古文家归有光，归有光举进士时已五十九。谢章铤兼治经、诗词、古文，一生著述甚丰，已刊者计有：《赌棋山庄文集》《续编》《又续编》十一卷，《赌棋山庄诗集》十四卷，《酒边词》八卷，《赌棋山庄余集》五卷，《赌棋山庄词话》《续编》十七卷，《说文闽声通》二卷，《围炉琐记》一卷，《藤阴客赘》一卷，《稗贩杂录》四卷，《课余偶录》《续录》九卷，校刊《东岚谢氏诗略》四卷。此外，还有与聚红榭同人合刻的《聚红榭雅集词》六卷和《过存诗略》二卷。

笔者见到的谢章铤稿本目次如下：

1. 赌棋山庄文集　四卷　四册

2. 赌棋山庄文集　不列卷　一册

3. 谢枚如文稿　一卷　一册

4. 赌棋山庄遗稿　不列卷　一册

5. 赌棋山庄余集　不列卷　二册

6. 赌棋山庄余集剩笔　不列卷　一册

7. 赌棋山庄诗集　十五卷（涂乙后十卷）　八册

8. 赌棋山庄诗集　不列卷　一册

9. 赌棋山庄词稿　不列卷　一册

10. 赌棋山庄词话（附：聚红榭雅集诗存）　不列卷　一册

11. 乐此不疲随笔　一卷　一册

12. 便是斋琐语　一卷　一册

13. 我见录　一卷　一册

14. 赌棋山庄备忘录　不列卷　十二册

15. 赌棋山庄藏书目　一卷　一册

这些稿本基本上保存完好，收藏单位都加以重新裱订，且逐一题签、著录，有较佳的书品。有些文稿，原来可能没有成卷成册，收藏单位可能是为了方便，分别给它们题了个签名。有的签名，与内文并不完全相符，或者完全不符。《赌棋山庄诗稿》仅十二页，据笔者考订，系谢章铤本人所作词仅六页，似题作《赌棋山庄词残稿》（或《酒边词残稿》）较切合实际。《赌棋山庄诗集》不列卷一册，前抄录三山樵叟《闽省近事竹枝词三十首》，后有谢章铤题跋，似易题《闽省近事竹枝词并题跋》为好。

暑中读谢章铤稿本，甚乐。

于诸种稿本中发现谢章铤笔记三种，此可乐者一也。谢章铤已刻笔记五种（详前），称《赌棋山庄笔记合刻》。稿本中笔记三种：一、《词学纂说》。此种系谢氏从各种词话、诗话及各种著作摘录的词学笔记，各条均注明出处。二、《乐此不疲随笔》。此为谢氏读书题识，全书共二十一则，每则有书名、卷数、撰人姓名及简要说明。三、《便是斋琐语》。《便是斋琐语自叙》云："此余前五年与任如张子论说而笔之者也。弃掷残箧，不复省视。与端叶子辑丛书，欲以付之写官，重违其意，乃略加补缀，厘为三卷。"张仁恬，字任如，道光二十四年（1844）卒，年仅二十三。此种当作于道光间。

发现谢章铤辑选有关鸦片战争及其后一个时期的诗歌选本一种——《我见录》，此可乐者二也。谢章铤对这个选本相当重视，多次提及。《课余续录》卷五云："予少习词章，性好浏览，名篇俊句，动辄录副，因有《我见录》之作，将及十卷。然中多遭乱，告哀悲愤，溢于纸上，盖其时干戈满眼，若出于欢愉，匪独难工，抑非人情也。辛未（1871）请假归家，见老友魏子安方纂《陔南山馆诗话》，盖厄史之为，因尽举车尘马足所收罗，以为土壤泰山之助。子安受之，散布于其书中，而予心慰矣。遂置不复道，而别钞成卷与朋侪留，贻者尚有数四，是亦眼光心血之所寄也。不可以不记。"《我见录》寄托了选编者的心血，谢章铤好友魏秀仁编撰《陔南山馆诗话》引用了不少此书的材料。原书"将及十卷"，今天所见仅一册，所谓"别钞"，实为精选。此书共选梁鸣谦、郑献甫、张际亮、朱琦、林则徐等二十位诗人诗百十四首，多数是叙事诗，"告哀悲愤溢于纸上"。

发现刊本《赌棋山庄诗集》（光绪戊子本）、《赌棋山庄余集》（1925年本）未录诗二百五十九首，此可乐者三也。谢章铤在刻诗集时删去这么多诗作，原因可能比较复杂，拟另文探讨。这里仅举两个例子，以说明读其稿本之可乐。作者早年好友刘家谋（1814—1853）《怀藤吟馆随笔》云："枚如室人陈球字叔慧，画草虫楚楚有致，小诗亦绵丽。《赠外》云：'惟郎知侬情，惟侬识郎意。为郎爱花香，金钗攒茉莉。'《闺词》云：'轻轻小砚泼蝓麏，十幅鸾笺欲写时。回首忽然夫婿至，故拈采笔画蛾眉。'皆枚如所常诵者。枚如忆内诗极多，不能悉录。"《怀藤吟馆随笔》已佚，此则见作者另一好友魏秀仁（1819—1874）《陔南山馆诗话》（钞本）卷四。谢章铤与夫人陈氏感情甚笃，《酒边词》直抒其情者不下十数首，其《浣溪沙》

云："一纸鱼书远道来。几番读罢又重开。书中微意要人猜。　上说莺花逢苦雨。下言池馆长苍苔。不提离别更堪哀。"很是感人。而刊本仅存《寄内》一首，与刘家谋所称"极多"不相符。稿本有一首《忆内》诗，云："三十年来不如意，七千里外又离家。劳节望我停文字，多病亏卿减岁华。不说艰难催乞米，深怜冷暖劝看花。当时快婿非年少，只愁蹉跎壮志赊。"自注："余累次大病，每病内子必减算祝予而讳不使予闻。去年病后内子曰：'愿君节劳勿为文字。'将行，内子饮我酒，半，内子顾曰：'孤身万里，可无知寒识暖之人，望君留意，勿负多情者。'予曰：'我老矣，宁复思此？'内子笑曰：'果有多情人，君当不老也。'予少时颇负倜傥之名，妻家称为快婿，内子亦戏以此相呼。"将夫妻戏谑之言入诗，真情呼之欲出。作者最后将此类诗删去，不知是否因受传统的"诗庄词媚"之说影响？谢章铤与魏秀仁（字子安）诗甚多，刊本录有《赠魏子安》、《七夕寄子安》（二首）、《留别魏子安》、《题子安所著书后》（三首）、《哭子安》（二首），刊本未录而见于稿本的还有《怀子安》《寄子安》和《寄子安即题其花月痕小说后》，后一首云："二十年来想见之，每闻沦落感须眉。佣书屡短才人气，稗史只传幼妇词。天下伤心能几辈，此生噩梦已如斯。闲阶落叶虫声急，昂首秋风独立时。"魏秀仁以著《花月痕》而闻名，稿本数诗无疑也是研究魏氏的重要资料。

于稿本中觅得佚词十数首、佚文数篇，此可乐者四也。谢章铤自编《酒边词》很早，其《赌棋山庄酒边词自序》作于道光戊申（1848），而刊刻则迟至光绪己丑（1889），卷首《自序》附记云："乙亥（1875）重删一过，存其半。"就是说，作者中年时已将其词删去一半。这些被删的词多为"少年锐于自见，勇于讥刺，其他闲情所寄，皆非闻道之言"。至于最后编定付梓时是否再次删削，则不得而知。谢章铤佚词，一见于《赌棋山庄词稿》（仅存六页），一见于附于《赌棋山庄文集》第一册之后一页。据其顺序排列，均为年轻时所作。《生查子》云："垂柳倚双桥，旧是郎来处。芳草忽无情，绿向双桥去。　不醉病恹恹，细想缘何故。小妹尚酣嬉，乱把飞红数。"此类词作，虽无深意，但仍清新可诵。不见于《赌棋山庄文集》（光绪十年刊本）、《续编》（光绪壬辰刊本）、《又续编》（光绪戊戌刊本）佚文亦十余篇。《酒边词》有自序，很短，《文集》和《诗集》刊本都不见自序。稿本有《诗集自序》一篇，文不长，录于下：

　　不得已而以文章见，士之穷也。志欲黼黻升平，才与势不足奔走天下，蔚为一代文治，则亦将投笔废然返矣。然而厉与施竞容，其美丑有间矣，乃厉且涂脂敷粉，□而务以悦人，而施独闭门对镜自怡悦也，世将谓厉美乎、谓施美乎？水之流也，浩浩洋洋，□其性已。遭风则濚洄覆状，激于石又潡然澎然鸣，是岂有意于声容哉？所遇迫之也，无心也。呜乎！吾乃今窃此意而以为诗，吾不知吾厉也，吾施也。吾自怡悦而已矣。吾亦不知潆洄覆状也，潡然澎然鸣也。吾言其所遇而已矣。呜乎！此岂独吾之诗然哉！古今文章皆如是耳。而吾乃鳃鳃然以穷哀之，毋乃望洋生怖，见西施而疑其不膏沐也。

此篇被作者勾去。从稿本编排顺序看，当作于早年。虽为诗序，却有类小品，其实亦可玩味。

　　稿本与刊本，偶有异文异字，颇可欣赏，此可乐者五也。谢章铤或用朱笔，或用墨笔在稿本上勾乙涂改，有仅易一二字者，有连易数句者，与刊本有些出入。稿本《张惠言词选跋》，刊本易为《张皋文先生词选跋》，"皋文"为惠言字，并称先生，不仅更见作者对张惠言的尊重，也更见作者对张氏《词选》的重视。《送筼川之官岭南》，作者用朱笔在"筼川"后添"感念筼川"四字，诗借筼川之官而怀其已故之兄筼川（刘家谋），增"感念筼川"后更切诗意。《春日凤巢招同彭心梅湘邓献臣琛饮兰因仙馆作》："我愿我辈同心人，各各遂意森精神。"用朱笔改为"低头下气无奇人，文章何用疲精神"。《书心梅词后》"还乡□觉风云淡""旗亭画壁酒重斟"，"还乡□""旗亭"分别用墨笔改为"高年渐""双环"，此类例子甚多。《酒边词》卷四《金缕曲·壬子初度》："才疏不应郡无成就，万事未能夸捷足。""郡"字不可解，而稿本作"都"，"都无成就"，可解。"郡"为错字甚明。

欣赏前人题词、眉批、识语，此可乐者六也。刊本《酒边词》有刘家谋等十余家题词，刊本《赌棋山庄诗集》则无，而《诗集》稿本卷首则有刘存仁、刘襄、宋谦、李以烜、符兆纶、梁鸣谦、李明题词。李明字月田，是钱塘高思齐（字文樵）的夫人，高思齐为聚红词榭发起人之一，与谢章铤颇多倡酬。谢章铤夫人陈氏能诗，有意思的是高思齐的夫人李明亦能诗。《诗集》刊本载有谢章铤《过武林门外感念文樵》诗，云："班妹才华李月田（自注：文樵夫人），题诗兀兀出前人。"所谓"题诗"，当指为诗集题词。诗共二首，其一云："如此清狂果异才，频年遭际实堪哀。顾予脂粉无能甚，也向愁中感慨来。"其二云："夫婿年来数亦穷，幸逢青眼诉愁衷。古今多少英才辈，尽在骚坛拔帜中。"思考角度与他人不同，故谢章铤许其"兀兀出前人"。刊本将李明题词删去，则"题诗兀兀出前人"句甚费解。《赌棋山庄诗集》稿本卷一至卷十三（涂乙后为卷一至卷九）曾就质于林寿图和吕俊孙，时间在同治八、九年（1869、1870）间。林寿图，字恭三，又字颖叔，闽县（今福建福州）人。因慕宋欧阳修之为人，遂署其室为"欧斋"，时官陕西布政使。吕俊孙，字曼叔，阳湖（今江苏武进）人，时宦陕西，为兵备。凡林、吕首肯之诗，他们就分别在题下（一题多诗则在诗末）钤上"欧斋""曼叔"小章，有时两人意见相同就钤章各一枚；意见不同，谁赞赏就仅钤谁的章，欧斋严些，曼叔稍宽些。林、吕的意见后来对谢章铤删削诗稿有很大影响，凡林、吕首肯之诗，付梓时删去的不多；反之，则删除较多。林、吕偶有眉批，往往有画龙点睛之妙。《酬林二子鱼直》结三句："美人娟娟何时无，刘郎谓我曷归乎？乌乎！林生我今与汝曷归乎！"林批云："三句一齐收束，'美人娟娟何时无'一语最妙。"林又评《肖岩病归自永安》云："（此）等风格最老，（吾）闽百年来罕与抗。□余交海内诗人多，亦（少？）见也。"《诗集》稿本卷十三《清风店纪闻》上粘贴一签，云："此篇录入《诗话》第七册，仁记。"仁即刘存仁，著有《屺云楼诗话》。稿本刘氏曾寓目并加以使用。《赌棋山庄文集》稿本第一册卷首有董文焕题识："戊辰七月洪洞董文焕拜读再过于长安旅邸。尤赏心者谨用朱圈标之题首，以志倾佩。并识。"并钤有"研樵氏"章。董文焕，初名文焕，字尧章，号砚樵，山西洪洞人，著有《砚樵山房集》。戊辰，即同治七年（1868），谢章铤入陕，故以文集就质于董文焕。

　　书品赏心悦目，此可乐者七也，稿本少数几册为楷书，其余皆行书。谢章铤虽不以书法名家，观其《诗集》有多首为人题扇诗，其书法至少在一定范围内为人所赏。其行书相当流畅，而早年的疏朗似又优于中年后的柔婉。其书写行款也相当齐整，《诗集》计八册，每半页九行，行二十一字，没有例外。稿本三十多册，大多钤有图章，计有"章铤""章铤印""江田生""赌棋山庄""赌棋山庄著录""酒边""酒边词""文史臣铤""诗酸词辣文章苦"等。福州北郊产寿山石，寿山石可用来雕刻各种工艺品，而用以治印更佳。晚近同光派名家陈宝琛印章有数十枚，其季子陈立鸥编印《沧趣楼文存》，特于卷首选印遗珠数款。前数年，笔者前往探望深于福州文献及地方掌故的郑丽生老人，老人赠书，哗啦啦倒出十数颗印章，选取一颗钤上。闽中文士藏书著书多爱钤章，或与寿山石之产有关。谢章铤好友高思齐善治印，曾为谢镌"痴边人""聚红社中人"等章，不知钤于文稿之章其中有否一二枚出自高思齐之手？把玩文稿，欣赏书品，引发联想，给暑期添了不少乐趣。

1999 年 8 月

原载《学林漫录》第十五集，中华书局 2000 年版

寻访曹学佺石仓园

——并及《石仓全集》

·

中国古代有"释藏"，有"道藏"，而无"儒藏"，近年，研究中国传统文化的学者们呼吁，为什么不编一部《儒藏》？于是，有人想起了明末一位叫曹学佺的福州籍文人来，据说，他早就想凭借个人之力，把《儒藏》辑编出来。以一己之力，拟辑编无数卷的《儒藏》，尽管最终未能实现，也足以令人肃然起敬。

十年前，我在撰写《福建文学发展史》时开始接触曹学佺，知道他著述甚富。《四库全书》（含存目）收入他的著作十种，其中《石仓历代诗选》五百多卷，卷帙之浩大，让人咋舌。其实这五百多卷的《石仓历代诗选》还不包括《千顷堂书目》所记的《明诗三集》一百卷、《四集》一百三十二卷、《五集》五十二卷和《六集》一百卷（还有福建集、社集、闺秀等集）。如果将《四库全书》已收和未收的《石仓历代诗选》加起来，有人统计约一千七百卷。《四库全书》所收曹学佺的著作就种类言，也远非作者的全部，例如他本人的别集，《四库存目》都未曾列入。

四年前，我由城北移居城南，隐约记起和曹学佺的旧宅有些近了，颇想去寻访湮没三百多年的石仓园，也颇想寻访同样湮没了三百多年的《石仓全集》。大前年，为《福建丛书》编《谢肇淛集》（江苏古籍出版社 2003 年版）；去年暑假开始，又致力于《徐𤊹集》及《徐𤊹徐𤊷年谱》的工作，接触曹学佺越来越多，寻访石仓园和寻访《石仓全集》的愿望也越来越强烈。4 月初，春寒未尽，和音乐学院院长叶松荣驱车到洪山。乌龙江洪塘桥靠北一侧的水中，屹立着著名的金山寺，为别于镇江的长江南岸的金山，俗又称小金山。洪山、洪塘、金山寺、芋原、大箬、小箬、侯官市……这些地名不时地出现在曹学佺的诗文中，莫非曹学佺的石仓园就在洪山、洪塘一线？一天，和从吉林大学考来的博士生景献力君谈起石仓园，她说好像听说过。过了些天，她有些神秘，又有些兴奋，说石仓园在她现在的住处"状元山庄"，但是那地方已开发成商品房，据说只剩下一棵树是旧园所遗。慎重起见，我又访问了一些故老，再参见曹氏诗文，得出的结论是：石仓园故址在洪山妙峰东侧。妙峰位于闽江下游南台岛的西部，往北三五百米过闽江洪山桥折向东至福州闹市东街口约八千米，往南三五百米过乌龙江（闽江流至南台岛，一分为二，北江仍称闽江，南江俗称乌龙江），过洪塘桥即进入闽侯县界。

妙峰高不过数十米，瘦石嶙嶙，至今仍林木苍郁。

夕阳西斜，面东倚立于洪塘桥头，小金山镶嵌于波光粼粼的乌龙江江面上，金山寺的东北侧就是当年曹学佺的石仓园了。据曹氏《石仓园记》所载，园内有浮山堂、石梁、临赋阁、春草亭、石仓园、语江亭、长至台、石君依亭、听泉阁、夜光堂、梵高阁、森轩、林亭、涧室、东西二泉、荔枝阁、竹醉亭、琴香和浮山堂等景，其中浮山堂、夜光堂、听泉阁、森轩、林亭等还用作曹学佺诗文集集名。《石仓园记》云：

> 石仓，园之总名也，园名以山，故山石层积如仓廪。惟入园处当之厅事三楹，貌制朴古，盖是此园故物。面犹视水，而后寝、庑、湢，皆仓矣。《西京杂记》，曹曾累石为仓，蓄书万卷。余腹笥故贫，时时坦腹而晒之，空空如也。余家先哲雅称好事，而祖述之，匪易易者。

据此，石仓得名于《西京杂记》。曹学佺的石仓园既是傍山濒江之园林，亦为藏书之所。学佺所著书之版亦藏于是园（详陈治滋《重刻曹石仓诗集序》）。明末，谢肇淛、徐𤊽、徐𤊽兄弟及曹氏均善藏书，而以徐𤊽为最。曹学佺积书不求善本、孤本、秘本，而求为我所用，故藏书之名远不及徐𤊽。曹学佺拟撰《名胜志》，"积书七簏，用二十夫之力舁以相随"入蜀（《大明舆地名胜志序》，《石仓三稿·序》卷二）。曹学佺极欣赏徐𤊻之藏书，每每借书于徐，并慷慨捐资为徐建宛羽楼以藏书，其《儒藏》之构想，其中一段见诸所撰之《宛羽楼记》：

国初右文，征天下书于内库，又自南京而转输之北，虽百舸千牛，犹不能给。然以部分之未析，典守之不严，而年岁既久，散佚孔多，且如释、老二氏俱有藏板，而儒书独无。愚甚愤之，妄意欲辑为《儒藏》以补阙典，但卷帙浩繁，固不胜收，而玉石丛混，观览亦难。乃复撷其精华，归诸部分，庶免挂漏之讥与夫庞杂之患。夫子曰："吾自卫反鲁而后乐正，雅颂各得其所。"夫诗之与乐，亦有分矣。夫子犹必以乐而阐诗，以诗而别乐，信乎附丽相资之法，不可少也。

宛羽楼落成于崇祯七、八年（1634、1635）间，曹学佺《人日兴公宛羽楼》云："新楼已落待樽开，诗句先题客后来。"（《西峰六二集·诗》）《宛羽楼记》作于崇祯十年（1637）（详拙著《徐𤊻年谱》）。如今，石仓园早已废湮，宛羽楼更是荡然无存，但是，曹学佺辑《儒藏》的构想，三百余年之后还令二十一世纪初的学者们激动不已！

曹学佺《石仓全集》究竟多少卷，存佚如何？访得石仓园之后，自然又产生访书冲动。

学佺后人曹孟喜《曹石仓行述》云石仓诗文四十五

卷；黄虞稷《千顷堂书目》卷二十五著录《石仓全集》，无具体卷数；《明史·艺文志》作《石仓诗文集》一百卷；陈治滋《〈重刻曹石仓先生诗集〉序》诗文一百卷。《中国古籍善本书目·集部》卷二十六"明别集类"著录曹学佺遗集，共十条，卷数最多的是北京大学图书馆所藏明末刻本，藏有（按著录目次顺序）：

《石仓三稿·西峰集·诗》三卷

《石仓三稿·西峰集·文》三卷

《石仓三稿》十九卷

《石仓文稿》一卷

《林亭文稿》一卷

《林亭诗稿》一卷

《福庐游稿》二卷

《藤山看梅诗》一卷

《游太湖诗》一卷

《钱塘看春诗》一卷

《续游藤山诗》一卷

共三十四卷，其中诗九卷，文二十五卷。如按写作时间前后排序，文则《石仓文稿》在最前，《林亭文稿》其次，《石仓三稿》在后。诗集排列顺序也应调整。诗卷数最多的是国家图书馆、北京大学图书馆、南京大学图书馆分别藏的乾隆十九年（1754）曹岱华刻本《石仓诗稿》，共三十三卷。陈治滋《〈重刻曹石仓先生诗集〉序》：

> 诗文集一百卷，历今百余年闽中旧家亦无有全集完好者，先生曾孙岱华痛祖泽之就湮，寻先绪于既队，自丱角为诸生时即以搜辑遗编为己任，殚心二十余年，得诗若干卷，文若干卷。诗则增以家中旧存抄本，按集编年，尚可符旧刻卷帙；唯文集尚少三分之一。

乾隆本诗三十三卷是否符旧刻卷帙，值得怀疑，因为藏于中国社会科学院文学研究所的《六一草》《六三草》，此本未收，"尚符旧刻卷帙"，如何说起？

上文说过，笔者去年夏天开始撰《徐𤊹徐𤐫年谱》，因此知道日人市原亨光著有《徐𤐫年谱稿略》（《入矢教授小川教授退休纪念中国文学语学论集》，筑摩书房 1974年刊行）。市原的年谱相当简略，不过，它倒是为我们提供了一个很重要的信息——日本内阁文库藏有《石仓全集》，计一百九卷。一百九卷虽与《明史》所载百卷不甚相符，但取其成数，云百卷，亦通。该谱所引用的《六八草》《六九草》二集，为中国大陆大小图书馆所未藏。在友人的协助下，先从日本国抄回本衙藏版《石仓全集目录》。《石仓全集》共六十一册。核以乾隆《石仓诗稿》，发现《六一草》《六二草》……《七十集》（亦称《古稀集》）十集，《石仓诗稿》除了录《六四草》外，其余九集均未收。稍后《石仓全集》（除国内藏本外）印回国之后，又经细核，发现曹学佺晚年喜谈边事，激愤之情不时溢于言表，六十一岁之后，一年一集，唯有《六四草》未明显涉及边事，故《石仓诗稿》收之。我个人的推断是这样的：《六一集》至《七十集》十集，曹岱华已搜集到，"尚可符旧刻卷帙"，因碍于书禁，最后刻版时不敢全部收入。文稿部分，《石仓四稿》《石仓五稿》《石仓六稿》数十卷，亦国内所未藏。我个人认为，内阁文库藏本《石仓全集》，当为目前我们所能见到的曹氏别集的最全的本子。关于《石仓全集》的集名、版本、卷数、收藏及各集的情况，笔者拟另撰文讨论。这里只简单举一二例说说《全集》的利用问题。关于徐𤊺的卒年，学界有数说，十年前，笔者撰著《福建文学发展史》，从钱谦益《列朝诗集》丁集下找到曹学佺《挽徐兴公壬午冬》一诗，故推断徐𤊺卒于崇祯十五年（1642）。但《列朝诗集》是一部诗歌选集，且此诗仅为孤证，未免惴惴。查阅《石仓全集》后，在《西峰六九集·诗》中发现此诗，题为《挽徐兴公时予在困关》。次年，曹学佺作《寄茂生兼感兴公逝世》和《过兴公偃曝轩与陈次韦作》（《西峰七十集·诗》）追悼之。崇祯十五、十六年两年，曹学佺所作诸诗，就足以证明徐𤊺卒于崇祯十五年。曹学佺有一名篇《初四日携具西园同苏启先吴尊生过百龄候夏彝仲令君因谈时事》（《西峰

六七集·诗》），国内一些选本作《初四日携具西园候夏
彝仲令君因谈时事》，较全集本少了"同苏启先吴尊生过
百龄"十字，不仅本诗写作的背景没有完全交代清楚，而
且选本所选，诗题也应以原集所题为是，不可随意增删。
某些学者认为曹学佺是闽剧之祖。到底是不是闽剧之祖？
查读《石仓全集》，也许能得出结论。

《石仓全集》也访得了，文末，稍稍谈谈曹学佺之
死及生卒年。曹学佺，字能始，侯官人。《明史·文苑传
四·曹学佺传》："弱冠举万历二十三年进士。""唐王立于
闽中，起授太常卿。寻迁礼部右侍郎兼侍讲学士，进尚书，
加太子太保。及事败，走入山中，投缳而死，年七十四。"
万历二十三年（1595），如弱冠是二十岁，则生于万历四
年（1576）。其实，弱冠不一定实指二十岁，只是一个约
数（徐存永《大宗伯曹能始先生挽章一百八十韵》自注：
"乙未科登进士，年二十二。"抄本《尺木堂集》）。据《石
仓全集》中《六一草》以后各集及《全集》中其他诗文，
以及《大宗伯曹能始先生挽章一百八十韵》自注："公生
于万历甲戌岁。"曹学佺生于万历二年（1574）闰十二月
十五日（公历 1575 年 1 月 26 日），如按《明史》说法年
七十四，则卒于清顺治四年（1647）。按：《明史》所记误。
徐存永《大宗伯曹能始先生挽章一百八十韵·序》："岁丙
戌九月十八日辰时，福京城陷，大宗伯能始曹先生殉节于
西峰里第。"丙戌，清顺治三年（1646），按传统说法，则

年七十三；《大宗伯曹能始先生挽章一百八十韵》自注亦明确云"卒年七十三"。按传统纪年，曹学佺生于1574年，卒于1646年，年七十三，可以定论。《明史》"走入山中"之说亦误，《大宗伯曹能始先生挽章一百八十韵》自注云：卒于西峰里第，投缳而死。西峰里是曹氏晚年在福州城的另一住处，其地在今福州西湖之畔。顺便说一句，上文提到的曹学佺诗有一位夏彝仲，夏彝仲即夏充彝，夏完淳之父，曾任长乐令，曹氏家居，两人时有往来，南京陷，充彝投渊以死。曹、夏双双完节。

《明史·文苑传》著录曹学佺著作十六种，凡一千二百七十七卷（《重刊曹石仓先生诗集序》统计之数），若据私家藏书目和曹氏本人其他作品所载，还不止这个数字。曹学佺著述之富，晚明诸公，鲜有过之者，笔者已经搜集了大量资料，拟著专书进行研究。石仓园遗址寻访到了，《石仓全集》也从异域印回来了，曹学佺家境好，晚年各集刻得及时（《古稀集》刻于崇祯十七年），即使入清后屡遭禁毁，仍不绝如缕，全集得以流传，实在万幸。而崇祯至明清易代之际，更多文人的著作就没有这样幸运了。远的不说，才气文名不在曹学佺之下而书名画名藏书之富却在曹氏之上的徐𤊹（1570—1642），卒后三年，清兵入闽，不久又有耿精忠之乱，数十楹的藏书楼拆为炮架，图书散失，子孙流离颠沛。生前所刻诗集仅止于泰昌元年（1620），笔记仅刻《笔精》，杂记仅刻《榕阴新检》等。

文数十卷、天启之后诗数十卷及许多杂著未刻（部分稿本存上海图书馆）。徐㷿之子徐存永，所著《尺木堂集》（钱谦益为其序），也仅存其抄本。晚明、明清易代之际的学术、思想，乃至文人的生活，近期已成为研究的一个热点。但笔者以为，在研究晚明、明清之际的学术、思想、文人生活的同时，是不是多关注一下这一时期著作的整理与出版的工作？我们上面讲的曹学佺、徐㷿、徐存永等人的集子都是稀见的，甚至是海内孤本，都有待于整理出版。此外，像写过《名山藏》《闽书》的何乔远，写过《东西洋考》的张燮，他们的集子《镜山先生集》《群玉楼集》，在大陆的图书馆或不藏，或藏而未全，也是亟需搜集并加以整理的。

寻访过了石仓园，突然想起鳌峰（徐㷿所居之地，其集名《鳌峰集》），想起了鳌峰上曹学佺的朋友徐㷿，想起徐㷿藏书之所红雨楼、绿玉斋和宛羽楼，于是，遂有另写一篇《徘徊于红雨绿玉宛羽之间》的规划。

2003 年

原载《学林漫录》第十六集，中华书局 2007 年版

敬畏学术

——我和《文学遗产》结下五十年不解之缘

　　研究生入学面试，我时常会问考生：你读过何种学术期刊，最喜欢的是哪一种？如果我听到有考生回答：读过《文学遗产》、喜欢《文学遗产》。我一定会喜形于色。报考古代文学的考生，知道《文学遗产》，读过这份期刊上发表的文章，本来是很正常的事，但是由于种种原因，回答能让我满意的不是太多。每位参加面试的教授都有各自的评判，不能强求一律，但就我个人而言，却是来自内心的喜爱。

　　喜爱一份刊物，总有它的理由。我对《文学遗产》的喜爱，是因为《文学遗产》是一份长期以来令我敬畏的学术期刊。中学时期，热衷于创作，《人民文学》《诗刊》是我最仰慕的期刊。上了大学，对中国古代文学情有独钟，后来又考上研究生专攻古典文学，不期然而然地转向学术，慢慢地就和《文学遗产》结下不解之缘。于是，就有五十年前淘《文学遗产增刊》之举，就有三十年前的投稿，就有十年前的获奖与协助主办论坛。

五十年前：淘得《增刊》两册

1964—1965 年间，到图书馆翻阅《光明日报》上《文学遗产》，具体的事情已经记不清了，但是我在大一、大二时就知道有《文学遗产》这样一个栏目，读过它的文章，则是确定无疑的。1966 年四五月间，"文化大革命"的风声越来越紧，作为封建社会产物的古代文学读物，书店架子上的书越来越少。听说书店马上要关门，倾囊中所有的十来元钱，购买了包括《魏晋南北朝文学史参考资料》上下册（《先秦》一册、《两汉》一册，前一年已经购买），没想到这部书后来对我考研和做研究至关重要。这是"文革"爆发前我最后一次在书店购书。

在"破四旧"最火热的那会儿，也是废品店收购生意最好做的当头。看到板车上拉着被遗弃的旧书，心里总是隐隐作痛，有一次，我还用讲义和拉板车的工友换回了几本，其中两三本，至今我还珍藏着。这一年秋天，串联时我认识了两三个比我高一班的同学，其中一位是老乡，姓黄；另有一位在省"红卫兵"总部任职，姓洪。有一天，黄同学说，他从总部洪同学那儿打了几张空白条。我们可以用空白条打张介绍信，说是"革命大批判"需要，到贵店（废品店）购买旧书，请予支持。步骤是这样的，先踩点，摸摸这座城市有几个大一点的废品仓库，其次还得了解管仓库的师傅和我们的证明是不是同一大派系。调查的结果有三四家，一星期左右去一家。第一家最顺利，要什么书都由我们自己挑，仓管还帮忙出主意；第二、三家一般，也可以挑；到了第四家，话不投机，落荒而逃。黄同学好歹还是"红外围"，我却连外围也不是，赶忙收线。这种和"破四旧"对着干的行当，现在想起来不免有点后怕。三次淘得的旧书，共一百多斤。淘来的书大体这样分割，外国文学和现当代文学归黄，古代文学、古代史归我，书款平分。我分到的书有《古文观止》《唐才子传》等，其中有两本《文学遗产增刊》。

两本《文学遗产增刊》一本是第二辑，作家出版社1956年1月第一版，1957年1月第2次印刷，印数6501—16500册。这样的学术论集，一年间竟然刷了两次。就是第一次印刷6500册，比当今大多数学术论著的一两千已经多出很多，16500册，更是非常罕见。可见当时《增刊》在古代文学界的魅力。不必讳言，受到当时主流思潮的影响，这一册有多篇论文讨论作家的人民性，也有几篇带有批判的色彩。尽管如此，还有几篇篇幅较大的"纯"学术论文，如杨公冀、张松如先生合撰的《论商颂》、许可先生的《读"文心雕龙"笔记》，每篇论文超过二十页，比起那些数页至十来页的讨论人民性或批判文章分量要重得多（全书收文 21 篇，计 231 页），不知道是否为编辑的有意安排？另一本是第十一辑，1962 年 10 月版。当我看到目录上俞元桂先生的《刘勰对文章风格的要求》时，大为吃惊。俞先生时为福建师范学院中文系副主任，是大家都很熟悉的现代文学研究专家，怎么能写出这样高水平的古代文学批评的论文？俞先生 1943 年考入国立中山大学读研，三年后毕业，毕业论文作的是中古文学的题目（手稿藏中山大学图书馆），毕业后在协和大学主讲中国文学史、历代文选、《文心雕龙》等课程。当时，我读不懂《文心雕龙》，自然也读不懂俞先生的论文。尽管如此，至少我明白了一个道理，要做好现当代文学的研究，没有宽厚的古代文学基础是不行的，后来，我陆续读了现代文学研究大家王瑶先生的几部中古文学的著作，更加印证了我二十岁时读《文学遗产增刊》的认识。

我带着这两本意外得来的《文学遗产增刊》到军垦农场锻炼，二十世纪七十年代初又带着它们到我任教的农村中学，后来又带着它们去上研究生。八十年代初我研究生毕业到大学任教，停顿了十五年左右的《文学遗产增刊》又陆续分辑由中华书局出版。1983 年 11 月出版的第十六辑，同时刊登了孙映逵、杨海明、钟振振三位学长的论文，这一年，振振兄三十二岁。三位学长的学术研究都比我强，成绩也都比我好，后来，他们三位都成了《文学遗产》杂志的基本作者，振振兄还当上了编委。

三十年前：我的一篇文章

　　1980 年 6 月，停刊了十四年之久的《文学遗产》复刊。6 月至 12 月，共出版三期，每期我都及时购买。当时我还在南京师范大学师从段熙仲（1897—1987）先生治两汉魏晋南北朝文学，第二期发表了段先生的《汉大赋产生的历史背景与其政治意义》，这一年先生已经八十三岁。段先生每次上课都精心准备，这篇论文就是根据授课内容改写而成的。听了课，再仔细研读这篇论文，对汉大赋的理解无疑进一步加深了。因为研读段先生的论文，同时也就细读了同期和前后数期《文学遗产》，段先生把我领进学术研究，也把我带进《文学遗产》这份学术期刊。

　　1982 年我到福建师范大学任教，其后的两三年间，我给自己补课。补课的内容有二：一是遍读先秦经籍、诸子以及《国语》《战国策》等；二是细读百篇典范性的论文。我自己定下典范性论文的大致范围是：名家的研究集和《文学遗产》上的论文。每篇论文我都做了详细的笔记，包括论题的选择、文章的结构、论证层次、论证时所采用的资料等。哪些题目我写得了，哪些写不了；如果这个论题我可以试着写，我大致上会怎样写，哪些问题我会想到，哪些想不到；哪些材料我看到过，哪些没读过，看到过的材料我会怎样取舍。

　　1984 年，我写的《江淹"筋力于王微，成就于谢朓"

辨》一文发表在《文学遗产》1985 年第 4 期上。此文从江淹诗的特点、训诂学以及钟嵘对永明声律说的态度等方面对《诗品》"江淹条"进行辨析，得出钟嵘认为江淹诗比王微来得有力、江淹诗成绩比谢朓来得高的结论。一篇小文，本不足道。没想到三十年间，这篇文章既得到同好的赞许，也偶有讨论的意见。曹旭先生编《中日韩〈诗品〉论文选评》（上海古籍出版社 2003 年版），收入此文，评曰："前人注释江淹'筋力于王微，成就于谢朓'，皆不得要领。拙著《诗品集注》亦无所适从；此文一出，自可安顿江淹而告慰钟嵘。"曹先生增订本《诗品集注》（上海古籍出版社 2011 年版）采用本文的结论。曹先生是《诗品》专家，广泛采撷诸家之说，足见其学术胸怀。《文学遗产》2014 年第 1 期有一篇讨论钟嵘《诗品》"江淹条"的文章，列举了"筋力于王微，成就于谢朓"十数条诠释，三十年前我的旧作及曹旭先生修订本《诗品集注》也在其中。该文作者偶然翻检一部训诂著作，以为"筋力于王微，成就于谢朓"之"于"，释为"如"，即"筋力如王微，成就如谢朓"。亦是一说。我的旧作，从训诂的角度释"筋"，义谓"强力"；"就"，义谓"高"。如果说文字的诠释是外在的，那么我的旧文论述江淹诗的特点、钟嵘对永明声律的评价较低，则是内在的。内外的论述诠释，也许比较全面。三十年前，撰写此文时尚未读到王重岷先生的《诗品讲疏》，王先生的著作论述此条时，认为"筋""力"是复词，"成""就"也是复词，王先生还从作品入手，认为此二句，应释为江淹诗的筋力稍强于王微、成就稍高于谢朓。虽然小文的论证角度与王先生不完全相同，但结论暗合。

《江淹"筋力于王微，成就于谢朓"辨》发表十余年之后，不意被人抄袭，换了一个题目发表。我致电该刊编辑部，编辑说此文是某研究另一领域的老专家介绍的，抄袭者比我小不了几岁，是某校教授。我一直以为，文章有人抄，抄后还能发表，至少说明文章还不算太坏。或许这是一种自我解嘲的办法。我没有提出让抄袭者公开道歉，或打官司，是不想把事情闹大，抄袭者受不受惩处是一回事，发表抄袭的刊物、责编、介绍的老专家、抄袭者的单位都不免难堪。息事宁人，相安无事。近年来，发明一种软件，可以检索雷同文字的百分比，但学风端正的路子似乎还很长。我的朋友中好些都有被抄袭的经历，内心都比较纠结，好像说出事情真相，就是和抄袭者、抄袭者的单位过不去似的。抄袭者因此也有机可乘，抱着侥幸心理一试。冷静想想，我们的不揭露、不要求抄袭者公开道歉、不去要求抄袭者单位正视这种行为，是不是多多少少也助长了不良风气的滋长？一篇文章被抄，除了对原作者不公，还有对原刊、原出版社的不公。譬如抄我那篇文章的人，照理说，除了应在所发表的刊物上道歉，还应该向《文学遗产》道歉，因为你抄的是人家刊物的文章。

十年前：获奖与论坛

二十世纪九十年代末，王季思古代戏曲古代文学研究基金会设立《文学遗产》杂志优秀论文奖。王季思先生是段熙仲先生二十世纪二十年代中央大学前身东南大学的同学，王先生过世后，他的学生创立以先生名字命名的基金会，旨在奖励古代戏曲古代文学研究有成绩的论著。《文学遗产》杂志优秀论文奖，一年评一次，后来改为两年一次；凡是得过一次奖的，不能再得第二次奖。开始几届得奖的优秀论文，大多是著名的专家，也有学界的新秀。2004年8月，我在南京参加一个学术会议，偶遇《文学遗产》编委傅璇琮先生，傅先生治学非常严谨，奖掖后进，颇受学界尊重。傅先生微笑地对我说："现在可以讲了。"我一时丈二金刚摸不着头脑，傅先生又接着讲："祝贺你，你的论文获得《文学遗产》优秀论文奖了。优秀论文评奖经过好几道程序，最后一轮的投票，最终得奖的只有四篇论文，你的论文得奖了！"紧接着，《文学遗产》编辑部李伊白主任也来电通报，说发表在2002年第一期的《大明泰始诗论》获得2002—2003年度优秀论文奖，后来我拿到的奖状，证书的日期果然就是2004年8月。

我是《文学遗产》读者，长期订户，也忝列作者的行列，对《文学遗产》的各种活动比较关注，哪篇论文获奖、作者是谁？以前我一直认为，这个奖似乎可望而不可即，没想到自己也得了奖。近二十年来，各种奖项林立，主流评价体系重视政府奖。我当然也看重政府奖，但是我很珍惜《文学遗产》这个优秀论文奖，因为这是同行所评的奖，除了基金会颁发的奖金，也没有层层的"配套"，不太带有行政或功利色彩；再说，凡是得过奖的作者，按评审规则，不能有第二次得奖的机会，这也是一生中的"唯一"。

更没想到的是，2002—2003 年度的颁奖仪式随即在福州市西湖宾馆举行。早在 2003 年，《文学遗产》主编陶文鹏先生和我商定，2004 年的论坛和编委扩大会在福州举行，福建师范大学文学院作为主办单位。论坛是陶先生任内的一个创举，在陶先生之前，徐公持先生主编《文学遗产》时，也举办过多次的学术会议，有在北京办的，也有在地方与院校合办的，每次会议都有一个鲜明的主题，名称虽然有所不同，但都是很有意义的学术活动，中国古代文学界都很关注这些活动。到 2004 年，《文学遗产》论坛已经举办过两三届，这届刚好评过奖，所以也就连带举行颁奖仪式。所谓西湖宾馆，其实就是一个老式招待所，每个标间一百多元。论坛结束之后，如果有学者想在福建各地走走，有两条线路供与会者选择，一条是武夷山，一条是湄洲岛、泉州，当然都是自费的。会议组织者只协助联系旅行社而已，我也没有陪同。

这次论坛，也有一些创新，如每篇论文都安排评议人，这也是和国际会议的"接轨"。后来，《文学遗产》杂志发表了会议的部分论文，论文之后也都附有评论，这些简短的评论，都是论坛上评论的简要版。那几届《文学遗产》论坛，会议规模都不大，正式代表一般是四五十人，给人的感觉似乎是参加者多是中国古代文学界的"精英"，"规格高"，不过那时还没有"峰会"一说。限于规模，保证规格，"入场券"（邀请函）一"券"难求。就主办单位而言，也只好根据早先设置的门槛，本校同仁虽然都应邀参加了会议，但是教授是代表，副教授以下为列席代表。不要说是过后，就是当时，我也觉得很对不起那些要求与会而我没有给他们发邀请的朋友，也对不起本单位那些当时还不是教授的同仁。如果说，论坛也有不足，这是其中之一，责任在我。

半年前，现任《文学遗产》主编刘跃进先生带领文研所十几位专家走出中国社会科学院大院来到福州，与福建师范大学开展"一对一"活动。刘先生此举，解决了上次我主办论坛的尴尬，文研所十几位专家和福建师大二十来位同仁围成一大圈，"没大没小"，更没有代表与列席代表之分，发表论文，畅所欲言。福建师大，既不是"985"，也不是"211"，论地域也不在京津、沪宁杭，刘先生"走出去"第一站来到福建师大，说明在刘先生心目中，研讨学术，是不必太讲究学校的层次和地域所在的。

《文学遗产》创刊的那会儿，我刚上小学，但是当我刚刚步入青年时代，就和它结下不解之缘。我是它的读者，长期订户，还是它的作者，为它审过稿，得过它的奖，办过论坛。二十世纪九十年代中期，我还担任了《光明日报·文学遗产》的编委。《文学遗产》老一代的编委，有的是我的老师或师辈，他们给我许多的关心和帮助。如曹道衡先生，第一次主持答辩的硕士生就是我；又如章培恒先生，他曾把明代文学的年会交给我去主办；还有吴熊和先生，他嘱《浙江大学学报》编辑部长年给我寄杂志，这几位先生现在都不在了，他们将永远地留在我的心中。二三十年来，我把自己的学生苗建青、田彩仙、汤江浩、金文凯、徐华送到《文学遗产》编辑部，师从徐公持、陶文鹏、刘扬忠、刘跃进诸先生，或当访问学者，或从事博士后的工作……和《文学遗产》有关的人和事太多了，有机会再另文叙述吧！

2014 年 2 月 22 日

原载《〈文学遗产〉六十年》，社会科学文献出版社
2014 年版

敬畏学术　　183

少年心事未辽远

——人民文学出版社成立七十周年随笔

"少年心事当拿云"，这是李贺的诗句，换成现在的话说，就是少年应当有远大的理想抱负，壮志凌云。

我上初中时，正赶上"大跃进"的年代。1961年升高中，所谓的困难时期，最艰难的日子逐渐过去。从小学到初中，再到高中，有一个时兴的作文题目叫作"我的理想"，进入高中之后，又做了一遍。已经记不清初中的理想写的是什么，高中第一篇作文，我的理想是长大当诗人、作家。语文老师把我的作文当作范文在课堂上念了，在隔壁班又念了一遍。那时的学生比较单纯，将来想当科学家、教授、作家、诗人、小学老师、拖拉机手、飞行员、干部、工人、农民，尽管写，没有同学会议论你，也不会有人嘲笑你，相反，有时还会得到赞许和鼓励。语文老师推荐我参加作文比赛，比赛题目是《迎国庆谈成长》，年级三位同学获奖，我排在第一，理想志向从此更加坚定。学校的图书馆破例让我进出书库，一次可以借五六本书，为期两周。借的书大多是诗歌、散文、小说之类，偶尔也有古典诗词。阅读古典诗词能力太低，借期到了还读不了几页。上初二之后，已经有了逛书店的爱好，初中三年，买的书只有薄薄的三四本。上高中开始寄午膳，手头有少许菜金可以灵活支配，因此有了买古典书籍的冲动。1962 年秋到 1963 年，购买的人民文学出版社的古典文学著作有：

1962 年 9 月 8 日购，冯至编选，浦江清、吴天五合注《杜甫诗选》（1956 年 12 月版，1961 年 9 月第 7 次印刷本，定价：0.75 元）

1962 年读的书

1962 年 10 月购，余冠英选注《汉魏六朝诗选》（1958 年 10 月版，1962 年 8 月第 4 次印刷本，定价：0.98 元）

1962 年 11 月 15 日购，复旦大学中文系古典文学教研组选注《李白诗选》（1961 年 8 月版，1962 年 10 月第 2 次印刷本，定价：1.05 元）

1962 年（10 月之后）购，余冠英译《诗经选译》（1956 年 9 月版，1960 年 2 月第 2 版，1962 年 9 月第 8 次印刷本，定价：0.65 元）

1963 年购，顾肇仓、周汝昌选注《白居易诗选》（1962 年 12 月版，1962 年 12 月第 1 次印刷，定价：1.10 元）

1963 年购，游国恩、李改之选注《陆游诗选》（遗失）

1963—1964 年间购，北京大学中文系文学专门化 1955 级小组选注《近代诗选》（1963 年 8 月第 1 次印刷，定价：1.35 元）

以上七种，两种扉页上写明购书年月日，一种有年月无日，一种有年无月日，两种无记载、一种已遗失，但购书年份不会错。《诗经选译》，横排，封面设计和其他六种不同；其他各种，竖排繁体，封面都是浅蓝底色白色线条图腾花纹，《汉魏六朝诗选》《杜甫诗选》右上方印有"中国古典文学读本丛书"字样，另外几种没有这几个字，其实都属于同一系列无疑（这一时期购买其他出版社的书有陆侃如选注《楚辞选》、龙榆生选注《唐宋名家词选》、胡云翼选注《宋词选》等，拟另文记述）。1962 年我十六岁，购买"中国古典文学读本丛书"，满足少年气盛、踌躇满志的心理，而无意中"丛书"却成了少年最基本的古典文学的入门书，把少年引领进入古典文学的殿堂。现在想来，"中国古典文学读本丛书"之名起得很好，"读本"二字，其实就是"基本读本"的省文，就是基本入门书的意思。

就我早年拥有的几种书来看，这套丛书有几个特点：一、名家选名著名篇。李、杜、白，唐代最伟大的诗人；陆游，宋代伟大的诗人。《汉魏六朝诗选》，断代诗选。选注家余冠英、冯至、浦江清、游国恩、周汝昌等，都是研究中国古典文学的名家。二、选本部头适中，每书选两三百首。三、注释简明准确。注释虽然没有考证的文字，选注者偶也会对有分歧的问题发表自己的见解。四、都有一篇学术性很强，但又写得很朴实的前言。前言既有利初学，有的还为读者指明日后进一步提高的方向。

为什么说"中国古典文学读本丛书"是入门书？

首先，这套丛书是培养青少年对中国古典文学兴趣和爱好的入门书。请看《杜甫诗选》前四篇首二句，《望岳》："岱宗夫如何，齐鲁青未了。"《房兵曹胡马》："胡马大宛名，锋棱瘦骨成。"《画鹰》："素练风霜起，苍鹰画作殊。"《春日怀李白》："白也诗无敌，飘然思不群。"《饮酒中八仙歌》："知章骑马似乘船，眼花落井水底眠。"泰山，胡马，飘然不群的李白，醉态可掬的贺知章，虽然那时一知半解，仍然把我引入一个从来没有接触过的诗的王国。读了杜甫，想读李白；读了李白，又想读白居易……目不暇接，眼花缭乱，不知不觉，就这样跨进了中国古典文学殿堂的大门，沉浸在其美妙和奥妙之中。

其次，这套丛书可以作为报考中国古典文学研究生的入门书。1964 年，我由中学升入大学读中文系。虽然名为中文系的学生，入学后一个月，即去农村参加"社会主义教育运动"。1965 年秋回校继续上学，1966 年 5 月间开始停课。在校期间没有听过一堂中国古典文学课，1968 年草草毕业，根本不知大学中国古典文学课程是何物。幸亏有少年时期所购"读本丛书"若干册在手，此外，幸亏进入大学前后捷足先登，陆续购得游国恩《中国文学史》四册（一、二册，1963 年 7 月版；三、四册，1964 年 1 月版）等书，才打下一点基础。在漫长的十年中，我小心地把这些书带到军垦农场，虽然不能展阅，但是内心觉得踏实；我又把它们带到农村中学，时或翻阅，时或诵读。1979 年，段熙仲先生招收汉魏六朝文学方向的研究生，我先后把《汉魏六朝诗选》背了六遍。背六遍书，诵读数百遍。没有上过一堂大学古典文学课，最终考上古典文学的研究生，应当感谢人民文学出版社的这套丛书。

再次，这套丛书可以作为初写论文者的入门书或参考书。"读本丛书"，普及性是它的主要特征。由于选诗者多为相应领域的名家，术有专攻，各书选诗多具有代表性。《汉魏六朝诗选》所选曹植诗，反复熟读之后，进而细读黄节《曹子建诗注》(1957年10月版，1965年从古旧书店购得)，将曹植诗与曹操、曹丕诗相比较，曹植的五言诗比父兄成绩更为突出，钟嵘将曹植诗列在上品，是有道理的。曹植诗无论乐府还是杂体诗，明显带有其个性，比起父兄，他五言诗叙事性减弱，抒情的味道更加浓厚。1981年，我发表的《试论曹植五言抒情诗》(原题为《试论曹植五言抒情诗的个性化》，编辑做了改动)，此文早期的积累源于《汉魏六朝诗选》。如果说，"丛书"培养兴趣爱好只是初级的入门书，那么进入写论文的阶段，则成为高一层次的入门书，即写论文的入门书。初学时喜欢这套丛书，学渐有成，甚至成了人师之后，我仍然喜欢这套书。我向每一届研究生，都推荐过这套丛书，招六朝硕博士生，面试时总爱问："你读过余冠英先生的《汉魏六朝诗选》吗？"

1982年，我到福建师范大学任教，1984年担任教研室主任。这一年，署名福建师范大学中文系古代文学教研室的《清诗选》出版，当时是教研室的一件大事，也是中文系的大事。在这之前，教研室似不曾有著作在人民文学出版社出版过。主编是黄寿祺先生和陈祥耀先生。陈祥耀先生早年就读于无锡国专，受业于清诗研究大家钱仲联先生。该书出版之前，祥耀先生曾蹲在人民文学出版社很长时间修改书稿，足见出版社和选注者的重视程度。1997年2刷。2009年出第2版，此时祥耀先生年近九十，仍然逐篇校订，改正某些错讹，我也参与做点小事，祥耀先生前言有提及。现在，出版社拟出第3版，祥耀先生年已近百，手书两页稿纸的修订意见，并嘱托我：如发现原书有误，随手改订。一部书，37年，3版4刷，祥耀先生倾注了多少心血！出版社的总编、责编换了一位又一位，无不尽心尽力把书编好。由一种选本而推及整套丛书，出版的严谨程度可以想见。

十多年前，和一位清诗专家（九十年代的博士）聊天，他说人民文学出版社版《清诗选》是他学清诗的入门书，我说本人也是。我曾在《优秀选本的魅力》一文中说过，人民文学出版社这套优秀选本，泽溉了一代又一代的学人。毫不夸张地说，二十世纪五十年代之后成长起来的古典文学研究者、大学古典文学的教师，几乎没有不受这套"中国古典文学读本丛书"感染和熏陶的。

余冠英先生《汉魏六朝诗选》是一部优秀的选本。二十多年前，省报开设"对我影响最大的一本书"专栏，我写的就是这本书。大意是说我考研究生，它是参考书；我做论文，它是参考书；我教书，它是参考书；我指导硕博士生，它是指定的必读书。你说影响大不大？此书初版在二十世纪五十年代，受于时代的限制，存在这样那样的欠缺实在难免。余先生已经过世，修改已无可能，因此出版社嘱我另做一部《汉魏六朝诗选》。战战兢兢，如履薄冰，上个月刚刚交上书稿，明年出版，正好可以赶上出版社成立七十周年！

以上说的都是诗歌选本，王伯祥的《史记选》则是一部优秀的古文选本，1957 年 8 月版，然而我购得此书却迟至 1973 年夏。该书封底黄色，深黄色花纹和诗歌选本相同，也是竖排繁体。这部书共选二十篇，我读过至少五遍，每篇都做了笔记。此书也是我的入门书，先读选本，然后通读《史记》全书。九十年代，有教师跟我进修，我对他的要求很简单：认真通读《史记选》，结业时给我看读书笔记。

"中国古典文学读本丛书"之外，"中国古典理论批评专著丛书"也附带说几句。这套书可以回忆的事也很多，这里只提两件事。1978 年备考研究生，我还在乡下中学教书，让我四弟从大学借了一本刘师培的《中国中古文学史》（1959 年 11 月版），爱不释手，于是手抄一过，十万字，抄本保留至今。九十年代出版社重印，虽然购得一册，初读时的情景仍然在目。另一件是厦门大学周祖譔先生赠《隋唐五代文论选》（1990 年 5 月版）、蔡景康先生赠《明代文论选》（1993 年 9 月版）、石文英先生赠《石遗室诗话》（2004 年 8 月版），三本书都是编者签名本。选编者都是我的师辈。我治六朝文学，唐代以下文论比较生疏，这三部书也都是我的唐五代文论、明代文论、近代诗学理论的入门书。有人不怎么把文论的选本放在眼里，我在纪念蔡景康先生的一篇短文曾经为之呼吁。周先生、蔡先生先后故去，在出版社七十周年纪念的日子，我们特别怀念老一辈的作者。古典文学中的四大名著，出版社的书已经风靡半个多世纪，影响之深远自不待言。这几部书早在中学时代已经读过，七十年代重印《红楼梦》，我从武夷山的乡下中学，乘车翻山越岭，跨省直奔江西上饶新华书店，辗转购得一部四册，如获至宝，亦附记于此。

少年时代所购"中国古典文学读本丛书"若干种一直陪伴我，二十年前迁了新居，我还将其搁在卧室，随手可以阅读。专业缘故，《汉魏六朝诗选》使用最多；最经常带着出差的是《杜甫诗选》，路途上可以反复记诵。同一书，后来人民文学出版社相继出版了横排简体字本，或者不同选注者的同名选本，不是说简体字本不好，也不是说他人的注本不优，而是长年阅读养成的习惯，读少年时代所购书，有一种如对故人的亲切感。流逝的是时间，出版社从成立，于今七十年；"丛书"第一种出版至今，也将近七十年了。基本不变的是图籍，看到这些少年时代购买的选注本，半个多世纪的岁月，不间断地阅读、使用、揣摩，总感觉少年的心事并不辽远，仿佛是前天，是昨天，也是今天。诗人、作家的美梦虽然未能实现，但是少年的豪气却影响了我的大半生，少年不知天高地厚，用硬挤出来的菜金换来若干种中国古典文学读本，不意却把我引进古典文学的大门，差不多影响了我的一生。"中国古典文学读本丛书"的魅力如此久远，当年那个少年始料不及。

2020 年 11 月 12 日

原载《文学名著诞生地：人民文学出版社 1951—2021》，人民文学出版社 2021 年版

第三辑　闽海序跋

岭南文化与南园五先生

——陈恩维《文学地理学视野下的明初岭南诗派研究》序

　　士别三日，当刮目相看，何况一别数年！前年，佛山科技学院邀我到该校讲学，前此，恩维已经升为教授，且出任该校省级的广府文化研究基地常务副主任。当然，职称和职位只是一种"名声"，不可能反映学者学术的真实面貌。2007 年，恩维的《梁廷枏评传》（人民出版社）出版；2010 年，《模拟与汉魏六朝文学嬗变》（中国社会科学出版社）出版，我为此书撰序；2011 年，《岭南诗宗孙蕡》（人民出版社）出版，期间，恩维还发表了三十多篇论文。我到佛山之后，恩维说，他的另一部书稿《文学地理学视野下的明初岭南诗派研究》已经基本完成，请序，今年 4 月间，恩维把完整的书稿发来。每年 4 月，都是最忙的时候，加上已经应聘金门大学，出境之前，得把手头一些事情处尽处清楚，暂告一段落。8 月，我如期来到金门大学，回过头来为恩维此书撰序。

恩维治学的走向，和我有些相似：先是治汉魏六朝，后来转向区域文学。中国文学的历史，时间跨度长，从先秦到近代，近代之后又有现当代，通代专家固然有之，但大多以断代作为区隔。同行之间，通常会说某人硕博士读的是某代文学，某人是某断代的专家。另一种区隔，则是文体，如诗、词、曲、小说、散文。除了诗和散文，词集中在宋元明清，曲主要集中在元明清，小说集中在明清，实际上也是断代，只是"断"的时间或长或短而已。如果说，整部文学史是一个大层面的话，那么区域文学的研究，则是这个大层面的某一个"块块"，许许多多的块块拼在一起就是一个完整的中国文学的大面貌。如果说，中国文学史的研究，更多是着眼于时间的跨度来研究文学的话，那么，地域文学的研究则更多地着眼于从地域空间的角度来观照文学。当然，以史为线索研究中国文学史，也会注意到地域的空间点，但主要还是从时间的长河上观照文学；地域文学的研究，也不能离开时间的"线"，但是更加强调研究区域空间的文学特征和特色。以时间跨度为线索的研究，与以区域空间作为观照点的研究，两者的叠合，或许更能完整地看清整个中国文学的全貌。

没有错，以时间为线索，把各个断代的中国文学连缀起来、串起来的更多的是历代重要的作家、文学流派和重要的文学理论问题，我们看到的更多的是一棵树木的强大躯干和壮实分枝，或其基本外貌，但是较少看到，或者根本看不到细小的局部的枝叶；较少看到，或者根本看不到南北东西枝丫以至枝端末梢叶片的异同。南北东西的枝丫以至枝端末梢的叶片，同是强大的躯干所衍生，但因或受阳或受阴，或迎风或背风，肌体形貌可能会有所差异，甚至很大的差异。仔细观察枝丫以至枝端末梢的叶片的特征，无疑是区域文学的研究任务。

民前，"乡先生"大多熟悉当地历史掌故；新任知县，下车伊始，通常要读县志，读当地名诗名文。不知从何时起，"乡先生"不再知晓当地掌故，官员不再关注当地历史名人（与风气有关的人物除外）和名作。陆游曾任福建常平茶公事（任所建安），十数年前，我指导一位硕士生做陆游闽地行踪的论文，她请教过该市方志办主事、第一中学的语文老教师，他们都说没听说过陆游到过该城。我自己到了这座城市，蒙主管旅游的领导错爱，餐桌上我提到陆游在该市的游踪（有作品传世），亦可开发为景点，没想该领导对陆游到过该地任职也一无所知。陆游是文学史上的大作家，但是，他在福建任职的时间不是太长，其事迹及作品的重要性远不如南郑时期，就整体而言，文学史著作忽略也无可厚非。但就我上面所说的那座城市而言，大作家陆游在此地前后待了两年，写下一百多篇作品，行迹依然历历可寻，作品依然朗朗可诵。我们无意责怪"乡先生"和主事，我想说的只是我们地方院校区域文学教育的缺失、研究的缺失，以致大多学生一离开文学史主干，几乎茫茫然无所措手足。如果对陆游任福建常平茶公事前后两年做些深入研究，进而把成果稍作普及，小的方面可以推动当地旅游业的发展，大的方面也可以提高这座城市的文化质量。就学术而言，亦可弥补学界陆游研究的不足。

说到地方院校区域文学教育和研究，并非说地方院校可以削弱文学史主干作家、流派或重要理论问题的研究，而是说地方院校更有责任承担地域文学的教育和研究，增加院校地域的办学特色。也不是说重点院校不必关心区域文学教育和研究工作，重点院校也是建设在某一城某一地，对该城该地的历史、文学多做些研究工作，显然也很有必要。近年，中山大学文献所编辑整理《全粤诗》陆续出版，厦门大学刘荣平教授编校《全闽词》即将问世，都是很有益的工作。毕竟，重点院校和地方院校在招生和办学目标上都存在较大的差异，地方院校的办学主要是面向地方，所以在区域文学的教育、研究，以至人才培养，其职责更加重大，也更加直接。

研究区域文学，时或被人讥为尽研究些小作家、小课题，难登大雅之堂。其实，以区域相对稳定的闽粤而言，宋明以降，也不乏大家、不乏流传千古的名篇、不乏有影响的文学流派。着眼于地域背景的文学研究，有时也可弥补大作家研究的缺憾，如上文所说的陆游在建安。再如钟惺，天启三、四年（1623—1624）间为福建提学副使，时间虽然不长，但对福建诗风也产生了一定的影响。这是一方面。另一方面，即便是小作家、非一流的作品、不见经传的诗社文社或小课题，似也不应当歧视。常言道：小题目也可以写出大文章；即便做不了大文章，但也未必不能写出好文章。例如明代莆田诗人陈昂，遭逢倭患，举家漂泊，最后贫病交加卒于金陵，林古度为之葬并为之刻遗稿《白云集》，其集有钟惺、林古度序，陈昂及其《白云集》，今天知道的人甚少，但陈昂和《白云集》的研究，难道就没有意义？

我相信恩维从传统的汉魏六朝文学研究，转向岭南区域文学研究，一定会有压力。但是，我到佛山之后，恩维讲述他的岭南文学和文化的研究，眉飞色舞，乐在其中，充满自信和憧憬。恩维不是岭南人，而是湖南籍的岭南客。当地人研究当地文学和文化，精通方言、熟悉地理环境，自有其优势。恩维缺少的是这种优势，但是他的热情，他对区域文学和文化的热爱，大大弥补了他的不足，再加上他有较强的观察事物的能力、分析问题和解决问题的能力，以及硕博士、博士后阶段的严格学术训练，很快就走上地域文学研究的轨道，出了成果。

区域文学研究在研究方法方面，自然有它的特殊性，例如必须重视该区域的地理环境（政治地理环境、经济地理环境和文化地理环境），又例如方志是十分重要的参考文献，通常都需要做田野调查等，所有这些，恩维都做到了。另一方面，区域文学研究，最基本的研究方法，仍然是古代文学和文献学的基本方法。积十多年的研究经验，恩维的研究仍然从文献入手，考证、辑佚，做最基本的文献工作。从单个研究起步，进行学术积累，等到条件成熟，进而研究一个作家群及其相关诗社、一个区域流派，并在理论上加以阐述，有所突破。可以说，恩维这部新著这两个方面都做得很好，很出色。

从恩维请序到我动笔作序的几个月间，恩维由佛山学院调到广州外语外贸大学。近十年来，广州外语外贸大学的中国语言文学学科有长足发展，让许多老牌中文系刮目相看。恩维被广外所重，也证明他确实有很强的实力。同时我也相信，本书的出版将进一步提升他的学术竞争能力，相信今后他的研究会做得更好。

2016 年 8 月 15 日于金门大学

晚明至清初前期闽诗嬗变

——翟勇《万历至康熙年间闽台诗学嬗变研究》序

《明史·文苑传》把闽诗的发展分为三个阶段：第一阶段，洪武、永乐间以林鸿、高棅为代表的"十子派"；第二阶段，弘治、正德间代表人物郑善夫，重要诗人有傅汝舟、高灏等；第三阶段即万历中年及之后阶段。隆庆、万历之际，袁表、马荧编《闽中十子诗》，标榜闽诗，以"十才子"作为旗帜相号召。随后邓原岳编选《闽中正声》、徐𤊪编选《晋安风雅》，抬升闽诗地位，谢肇淛、徐𤊪、曹学佺继起，以各自创作证明闽中诗人的实力。谢肇淛总结隆万以降闽中诗，罗列有集行世者，前辈诗人有郭文涓等三人，同辈有陈椿等十七人。这十七人，都是谢肇淛的"友人"，不在"友人"名单者还有王昆仲、林应起、翁正春、林应聘、董应举、叶向高、陈勋、马歘、陈一元、郑邦泰、高景、陈鸿、邵捷春等，以及年纪略小几岁的曹学修、林古度、陈衎、孙昌裔、商梅、周之夔等，也都有集，闽中诗坛蔚为壮观。谢肇淛论明诗三变：明初闽、吴二地之诗接武唐音，正声不坠；弘正间，李梦阳、何景明一变而以风骨相尚；嘉隆间李攀龙、王世贞一变专为雄声；万历中年"江左诸君，远学六朝，模拟鲍、谢靡靡之音，不复凌竞，而诗又一变"（谢肇淛《王百谷传》，《小草斋文集》卷十一）。"比者"云云，指的是万历二十七年（1599）之后十年间曹学佺任职南京时期组织金陵诗社，南京诗坛极一时之盛，谢肇淛也曾参与其中。金陵诗社不限于闽人，但领袖人物曹学佺系侯官（今福州）人，谢肇淛欣赏金陵诗风的转变，实际就是欣赏曹学佺诗，也是自我肯定。曹学佺、谢肇淛诗"远学六朝"，至少说明闽中部分诗人不再步趋洪永之世的复古诗风。林鸿、高棅推崇七律，徐𤊹鼓吹七律更是不遗余力，甚至以为明代七律已经超过唐朝。然而曹学佺却说诸体中五古最难，五古以两汉最优。世异时移，弘正距洪永超过一百年，万历距弘正也已经百年，观谢肇淛对明诗诗风数变的论述，闽中诗坛的诗风数变亦势必如此。至于改朝换代，由明变清，特别是在满族的统治之下，诗风没有理由不变。南朝诗，由太康一变而为元嘉，元嘉变为永明，再由永明而变天监、大同；北朝由北魏变为北周，再由北周而变隋，诗风没有不变的。问题是为何变，如何变，变的结果又如何？所以，研究诗风如何转变或者叫嬗变，研究诗学的转变或者嬗变，是文学史家非常重要的课题。翟勇博士此书要解决的就是明万历至清康熙约一百五十年间这一特定的时期、"闽台"这个特定地域空间诗学如何嬗变的问题。

邓原岳、徐熥等人重振闽中风雅。闽中，指的是闽中郡，即福州府，也就是说，要重振福州府风雅。福州府风雅复振，当然可以带动整个闽地的风雅复振。但是，必须强调的是，徐熥《闽中风雅》一书编选范畴只是福州一府之诗。谢肇淛的友人陈宏己就曾经责问过徐熥之弟徐𤊟，说《闽中风雅》为何不选某人之诗，是不是某人诗不好，徐𤊟解释道，不是某人诗不好，因为他不是福州人，限于体例，不能选他的诗。当今也有学者误以为重振闽中风雅就是重振闽省风雅，显然不符合徐熥兄弟的原意，也不符合历史事实。我们通常以"八闽"指代福建省，这是约定俗成的说法。明代福建布政使，辖八府加上福宁州，实为八府一州。所以研究闽省诗风或诗学的嬗变，除了福州一府，还必须关注到福建的各府各州。廖可斌教授认为万历是中国文学发展的一个辉煌时期，借廖教授的观点，我也认为万历是福建文学发展一个辉煌时期。谢肇淛提到的二十人，加上我们补充的名单，已经三四十人，而这三四十人只是这一时期福州府诗人的一部分，如果进一步罗列，可能不少于百人。

闽中诗坛对周边州府的影响很大，宁德崔世召、莆田佘翔、康彦登、郭天中、郭天亲、黄光等与闽中诗人诗筒往来，参与社集，其诗风与闽中诗人无大异。侯官林光宇之父任职清溪县（今福建清流），光宇随侍，结识清流年轻诗人王若，遂为佳友。王若随林光宇至福州，参与闽中酬倡。受闽中诗人影响，王若在清溪组织渔仓社，与社的有廖淳、邹年丰等。在王若邀请下，曹学佺、林古度、徐𤊹等先后寻访清溪，与当地诗人倡酬。曹学佺编《石仓十二代诗选·社集》，收有廖、邹等人之诗，将他们看作闽中诗社诗人。由此可见闽中诗坛对九龙江上游偏僻之地影响之一斑。

中国文学的发展，各地并不平衡；一省文学的发展，省内各地也不平衡。就福建行政区划来说，建州设州早于福州，的确，宋代建州文学极为辉煌，大词人柳永、西昆体领袖人物杨亿都是建州人，理学集大成者、大诗人朱熹也出生在建州、长在建州、讲学在建州。宋代，建州文学与福州并驾齐驱是没问题的，但是到了明代，建州文学渐渐衰弱，台阁体"三杨"之一的杨荣之后，名家不多。而宋代文学相对沉寂的泉州，到了明代则郁郁勃发，王慎中、李贽相继崛起海隅。李贽活到万历中期，万历至崇祯间，活跃在泉州诗坛的诗人，难以枚举，主要有黄克晦、洪希逸、黄凤翔、何乔迁、何乔远、九转、九云、黄克缵、杨道宾、黄居中、蔡献臣、池显方、李廷机、张瑞图、蔡复一、张之涣、黄汝良、卢若腾、黄景昉、蒋德璟等。何乔远之父何炯，辑有《清源文献》一书，为泉州一地的文学总集，对泉州万历、崇祯间文学的发展有很大影响。泉州诗人虽然也与闽中诗人有往来，例如蔡复一与曹学佺为同榜进士，关系甚密，倡酬颇多，但总体上说，诗风还有很大差异。大抵泉州一地离会城较远，方言土音、习俗语境有较大的不同，其地文人有很传统的一面，如对朱子理学的遵从，蔡清、洪希逸等为其代表；又有不愿意接受传统束缚的一面，如李贽。明代泉州诗风、诗学与福州有所不同，显而易见。

漳州是福建最南端的一个府，与广东交界，漳州建州的时间稍晚，文教发达的进程也晚于福州、兴化、泉州。万历间，张燮等组织玄云诗社，又称霞中社，与社者十三人，称"十三子"：林茂桂、戴燝、蒋孟育、郑怀魁、高克正、汪洢、徐鉌、陈元朋、陈范海、郑爵魁、吴寀，加上张燮之父廷榜及张燮本人，所谓"东南才子尽在是也"，为千百年来漳州未有过的诗坛盛事。张燮还认为，闽中有《晋中风雅》，莆田有《莆阳文献》，泉州有《清源文献》，漳州也应该有自己的诗歌总集，遂倡导编选《清漳韵苑》。张燮博闻强识，黄道周自以为弗如。张燮诗文集有二三百卷，诗学六朝，事典顺手拈来，毫不费力，然而编集时抉择不甚精，应酬稍多。其著作影响最大者则为《东西洋考》，《七十二家集》的编纂亦为后世所重。郑怀魁骈文胜于其诗，其余作者，特出者不是太多。霞中社之后，又有更年轻的一代组织霞中后社，与此同时，黄道周崛起海上，其诗近上虞倪元璐，与闽中大相径庭。

龙岩县明属漳州府，清属汀州。王命瀎，龙岩人，有集传世，他与闽中等地诗人亦有交往。邵武谢兆申，闽西北一大藏书家，有集传世。其集仅有古诗，没有近体，其四言五言古诗学汉魏，然佶屈聱牙，又不尽似汉魏。

以上是万历、崇祯福建一地诗歌的大致情形，万历、崇祯已经不是洪武、永乐，诗歌作者大增，分布的地域广泛，诗风和诗学观念也与洪永之世有很大不同。《万历至康熙年间闽台诗学嬗变研究》以一章的篇幅论述这一时期诗学的嬗变，重点考察闽中和泉州两地，论闽中诗就"坚守"与"微调"、"分化"与"蜕变"两个问题进行剖析和论述；论泉州则重点讨论布衣诗人，似有突出重点之意。

1885年台湾建省之前，台湾其区划属于福建。本书题目的"闽台"，是当今的概念，在晚明清初，本书所讨论的其实还是福建区域文学。本书讲闽台，或许更便于当今读者的理解，也有突出文学从福建内陆向台湾岛播迁、台湾早期传统文学生成和发展之意。本书的一个重点，就时间而言，为隆武帝和鲁王监国时期及稍后的明郑台湾时期。福建区域文学与其他地域文学在明末清初这段时间内，最大的不同点，其关键词为：隆武、鲁王监国、明郑、耿精忠之乱。南京福王覆亡之后，唐王朱聿键在福州建立政权，隆武朝虽然前后只坚持两年，却给清廷带来不少麻烦，如黄道周曾率兵攻打到婺源；又如清兵进军闽西北，料想不到遭遇隆武顽强抵抗，清兵怒而屠城宁化，火烧三天三夜。清兵入福州，曹学佺以自缢抗争，清兵籍没其家，造成伤害的不单是曹氏一家，从旧朝过来的读书人内心莫不涂上一层阴影；福安诗人刘中藻奋起反抗，兵败被杀，也可以看出人心向背。我们看陈鸿、徐延寿等人在这时期写的诗，就明白诗风为什么不能不变。接下来的鲁王监国，明郑时期，发生的事件虽然有所不同，但还是乱离、战争，诗人的内心仍然笼罩着世变的伤痛。耿精忠之乱，为"三藩之乱"的一乱，给闽地带来的灾难甚大，徐氏藏书楼，清兵进入福州城仍然保存完好，耿氏作乱，竟拆为炮架，四代人百年积书，一朝散落，如此惨状，诗家又作何感想？明郑收复台湾，建立政权，郑成功传至第三代，施琅克台，全台收入清朝版图，闽海方才重归平静。然而，社会生活的重建，心理的修复，仍然有待于时日。本书用三章的篇幅，论述明郑时期台湾诗歌的拓荒、入清之后入台诗人的宦游诗歌，有考证，有综论，多能抓住要点。明郑时期，重要诗人有徐浮远、沈光文以及"二王"（郑成功、郑经）等。郑经的《东壁楼记》发现的时间不是太长，之前学者的研究讨论比较有限，本书对郑经的论述，无论是郑经其人还是其作，都给读者留下了较清新的印象。

隆武之后，郑成功与清兵一来一往的拉锯战，给福建沿海的经济和文化带来极大的破坏，清初的海禁和迁界的政策，海岸线三五十里之内，特别是海岛，几乎成了废墟。闽南万历、崇祯科举的鼎盛难再，全闽万历、崇祯文学的辉煌难再，福清不再有郭造卿、叶向高、林古度、商梅；同安县浯屿（今金门县）不再有蔡献臣、许獬、蔡复一、卢若腾；漳浦的东山岛不再有黄道周。本书五、六两章，重新回到福州和泉州两府，作者用"蛰伏""坚持"二词形容顺治、康熙时期的福建诗歌。闽诗处于低潮时期，不是不能恢复，而是恢复有待于时日。改朝换代，家山已非昔日的家山，或者出于其他原因，部分诗人选择客居他乡，如福州的许友、莆田的余飏、泉州的黄虞稷，但是也有一批客籍诗人由于游宦或其他原因入闽，给闽诗坛带来别样的风气，他们中有周亮工、纪映钟、朱彝尊、查慎行、毛奇龄等。万历、崇祯间不是没有名诗人入闽，例如钟惺，特别是他作为学官，考校士子，对闽诗人不是没有影响，追随者也不乏其人，但是由于闽诗人数目之众多、队伍之强大，领袖人物如曹学佺、徐熥又有着巨大的魅力，钟惺撼不动闽诗的根基。顺康间就不一样了，新生一代对周亮工这批江南诗人有着特别的新鲜感。所以闽诗一方面是"坚持"，另一方面又是融合，融合的过程，其实就是本文论述"修正"的过程。因此，顺康的闽诗，已经不是万历、崇祯的闽诗，也是显而易见的。

清初李光地是政坛上一位重要的人物，他以思想学术见长，不以诗名世。本书对李光地的研究突破固有观念，对他的诗学作了严肃的思考，对台阁体诗体作了再认识，这一部分写得较为出色。

从明代万历到清代康熙，朝跨两代，时历一百五十年，空间由内陆拓展到海东，论述诗风诗学嬗变，实属不易。翟勇思考深入，精心布置章节，突出重点，兼顾细节，大体展现了这一时期闽诗（含今日台湾）诗风诗学的嬗变，思路清晰，提出了一些新鲜的观点和见解。我是翟勇博士后合作教授，他的博士后出站报告比较简单，这部书稿作为国家社科基金项目已经大大改观，分量加重，论述细密。出版在即，翟勇博士说不能无序，故书此以弁其端。

2021 年 2 月 24 日

《螺洲阙下林氏族谱》序

林、陈是中国的两大姓，所谓"陈林半天下"，因闽台两地二姓独大，故有此夸大的说法。福州市林姓至今依然是一大姓，族繁，居住地点广，其族有水西林、林浦林、凤池林、陶江林、云程林、螺洲（即"螺江"）阙下林等分支。

我对"阙下林"初有了解，是十年前林怡女史整理其族先祖林雨化希五先生文集之时。早年，我研究唐代莆田林氏，知有林披其人。披有九子，均为唐州牧，人称"九牧林"。林怡整理希五先生集，考证林披父林尊育有三子，长曰韬，次披，季昌。韬生尊，尊有三子，季攼居丧时，墓庐有白鸟、甘露之祥，唐德宗为立双阙，以旌其孝，时遂号其族为"双阙林"，又称"阙下林"。阙下林繁衍到宋代，有林杞者，所生九子均官州守，为区别唐"九牧林"，人称"宋九牧"。阙下林一支，南宋迁至福州府闽县螺洲洲尾，因流经此地的闽江支流乌龙江又称"螺江"，遂称"福州府闽县螺江阙下林"。

螺洲位于南台岛南部乌龙江北岸。闽江自西北来，到南台岛分为两歧，北边称白龙江（今仍称闽江），南流称乌龙江。洲尾在螺洲东端，四围水绕，八面山环，乌龙水至此浩浩荡荡；南五虎北莲花，左旗右鼓；闽江口岛礁星罗，沧溟浩渺。洲尾吸纳山川天地之灵气，阙下林文茂昌发公迁于此，八百余年，聚族而居，瓜瓞连绵，功名不断，人才辈出，与螺洲陈氏比肩，称两大旺族，至今为人津津乐道。至于杰出族人，北上京沪，放洋海外，更不知其数矣！

中国历来有修族谱的传统。族谱往往起到尊祖、敬宗、睦族以及序昭穆、明长幼的功用。宋欧阳修、苏洵这样的大家，亦在修谱者行列中，而且自创族谱体例。欧阳修《欧阳氏谱图序》云："今八世之子孙甚众，苟吾先君诸父之行于其躬、教于其子孙者守而不失，其必有当之者矣。故图其世次，传于族人。"修谱之事綦重矣！螺洲阙下林近世一次修谱，还得追溯到1928年。观林鼎燮先生所作《续修族谱序》，族中人人怀崇敬之心，撰修者更是兢兢业业，实为一族之盛事。自上次修谱，迄今已有九十年之久，再次续修之事便提到族人的议事日程上。大凡修谱的重任，通常落到族中饱学之士身上。林怡女史为古代文学博士、教授，自觉协助族亲编修族谱，颇具时代意义。

辛亥革命一百多年来，妇女已经全面参与了上至国家、下至社会的管理，一族一家之中，妇女的地位和发言权更不可言喻。时代变了，修谱风尚也不能不随之改变。譬如修谱的体例，女子要不要入谱？既然时代不同了，女子和男子一个样，为什么入谱的还只是男子，女子不能入谱？何况自二十世纪七十年代以来，奉行独生子女严政，男入谱女不入，谱系何以为继？现在严政虽然解除，按照目前社会的趋势，今后可能还是育有一子的家庭居多。故重修族谱，无论男子女子均应进入谱系。此例也不一定是此谱首创，但却是顺应了社会潮流之举，在现代的社会生活中，做这样的处理，是非常必要的，也是可行的。

螺洲洲尾阙下林枝叶日繁，在现代社会中，人口流动性大，外迁者亦众，迁出两三代之后，可能很难寻访其踪。此谱所订体例之一，少数一两代尚可以寻访者尽量入谱，年代较久远且已无踪迹可寻者只好阙如，亦不失较佳的处理方式。

族谱重要的当然是谱系和人物传记，而族谱中的《艺文志》《诗文辑》，也不是可有可无的内容。螺洲洲尾阙下林文名甚盛，这两部分也因此成了本谱的特色。《艺文志》所列有十五人、著作百种之多，其中较出名的有上文提及的林雨化希五先生和他的《林雨化诗文集》。希五先生生于乾隆九年（1744），举人，道德文章为士林所重，梁章钜、林则徐曾为其集作序作跋。林怡女史整理的

《林雨化诗文集》2009年已经出版，嘉惠学林。晚近林庚白（1897—1941），十三岁以第一名考入京师大学堂预科。十八岁时，已有诗文集《急就集》刊行。1941年，庚白被日寇枪杀，年仅四十五。林庚白先生有《丽白楼遗集》《丽白楼诗话》等，为晚近重要诗人和诗评家，在诗歌史上占有一席位。《诗文辑》还从各种方志、诗文集、笔记辑得诗文若干篇，或可资教化，或可陶冶性情，其中那些螺洲风光之什，对林氏族人及其他读者了解阙下林的生活环境不无帮助。

明万历间谯郡（今安徽亳州）《嵇山族谱》编就，请叶向高撰序，曰："昔曾、苏二氏《谱》皆以叙重，今吾嵇氏，愿乞灵于子。"叶向高曰："余不能辞，然余何能重嵇氏？"能重嵇氏的只有嵇氏族人而已。林怡女史问序，余亦不能辞，略叙感想如此。能重螺洲洲尾阙下林者，林氏族人也；《螺洲阙下林氏族谱》梓行，世人焉得不重之？

2018年7月8日

《金门祈禳建筑图饰》序

　　文史工作者，是金门一道特殊的、美丽的风景。我这里说的文史工作者，不是服务于金门大学或其他研究机构的学院派工作者，而是业余的工作者，他们是退休或者即将退休的中小学老师，或者是退伍的军人，或者是在职的公务人员或者职员，甚至是其他人员。他们研究的金门文史，大凡金门史迹、历史人物、文学艺术、谱牒碑碣、宗族宗祠、庙宇道观、民间信仰、民风民俗、书院科举、建筑文物、古井古墓，还有某些专门史，例如盐业史、移民与华侨史、战争史等，夸张一点说，只有你没想到的，没有文史工作者注意不到的。他们中的一些人已经成为我的朋友，在交流讨论的过程中，常常有朋友会告诉我，这个部分县志记载不清晰，这个问题哪一本书记载有误，某一实物在某处可以看到。他们中的不少人都出了书，甚至不止一本两本。

叶钧培博士是金门文史工作者中很有代表性的一位。2004 年，我到北京参加地方文献国际研讨会，与会者有美、日、韩等国的学者以及中国著名高校、图书馆的文献学专家一百多人。很多人都知道我是金门人，主办者特地告诉我，研讨会也邀请了两名来自金门的学者：叶钧培和萧永奇。我并不认识他们两位，交谈之后，知道他们正在做金门族谱研究。钧培先后送给我《金门姓氏分布研究》（1997）、《金门辟邪物》（1998）、《金门姓氏堂号与灯号》（1999）、《金门族谱探源》（2001，与黄奕展先生合作）等著作。读了钧培的著作之后，十分吃惊，这些著作都是钧培四十多岁时写的，每一部著作都很有问题意识，既有文献基础，又有实地调查的第一手材料，论证有条有理，逻辑性强，结论令人信服。钧培执教于金门农工职业学校，台湾地区中小学和职校没有职称这一说，读过钧培的书，我不止在一个场合说过，以钧培的学养和学术水平，已经达到一般高校副教授的水平。

在陈德昭教授的推动下，铭传大学在金门举办硕士班，对在地文史工作者来说，无疑是件大好事。继续深造，接受较严格的训练，无论是学术眼光还是研究能力、研究成果的产出，都非昔日可比。金门文史工作者不断追求，读完硕士班，部分又到台湾，或者一水之隔的厦门大学、福建师范大学、闽南师范大学等院校读博士学位。钧培也没有落后，在已经出版多部著作之后，经过多年努力，先后又获得硕士、博士学位。钧培的博士论文做的是金门碑碣研究，厚厚一大本，四十多万字，把金门古往今来的碑碣一网打尽。我在金门大学任教，对同事说过，谁想了解金大碑碣的文字，找钧培的论文看看就可以了。我还希望钧培的论文早点出版，嘉惠学林。

几个月前，钧培说有一本书请我作序，我还以为是金门碑碣。他说，那本书分量大，还得再完善。钧培送来的是《金门祈禳建筑图饰》的书稿。我先是吃惊，很快又不吃惊了，吃惊的是获得博士学位之后，没有听他说起在做这本书；可是，仔细一想，二三十年来，钧培走遍金门的边边角角，夸张点说，哪块石头长成什么样子，他都能说得出来。他拍过一两万张的照片，积累了十分丰富的研究素材；接任金门县采风文化发展协会理事长以来，对宗祠、寺庙、民居的建筑尤为关注，研究建筑图饰应该也是他诸多规划中的一个计划，水到渠成，《金门祈禳建筑图饰》一书很快就要奉献给读者了。

若干年前，台北大学王国良教授陪我去三峡参观清水祖师庙。王教授是福建安溪人，台北大学又在三峡，他对这座庙宇有着特别的情感，对庙宇建筑的图饰也有特别的研究，由专家导览，自然大开眼界，收获非同一般。当然，不是所有来此庙宇礼拜、祈福、参观的人都有如我一般的幸运。他们中的多数人，站在图饰前面，或许能识得几个人物，看懂若干图案，说这一位是岳飞，那一位是何仙姑；

说这是竹子，那是花瓶。对中国文化了解较多的人，还能讲出图饰中的故事、图案中的某些隐意。但是，要找到一个能说齐、说全、说准的人恐怕很不容易。一座三峡祖师庙尚且如此，扩大到金门县，数百座的宗祠、寺庙，数不清的民居，想看清楚其中的门道，谈何容易！诸君，现在可以不用再犯难了，钧培的《金门祈禳建筑图饰》一书，为我们解开了种种难题！

书名在"建筑图饰"之前加上"祈禳"二字，通俗地说，祈禳，即祈福消灾，多福而远离灾害。钧培把建筑图饰的全部内涵用"祈禳"二字概括，无疑是抓到点子上了。中国人建造宗祠、庙宇，除了对祖宗、神灵持有敬畏之心，除了表达忠孝节义的内涵，无非是祈求祖宗、神灵保佑他们多福弥灾；建造一处宅第，居住其中，总希望在此空间中生活多福分而无灾祸。长寿、富庶、多子多孙、科第功名、家庭和睦、节操高尚等，即多福；远离兵火强盗、不受自然灾害侵扰、不发生意外伤亡，即禳灾。建筑中所有的图饰设计，无不围绕这一主题展开，用各种各样的表现手法，或讲述历史人物及其故事、各种各样的传说传闻，或用形形色色的动物、植物、器皿、器物，以譬喻、隐喻、象征、谐音等手法表达其意念。至于具体的表现手段，则有石雕、砖雕、壁画、陶画、瓷画等。

当然，种种图饰，既然是"饰"，同时还有装饰、美化宗祠、庙宇、住宅的功用，这种功用，既有实用的功能，还有美学上的功能。就美学功能而言，图饰让每一位观赏者，甚至宅第的居住者有娱悦视觉、娱悦心灵、美化精神的作用。面对宗祠、庙宇，每位观赏者的理解可能都不太一样，还有相当多的观赏者，看到眼花缭乱的图饰，由于缺乏最基本的知识储备，往往如坠五里雾中，不知所以。因此，对建筑图饰做最起码的赏析也是非常必要的。钧培这部书的特色，还在于它的普及性质，专家可以看，一般的民众也会喜欢它。钧培不仅会告诉读者这幅图饰中的人物是谁、植物是何种植物，器皿是何种器皿，他还会告诉你人物背后的动人故事，植物、器皿的隐喻或意义，或者谐音的美妙之处。

这部书的另一个特色，就是采用了一二百幅彩色照片，这些都是钧培"采风"时拍摄的，是他从数以万计的照片中精选出来的。钧培的文字简约明了，配合以彩照，可谓名副其实的图文并茂了。我们在观赏某一图饰时，往往走马观花，不可能驻足太久，图饰虽然精美，内涵丰富，却容易过眼就忘。一卷《金门祈禳建筑图饰》在手，玩赏再三，印象一定深刻。

《金门祈禳建筑图饰》第四章，以金门山后民俗村、后浦头慈德宫、琼林宗祠建筑群为例，深入讨论祈禳建筑图饰。一处村落、一处宫观、一处宗祠建筑，在金门都很有代表性。这部分的研究，专业水平很高，制作平面图，赏析图饰，很见作者功力。赏析建筑图饰，看似简单，其实不然。《金门祈禳建筑图饰》一书的写作，需要多学科的知识积累，建筑学、绘画、雕刻、文学、美学、历史学、民俗学、宗教学，甚至堪舆学，钧培知识比较广博，运斤成风，打通各学科壁垒，终于完成此书，值得祝贺！

近年，到大陆求学的金门子弟渐渐多了，其中不少人读硕博班的文史类，他们所做的论文较多是金门文史，优点是材料翔实，多有田野调查的第一手资料和实证的照片，写作时带有很深的情感，不足之处是视野不够开阔，就事论事。前县长李炷烽先生说过，让金门走向世界，让世界了解金门，我非常赞赏这两句话。论著的写作，也应当立足金门，眼观外部世界，近则闽南，次则两岸，进而世界各国。《金门祈禳建筑图饰》一书，虽然讲的是金门的建筑图饰，钧培却能将此类图饰置于广阔的中国古代传统文化的大背景下来论述，使得该书具有更加普遍的意义。书中论述的祈禳建筑图饰，我们在闽南，在福建，甚至在大陆的其他许多地方都可以找到相同或相接近的例证，《金门祈禳建筑图饰》一书，突破金门本土，对两岸祈禳建筑图饰的研究，有着重要的参考价值和意义；而对一般民众来说，参观宗祠、庙宇、古民居时也有它的启迪作用。

《金门祈禳建筑图饰》付梓之际，乐而为之序。

2017 年 9 月 8 日

《金门宗祠楹联采撷录》序

1915 年，金门建县时人口为 79357 人（许如中：《金门县志》，金门县政府，1958 年，第 158 页），40 多年后，反而锐减至 40000 多人。1992 年"解严"，人口慢慢回升，2020 年户籍人口超过 130000。2001 年金门全县共有宗祠 165 座，其中陈氏大小宗祠 25 座（叶钧培、黄奕展：《金门族谱探源》，金门县政府，2001 年，第 156—162 页），1950 年全县共有 142 个姓氏，考虑到七十年间种姓增加的可能性及宗祠的增加，金门县平均每个姓氏仍然拥有一座宗祠。金门县陈姓人口最多，有十五个支派，称"十五陈"，宗祠也最多，有支派的宗祠，也有总祠。宗祠有大门、门柱，有廊庑、厅堂、厢房，大的宗祠二进或三进，门窗、梁栋、窗棂、屏风、墙体、照壁、天井，有各种雕饰或绘画。横梁及两墙悬挂各种匾额，大的宗祠门前还有旗杆、大埕、牌坊，蔚为壮观，成为金门特殊的风景。

中国古建筑的结构多为对称式，房为东西二厢，门有左右两扇，柱成一对（或两对或四对），遂为题刻楹联提供了天然条件。古代文字，竖写，由右而左，楹联则右为上联，左为下联。南朝沈约发现四声，以为独得之秘。南齐永明年间沈约、谢朓、王融等人所作诗讲究声律，创造了一种体制较为短小、意象鲜明、用事不太使人觉的新诗体，称"永明体"。经过梁陈隋代诗人的努力，唐初形成格律诗，或称近体诗。格律诗，字数、行数、平仄、对仗等，形成相对固定的程序。楹联这种文体，从格律对句演变而来。清纪昀认为楹联始于五代的"桃符"。梁章钜载述道："按《蜀梼杌》云：蜀未归宋之前，一年岁除日，昶令学士幸寅逊题桃符版于寝门，以其词非工，自命笔云：'新年纳余庆，嘉节号长春。'……实后来楹联之权舆。但未知其前尚有可考否耳。"（《楹联丛话》卷一）目前可考的以五代蜀国孟昶此联为最早，梁章钜疑心产生的时代还可能更早，只是找不到可靠的证据而已。

为什么梁章钜找不到其他证据，我们也还没能找到其他证据？因为楹联和诗文不大一样，写一首有关宗祠的诗，诗人可能收入他的集子；写一篇祠记，作家也可能收录到他的集子；可是所写的楹联，就未必收录。诗文别集不收，方志也极少辑录，即使宋明名家，传世者的楹联也不是很多。梁章钜有感于此，遂有《楹联丛话》《续话》《三话》《四话》《剩话》之编，又有《巧对录》《续录》之书，功莫大焉。梁章钜此编,花了很大力气,得到诸多友人的帮助,在当时可谓集大成者。梁氏《楹联丛话》分为十门:故事、应制、庙祀、廨宇、胜迹、格言、佳话、挽词、集句、杂缀。《续编》以下,增加三门:厅宇、酬赠、诙谐,共计十三门。《丛话》《巧对录》所载成千上万联,数量不算少,且不说梁氏之前还有数不清的楹联未被收入,梁氏之后产生的楹联更是汗牛充栋。金门虽然僻在海隅,但宋明清产生的进士举人过百,文脉相传,所制楹联竟无一联一对入梁氏法眼。《楹联丛话》是我的案头书,每读之,为之扼腕不平。走进金门宗祠、庙宇,楹联琳琅,目不暇接,恨不能一一赏玩。2016—2017 年,我在金门大学教书,有整理金门历代诗文集的想法,无奈孤掌难鸣,不得已而求其次,先做《金门诗全编》,拟以祠庙楹联作为附录。恰好孙国钦君几经周折,选定的《金门楹联研究》作为博士论文题目,甚得我心。金门楹联研究,第一步的工作为田野调查,走遍金门大大小小的宗祠,拍照、抄录、整理、编排,日积月累,国钦用力可谓勤矣!于是,便有宗祠楹联辑编,便有《金门宗祠楹联采撷录》一书的完成。国钦博士论文尚未全部完稿,《金门宗祠楹联采撷录》先已竣工,这或许为日后博士论文的完工打下更好的基础。国钦采录金门陈、杨、许、吕、蔡、黄、张、洪八大姓氏宗祠楹联文,结撰成书,可十万言,析为七章、三十六节,金门宗祠楹联大备于兹矣。

金门宗祠楹联的意义，主要有四：一、慎终追远。宗祠建筑风格大同小异，不同姓氏，或者同姓不同支派的宗祠的特征，神主牌的安放都是最重要的，除此之外，便是匾额楹联。神主牌告诉每一位子孙，家族迁徙到浯岛的开山之祖是哪一位，列祖列宗又是谁。匾额楹联会讲述咱们是从哪里来，是哪一个衍派。二、述祖德。每一个宗族，都可能有一位或几位杰出的代表人物，如太源王氏的王审知，陈郡阳夏的谢氏谢安、谢玄。三、明昭穆。昭穆本指宗祠神主位序，始祖居中，左昭右穆。后来延伸为"行序""辈序"，俗称"辈分"等义。"行序""辈序"字数较多，不可能刻写于神主牌或神龛，通常写刻于正厅两楹立柱，例如阳翟陈氏辈序为"志克卿允子公侯伯仲延；笃庆丕先泽昭穆衍祀贤"，这就是宗祠行序楹联。四、诫勉子孙。宗祠楹联更大量的是勉励、劝诫的话语，例如期待吉祥平安、人丁兴旺、家族和睦，子孙知书达礼、科举功名，或者倡导勤劳简朴、行善除恶等，具有鲜明的教化作用。楹联的撰写，往往教化与艺术并重。楹联讲究对偶，一联分别刻写于两楹柱，增强了建筑的对称美。楹联讲平仄，读起来朗朗上口，具有音乐美。楹联不仅是文学的一种文体，具有很高雅的文学特征；楹联刻写也是一门书法艺术。楹联书法有楷书、隶书、行书、草书，楷书还讲究欧体、颜体等字体。字体大小、书写的疏密、刻字的深浅、上色的浓淡等，楹联书法加上雕刻的艺术还有待于深入研究。国钦学艺术出身，可能体会更为深刻。

由于参加同乡会活动，我和国钦认识比较早。2007年，我在东吴大学任教，金门烈屿公共事务协会邀请我参加他们的活动，专门请我到四层楼上的会所喝茶小叙，当时国钦任该会秘书长。因为大家都是烈屿人，甚感亲切。2012年，我受聘"中央大学"，国钦已经担任该会会长，我和太太受他邀请，参加协会餐会，把酒甚欢。之前，我曾经和国钦讨论攻读博士学位的事，他说正在台湾艺术大学读硕士班，等毕业之后再报考。2014年，国钦终于如愿以偿，投到我的门下读博。

国钦学艺术，尤兴趣版画，追随大师李锡奇先生多年。李先生晚年身体不是很好，国钦执弟子礼，随侍杖履于左右，毕恭毕敬，如同小学生一般。我的另一位学生黄世团，也是版画家，因为年龄稍长，在版画界出道又早，国钦称之为"前辈"，而不是学长。在国钦的身上我们看到了传统文人的美德。2016年中秋，国钦邀我到烈屿赏月，连跑数个场地，每到一处，国钦招呼阿伯阿姆，弯腰鞠躬，身段放得很低，连声说，我是"国钦""阿钦"，丝毫没有生活在大城市的高调。国钦爱这个养育他的小海岛，爱这个小海岛的父老乡亲。《金门宗祠楹联采撷录》的结撰和出版，则是用文字为家乡做了一件大好事，足以流芳。

经过评审，国钦的《金门宗祠楹联采撷录》一书获得金门县文化局地方文献专书出版奖助，即将出版，国钦请我撰序，故述往事及叙感想如此。期待专书早日出版，期待国钦早日获得博士学位，也期待国钦此书出版之后，对金门的寺庙道观及其他建筑物的楹联再作采撷，结为《金门楹联全篇》，藏之名山，传诸后世。阿钦，加油！

2020 年 11 月 4 日

《汉魏六朝诗选》前言

本书名为《汉魏六朝诗选》，选汉、魏、晋、南北朝及隋诗。

从汉兴到隋亡，近八百年。唐代诗人创建格律诗，又称近体诗，与近体诗相对的是古体诗。汉魏六朝诗的诗体，通常称为古体诗，所以明代曹学佺、钟惺、陆时雍，清代王士禛、陈祚明、沈德潜、张玉谷等的汉魏六朝诗选本，或称"古诗选"，或称"古诗归"，或称"古诗镜"，或称"古诗源"，或称"古诗赏析"，都不离"古诗"二字。

虽然都是古诗，作一种诗体，并不是一成不变的。秦汉之际到西汉诗，存留《诗经》《楚辞》遗风，形式为四言或楚辞体。项羽、刘邦、刘彻诸诗，多为楚辞体；韦孟《讽谏诗》《在邹》二诗为四言，班固将其载入《汉书》，具有代表性。汉初，建立乐府机关，收集民歌，以观风俗，知薄厚，乐府民歌较多为五言，其次为杂言。《文选》所载所谓李陵、苏武诗，经考，非李陵、苏武所作，也就是说西汉还不大可能产生如此成熟的文人五言诗。《古诗十九首》的出现，标志着文人五言诗的成熟。一般认为《古诗十九首》是东汉末年无名氏所作，如果上溯到西汉，似乎太早；归为曹植所作，又太晚。历来对《古诗十九首》评价都很高，所谓惊心动魄，一字千金，是也。

东汉末年，爆发大规模农民战争，曹操伺机而起，以军事力量称雄北方，御军三十年，手不释书，登高必赋，成了改造文章的祖师。他的四言诗为《诗经》以来又一个高峰，同时，他又努力改造乐府，把《蒿里》《薤露》一类的挽歌，用以写时事，古朴苍凉，堪称"诗史"。诗文以气为主，而虽在父兄，难移子弟，曹操两个儿子，曹丕和曹植的诗并不完全遵从曹操的路数。曹丕一变而华丽便娟，并尝试七言诗和杂言诗的写作。曹植以贵公子的身份出现在文坛，其诗词采华茂，然每有忧生之嗟，郁郁寡欢、个性化、抒情特征鲜明。曹植较之父兄，五言诗成绩更为突出，钟嵘《诗品》将其列入上品。曹操、曹丕、曹植，称"三曹"。建安，是汉献帝的年号，而文学史通常将黄巾农民战争爆发至曹植去世这一段的文学称作"建安文学"。建安文学，除了三曹，代表作家还有七子：阮瑀、王粲、刘桢、徐幹、陈琳、孔融、应场。刘桢诗真气凌霜，高风跨俗；王粲诗多发愀怆之词，于曹植、刘桢间别构一体。《诗品》上品十家，建安独占三家。"七子"之外，女诗人蔡琰也是建安代表诗人之一，她的《悲愤诗》，五内尽崩，是一首用生命写就之诗。

魏晋之际，阮籍虽然保全生命于乱世，内心却极为痛苦，掏肝抠肺，呕心沥血，其五言《咏怀诗》自成一体，言在耳目之内，情寄八荒之表，其旨渊放，千载之下，依然震撼人心。嵇康四言《赠秀才入军》，顾盼生姿，颇具玄意；五言虽不如阮籍，而托意清远，不失高流。嵇、阮与山涛、向秀、刘伶、王戎、阮咸，结为竹林之游，故有"竹林七贤"之称。七贤的政治趋向不完全相同，竹林之游为文士的游聚，而非真正意义的文学雅集，似不宜以文学集团或流派视之。

进入西晋，陆机、陆云由南入北，兄弟齐名，时称"二陆"。二陆诗缘情绮靡，咀嚼英华，偶句增多，去汉魏古朴之风渐远。晋诗坛代表诗人还有"三张二陆两潘一左"之目。"二陆"之外，"三张"为张协、张载、张亢，"两潘"为潘岳、潘尼；"一左"为左思。张协、潘岳、左思，《诗品》都列入上品。张协文体省净，文采葱倩，巧构形似之言，《昭明文选》录其《杂诗》十首。潘岳诗烂若舒锦，文体洁净，而多伤逝之调。左思诗直撼胸臆，不假雕饰，逸气干云，以词气胜。魏晋产生的玄学，是一种哲学思潮，把玄学思想引入诗歌并不是不可以，但是诗歌毕竟不是哲学，只有玄学的名词，而没有文学的鲜明形象、文学的词藻、丰富的情感，这样的诗歌作品很难成功。魏晋间的玄言诗，它的失败就在于淡乎寡味、理过其辞，代表诗人有孙绰、许询等。曹氏父子的游仙诗，颇具特色，曹操感慨人生短暂，游仙诗曲折表现远大抱负实现之难。曹操卒后，曹植遭受曹丕、曹叡的猜忌，他的生活世界既无乐趣可言又无安全之感，故羡慕赤松子、王子乔。东晋初，郭璞游仙诗容色相鲜，彪炳可玩，一变永嘉平淡寡味的诗体，曲折咏怀，号为中兴第一。陶渊明生活于晋宋之际，由于入宋不仕，仍称之为东晋诗人。由汉末而魏、由魏而晋，又由晋而宋，世事纷乱已成为常事，加上田园的生活，其诗趋于平淡自然，淡中有味，似癯实腴。鲁迅先生说陶渊明并非浑身静穆是不错的，但是陶渊明的本质是田园诗人，他开创了中国田园诗派，在文学史上有着无可替代的重要地位。

南朝宋、齐、梁、陈四个朝代的变更急速，诗风也不断嬗变、创新。刘宋时期，颜延之诗雕金镂彩，仍不离雅正。谢灵运身为贵游子弟，性爱山水，才高词盛，其诗如清水芙蓉，自然清丽，为中国山水诗之祖。谢灵运出身甲族，以为才能宜参政要，锋芒太露，朝廷认定其文诽谤当局执政，因此不能不死。"颜谢"并称，为刘宋时期五言诗之巅峰。颜谢之外，又有"颜鲍谢"三家并称之说；鲍，即鲍照。鲍照才秀人微，饱受人生行路之难苦，七言诗《行路难》为其代表作，已露歌行端貌。鲍照又与汤惠休齐名，称"休鲍"，习里巷歌谣，自成一体，惊世动俗。

齐永明间，沈约发现汉语四声，以为独得自秘；王融撰《知音论》，推波助澜。沈约、谢朓、王融等人所作诗讲究声律，创造了一种体制较为短小、意象鲜明、用事不太使人觉的新诗体，后世称为"永明体"。谢朓继承谢灵运以来山水诗的传统，避免铺叙登山临水的过程，直接写景抒情，并且不再以议论作结，奇章秀句，警遒流丽，清新有韵致，沈约以为"二百年来无此诗"，后人称赞"玄晖诗变有唐风"。

与沈、谢同为萧子良西邸旧友、后来成了梁武帝的萧衍，却不懂四声，也不喜四声；同一时代，同样经历了宋、齐、梁三代的江淹，诗体总杂，仍不失为永明体之外的一位重要诗人。梁武帝的好尚，和曹操文气不能移于子弟一样，昭明太子萧统，诗与论都较平稳，他编了一部对后世影响极为深远的文学总集《文选》。后来成为梁简文帝的萧纲，成为梁元帝的萧绎，则变本加厉，把沈约、谢朓视作人伦之师表、述作之楷模。中国诗歌讲究声律的道路越走越宽，越走越远，离近体诗产生的日子也越来越近。不过，梁武帝以一己之尊，时常举办诗歌聚会，动辄敕群臣作二十、三十韵，甚至五十、百韵诗，无疑开启了后世长篇五古的风气。萧纲在东宫时与徐摛、庾肩吾等东宫学士，以及萧绎、庾信、徐陵等人相与酬倡之诗，称"宫体诗"。入陈之后，陈后主与狎客江总等人在宫中的酬倡诗，也称宫体；隋炀帝、唐太宗等宫廷酬倡诗仍然称宫体。宫体诗的特点，一是描写宫中生活、女性器物，二是诗格轻靡香艳，这是相同的。其实梁代的宫体与后世略有不同，萧纲、萧绎所咏还有山水，甚至边塞，题材并不完全局限于宫中。至于陈后主与狎客所咏，如《玉树后庭花》等，后人以为亡国之音，似乎也有所夸大。梁太清间侯景之乱，梁朝由盛转衰，梁武帝被困死于台城，贵游子弟饿死沟壑不知其数，时易事变，庾肩吾等宫体诗人，转而描写世乱，追念故国，令人唏嘘不已。梁陈诗人中善于写山水行旅诗的，如"阴何"，即阴铿与何逊。阴铿与何逊山水诗有类于谢朓，而明快稍有不如。不过，沈约读何逊诗，一日数遍，还舍不得释下手中书卷，可见当时影响很大。梁代另一位重要诗人为吴均。吴均诗清拔有古气，在诗风靡弱的梁代独树一帜。徐陵由梁入陈，后期边塞诗一改早期风格。陈代的江总，曾为后主狎客，诗风浮艳。陈亡之后，江总诗风趋于悲凉沉挚。徐陵也是陈代的重要诗人，他还编了一部很有影响的诗歌总集《玉台新咏》。

西晋末年，五马南渡，北方先后建立十六国政权。这些政权文教相对比较落后。北魏拓跋焘灭北凉，北方一百多年的纷争战乱基本结束。然而北方文教的重新兴起，则一直等到孝文帝元宏的推行汉化。北魏迁都洛阳之后，文学才有较大发展。北方文学辞义贞刚，重乎气质，散文的成绩优于诗歌。齐梁时期，南北使节往返不断，北方向南方求异书，也注意学习南方的诗歌，沈约等人成了他们的偶像。北魏中后期的诗人有温子升和常景等。北魏分列为东魏和西魏，继而北齐取代东魏、北周取代西魏，北周灭北齐。北齐著名诗人有邢邵、魏收等。邢邵与温子升齐名，称"温邢"；又与魏收齐名，称"邢魏"；邢、温、魏三人并称，又号"北地三才"。魏收名气更大，因为魏收著有《魏书》这样的著作。北齐还有祖珽、阳休之等诗人。

十六国时期，北方势力纷争，南方的军事力量稍强于北方。到了北魏统一北方，特别是孝文帝改革之后，加之梁武帝右文，忽视军事建设，北方军事力量迅速成长。经历侯景之乱，梁朝王室各怀异心，梁元帝自立于江陵，江陵随即被西魏攻陷，出使西魏的庾信被强行留置北方。公正地说，无论是西魏或者嗣后的北周，或者东魏、北齐，对由南入北的著名文人，都礼仪相加，授予官职，待遇优渥。但是滞留于北方的庾信等人，家国之痛，乡关之思，内心煎熬。庾信入北之后，一改早期绮靡诗风，植入北方清刚之气，"庾信平生最萧瑟，诗赋暮年动江关"，后期的文学成就高于前期。另一位羁留北方的诗人王褒，入北诗作质朴苍劲，也与早期风格迥异。沈炯和王褒一样，也是江陵陷落入北的，但是沈炯南归的信念比王褒以及庾信坚定。沈炯从北方归来，梁陈异代，怆然自伤。颜之推梁亡奔北齐、齐亡入北周，其诗显然带有更多的凄苦之音。

隋文帝杨坚代周自立，数年后平陈，南北分裂二百余年终于统一。隋初的一批诗人，大多由北齐、北周而来，此时自北魏孝文改革已经百年，经由南北不断融合，隋代北方诗人的成绩已经不在南方之下，卢思道、薛道衡、孙万寿、杨素等都是有名的诗人。他们的诗大抵清刚强健。值得一提的是，他们也有改朝换代之悲，孙万寿由北齐入周之后又入隋，其作品思念故国北齐，给人留下深刻的印象。杨素是位武将，其诗词气宏拔，风韵秀整。隋炀帝杨广诗，气格宽广壮丽，与南朝诸君主明显不同，开启了唐诗的气象。

本书编选，注意突出各个朝代的重要诗人和诗作。汉代：《古诗十九首》，乐府民歌。魏：三曹七子、蔡琰，尤其是三曹；嵇、阮，尤其是阮籍。西晋：陆机、左思。东晋：郭璞、陶渊明，尤其是陶渊明。宋：颜延之、谢灵运、鲍照。齐：谢朓。梁：江淹、沈约、何逊、吴均，尤其是沈约。陈：阴铿、徐陵。北朝：庾信、王褒、颜之推。隋：江总、杨广。此外，还有南朝乐府民歌和北朝乐府民歌。题材方面，突出时事、咏怀、咏史、田园、山水、边塞、闺怨等。

汉魏六朝诗歌的发展史，说是五言诗歌体式的发展史，大体是不错的。钟嵘《诗品》专品五言，但是他也没有忘记四言，甚至还说了一句"四言居宗"的话。因此，四言诗我们于汉选了韦孟的《讽谏诗》；魏代曹操的《步出夏门行》之外，我们还选了一篇曹植的《北风诗》。玄言诗作为一个诗歌流派，历代评价不高，我们仍然选许询一篇以示例。过去对宫体诗的看法贬斥较多，我们也适当选了萧纲、萧绎某些并非写宫廷器物的作品。北朝诗人，只重视入北的庾信、王褒是不够的，我们选了一些其他北方诗人的作品。某些历史上著名的人物，或文学史有故事者，他们的诗作未必十分突出，如班固、石崇、王献之、王羲之、范晔等，也酌情入选。武将，有曹景宗、高昂诗。释子，有惠远、帛道猷诗。女诗人有蔡琰、左棻、谢道韫、鲍令晖及冯小怜等的作品。希望这个选本能较全面地反映汉魏六朝诗的面貌。

本书选诗以朝代先后为序。一个朝代诗人前后排列的顺序，依据逯钦立先生《先秦汉魏晋南北朝诗》。同一位诗人的作品，乐府诗在前，非乐府在后。无名氏乐府民歌，大体分为三个单元，即汉、南朝、北朝。所选诗均注明出处，以便读者进一步考索。注释尽可能做到简明、扼要、准确，不作烦琐考证。各诗第一条注释，通常兼有解题的作用。前人的古诗评论或点评往往有精辟的见解，有时还起到画龙点睛的作用，本选本酌加称引，并注明出处。

感谢人民文学出版社的信任，感谢总编周绚隆先生和责编胡文骏先生的指导和帮助。

2020 年 10 月 30 日

陈庆元、于英丽《汉魏六朝诗选》，人民文学出版社，即刊

《师友赠书录》小引

　　2005 年 6 月 10 日下午，照例给硕士研究生上课。这是本学期的最后一次课，他们很快就要期末考了。课后，04 级古典文献学的林宁送来她的父亲公武兄的新著《夜趣斋读书录》(河北教育出版社 2005 年版，"书林清话文库"丛书之一种)，当晚翻阅一过。此书数十则，每则数百字至数千字不等，话多则长，话少则短，记载数十年所购之书、所藏之书及所读之书，以及与这些书有关的人和事，文情并茂，并有插图百帧，颇具可读性。十年前，我在《福建日报》发表了《冒名买书》等篇忆述早年买书艰辛的小文，常有意未能尽之憾，读了公武兄此书后突然心血来潮，以为何不也来写一本"书林清话"一类的书？

　　自二十世纪七十年代末就读研究生，已经二十多个年头过去了。二十多年来，师友赠书数以百计，一本书往往有一段作者的学术经历，一本书常常有一段往事；读一本书往往也有一些这样或那样的感想。如果写出来，可各自成篇，集合起来就是一本《师友赠书录》了。述往事，记学术，叙情谊，当是人生一大乐事！

师者何？首先当然是那些为我上过课或参加过我论文答辩的老师；也包括那些我虽然没有听过他们的课，但受到过他们奖掖、提携、呵护的长辈学者。后者的数量要比前者多得多，我常常以不能进入他们的门墙为憾，故有时暗自以他们的私淑弟子自期许。

友者何？友者，同学、同窗、同辈学者、作家也。1989 年，我开始带硕士生；1994 年在山东大学协助张可礼教授指导博士生（1999 年后独立指导）。这些硕士、博士，他们既是我的学生，但我向来也以朋友视之，虽然年龄有等差，其实在师友之间，故《师友赠书录》有书赠我的学生亦在其列。

我的祖籍在巨浸骇浪中的金门县，祖坟安葬于烈屿（小金门），但我生在厦门长在厦门，后来游学福州、南京，最后又回到福州教书，师友当然集中在大陆。

随着二十世纪九十年代港、澳、台与内地（大陆）交往的频繁，我也先后到过香港、台湾、澳门，和这些地区的学者有不少交往，互有赠书。二十一世纪以来，厦门、金门"两门对开"，我多次回到金门，家乡的父老兄弟姐妹知我爱书嗜书，赠书亦多，当然不能不记。

学了二十年俄语，无用武之地；又自学了一年多的日语，浅尝辄止；英文则处在文盲的状态，加上没有机缘赴美赴英赴日，域外之交甚少。即便如此，偶有域外友人赠书，凤毛麟角，亦随手记之，以免日后有遗珠之憾。

此书计划写百则左右，两年完成；一部分文章拟先在报刊发表。

谨以此书献给我的研究生导师，原中央大学教授段熙仲先生。段先生，安徽芜湖人，生于 1897 年，1927 年毕业于东南大学（中央大学前身）。攻经学，以《公羊》《仪礼》成绩最著。1949 年后，段先生改任南京师范学院（后更名南京师范大学），1987 年逝世，享年九十。

（附记：此书尚未出版）

2005 年 9 月 3 日

《东吴手记》小引

1997 年，第一次到台湾，参加东海大学主办的"魏晋南北朝文学国际学术研讨会"，路过台北，时为东吴大学中文系主任的王国良教授热情有加，在参观完台北"故宫博物院"后又邀往东吴参观。

白驹过隙，十年过去了。在王国良教授（时为台北大学古籍所所长）和东吴中文系主任许清云教授的鼓励下，我接受了刘兆玄校长的聘任，于 2007 年 9 月 16 日到达东吴，开始了一学期的客座教授生活。2008 年元月 18 日离开台北，前后共 125 天。

少年不知愁滋味，写写诗文，非常快乐。入了大学以后，突然和写作有了隔膜。

我是金门人，在厦门长大，台湾的生活，语言相通，习俗相同，不存在适应的过程。教书数十年，东吴每周有十堂课，压力也不大。课余时间，还可以做做手头上未完成的课题。东吴大学依山而建，外双溪从学校门前流过，溪边有钱穆故居。学人宿舍在半山，入夜，可以听到溪声，听到秋虫的低吟。在东吴写的第一篇文章，是到台湾的第七天。当时无法预计，接下来写什么，到底可以写多少篇。随手而写，陆续发表。回到大陆之后，师友不断建议把这些文章结集。

东吴的生活，交往的多是教授、学生，还有金门乡人，所写的人，仅此而已；事，也是与教授、学生、乡人有关的事，仅此而已。再者，就是游屐所至，台湾的北部、中部、南部、东部、海岛，只要践履其地，尽可能把它记录下来。写人，写事，写风景，偶有所感，随性发挥，亦兴之所至，一并记录于兹。

乡人爱我，我爱乡人；乡人乡事，记录稍多。

所见、所闻、所经历以至所感，都不离东吴。漫无主题，不敢以散文自命，随笔记录而已，名之曰"东吴手记"。在东吴写下的十三篇，蒙许清云教授错爱，制成电子书，发布在东吴大学中文系的网页上。其余各篇，根据记录的素材，陆续完成于离开东吴之后。两三年来，乃系情东吴，不敢忘，也不能忘也。

各篇都尽可能插入一些相关照片，以弥补文字表达的不足。

2009年3月，有铭传大学之行，趁便重回东吴。事先没有联络好，错过校庆。不过，重见了钱穆故居和爱徒楼，会到了许清云教授和硕士班学生许永德，并且看到溪边第二教授大楼已经落成，说不尽的喜悦。2009 年 12 月，随在大陆的金门同胞到台北，受限于"团进团出"，只能在台北"故宫博物院"的半山上，俯看东吴的楼宇，近在咫尺，怅怅然而去。

2010 年 8 月 12 日

陈庆元《东吴手记》，台湾兰台出版社 2011 年版

《高山青涧水蓝》小引

　　《高山青涧水蓝》是书名，也是书中的篇名。2012年铭传大学校庆，我作为"贵宾"，也在被邀之列。这是我第三次参加铭传的校庆。校庆晚宴，主宾手拉手围成一大圈，随着"高山青涧水蓝"的曲调起舞。台北乌来有一家宾馆叫"那鲁湾"，宾馆门厅，一天有两场迎宾表演，壮如山的阿里山小伙子、美如水的阿里山姑娘一遍又一遍地表演"高山青涧水蓝"，热情欢快。本书除了附录，都和台湾、金门有关，遂将"高山青涧水蓝"移来作本书的书名。

　　2007—2008年，到东吴大学客座，写了三十篇的散文随笔，结为《东吴手记》（台湾兰台出版社2011年版）一书。2012年应"中央大学"的邀请，再次东渡。"中大"客座期间，手头事多，所写文章有限，本想回陆后集中时间，再写一二十篇，结集为《松涛阁手记》，篇目都列好了，但始终没能完成。

　　原本暂无在内陆出版散文随笔集的计划，和出版社签约的书已经有几种，都是做了多年，临到收尾阶段，不打算再生出枝蔓。去年，文学院和一家出版社商定，要出一套创作丛书，也有我一本。过了新历年，负责此事的同事说，如果不尽快交稿，书号可能被取消。趁着寒假，把已经发表的这些文章找出来，编排之后，似乎也可以算是一本书了。本书四十八篇，选录《东吴手记》十余篇，其他都是未曾结集过的。《两度台湾客座教授见闻》一文，是我在吉林大学的演讲（他人记录），发表在吉林大学主办的《华夏文化论坛》（第九辑，2013 年 6 月），其余都发表于台湾地区的报刊、文集上。收入本书，除了改正数处错字，一仍其旧。我的这些文章，大多是"流水账"式的，一段路程、一件事，交代始末，偶尔穿插一点感想，如此而已。自 1997 年至今，近二十年间，赴台数十次，中间还有两段客座教授的经历。偶尔把这些文章翻出来看看，常常唤回自己的记忆。我的文章，不过是"记录式"的，人生旅途中的某些记录，如此而已。

两岸的朋友和学生，都不断问我，《松涛阁手记》何时可以结集。我想，等到此书和上文说的签过约的书交稿之后，大概就会动手吧！敝帚自珍，还有二三十篇为朋友学生写的序跋，序跋虽然带有学术性，我却不时把它当成随笔来写，毕竟不是论文，不用那么正儿八经，偶尔也有叙事。将来或可出版一本《序跋集》也未可知。

2015 年 2 月 23 日

陈庆元《高山青涧水蓝》，海峡书局 2015 年版

《庆元序跋》小引

古人作文，必先辨明文体。晚明文学家、藏书家徐𤊹为友人林古度之父林章作传，林古度私下增益了一些琐碎的，或不够忠厚的内容入传，徐𤊹甚为不快。不是林古度增益的内容不实，而是所增益的内容传记不宜。徐𤊹说："你那些内容，写入'行状'，是可以的，写入'传'，是不宜的。传有传的文体，行状有行状的文体，不同的文体，有不同的写作要求。"徐𤊹为了维护传体的尊严，对林古度说："如果你执意增益那些内容，请不要把我写的传刻入《林初文集》中，另请高明好了。"我们今天看到《林初文集》徐𤊹所写的林章传，那些不宜入传的内容果然删去不存。

当然，大文章家偶尔也会突破文体的局限，写出出人意料的作品。韩愈《殿中少监马君墓志铭》首叙马君先世及其历官、子女，次叙与马氏三世交谊，再次哭马氏三世，

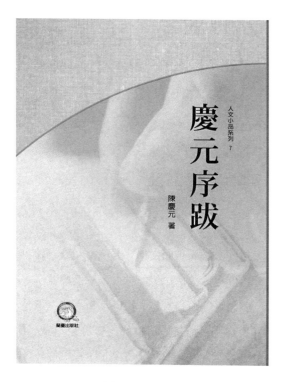

《庆元序跋》书影

最后三哭，并感慨人世。或因少监无一事可纪，故着墨于
三世交游，两番摹写，造出奇伟，虽似哀诔文，与墓志体
稍乖离，仍为韩集中名篇。后世如欧阳修，也是大家，屡
仿之而不能。

二十一世纪以来，大学校园、科研机构，人人抱隋
侯之珠、荆山之玉，大陆每年出版图书的数量已经傲居世
界第一；如果按人口平均，台湾地区也位列世界第二。在

这大潮流的裹挟下，不知不觉，我也混入出书的大军之中。而且，不仅自己出书，还不时应朋友、同学所请（间或受命于单位）作序。收入本书之序，始于1999年，止于近期。其初每年一至两篇，后来则两三篇，集腋成裘，积少成多，三十多篇，加上数篇跋语，已可都为一书，于是命之曰《庆元序跋》。2011年，《东吴手记》软精装本在台湾兰台出版社出版，装帧印制精美，师友同学称赞有加，至有爱不释手者。此后，我在大陆出书，也开始关心书籍的美观，2012年、2014年在广陵书社出的《鳌峰集》（三册）、《徐熥年谱》，封面设计古朴，精装，排版疏朗；2014年凤凰出版社的《陶渊明集》，小开本，布面精装，亦差强人意。承卢社长瑞琴女士不弃，本书仍然交由兰台出版。

书序作为一种文体，有它固有的特质。书序，还可以细分若干小类，如文献典籍序、诗文集序、雅集诗序、单篇诗赋序、专书专著序等。不同的小类，作法固有不同，但不论何种书序，序这种文体的写作和论文的写作肯定有别。但是当今的许多研究著作的书序，却和论文很相像，往往侧重于把一部著作的成绩归纳成若干要点，再稍稍论述之。我自己也未能免俗。这样一来，当今的书序往往缺少序作者的个性。研究当代文体的专家，是否对1949年以来的各种文体有较全面深入的研究，我不太清楚。如果把当代的序体作为一个研究课题，一定是一个有趣的事。

除了文献典籍，撰序者对撰序对象，通常不会太陌生。梁朝任昉"尝以笔札见知"于王俭，故为之整理遗文，撰《王文宪文集序》，对王俭生平履历、性格好尚、文风特征，无不了如指掌。唐贾至之父与李适交谊甚深，适子又与至有"声誉之好"，故得以体察李适文之优长。宋欧阳修《释秘演诗集序》，先撇开撰序对象释秘演，而从石延年落笔，由石延年引出释秘演，以为"皆奇男子也"。欧阳修再次撇开秘演之诗，而借石延年之"尤称秘演之作，以为雅健有诗人之意"评秘演诗，且点到为止，不作发挥，最后才引入作序的题旨。明曹学佺至交林光宇，曹氏为其选《林子真诗集》并撰序、跋。《林子真诗序》花了许多笔墨勾画林光宇的好色、疏懒、恃情傲物，然而却至孝，大有魏晋之风，以见其诗的率真出自胸情。

回头审视十多年来自己写的这些序文，除了"未能免俗"的那部分，即一般序文的评价和介绍方面，似乎也注意到著作者的生活经历和求学经历，甚至他们的个性好尚，也注意到在人生的旅途中，我和这位作者的交集往来，有时还记录某些趣事，尽量避免把序文写成枯燥无味的论说体。也就是说，尽量注意序文的可读性。虽然已经努力，但还是没能做好。

作序时，我常常想得很多，写进序文的却很少。认识安琪，是在认识她的夫君秦惠民先生之后。1979年，我在南京师范大学从段熙仲教授治汉魏六朝文学，惠民先生从唐圭璋先生治宋词，宿舍就在我的对门。其时，惠民先生和安琪尚未成为眷属。没想到二十多年后，安琪来从我读博。我为文倩作序，自然想起2004年河北师范大学的一个活动，接待我们的研究生有哪些人，全然忘记了，等到洪雷、文倩夫妇来福建师范大学工作，说起来，原来早已相识，他们忙碌的身影恍然再现；而且，洪雷还是我山东大学的朋友郑训佐教授的硕士生。

一篇序文，不过三千来字。来不可遏，去不可止，有时兴头一来，下笔千言，不能自休；有时文思枯竭，三天不能一字。有时是身不由己，忙于应付各种杂务，耽搁了写作。至今我仍然深感抱歉的是为胡旭的著作撰序，被我一拖再拖，拖到他的书付印了，我的序还在"构思"之中。

有几篇序跋是为金门同乡作的。庆瀚教授是我的同宗兄弟，也是"中央大学"不同科系的同事。庆瀚在法国读博士，学的自然科学，同时又修了两年的文学博士课程。读他的文章，像是喝法国葡萄酒一般，充满温情和些许的浪漫；他是一位自然科学家，又有很多理性思考。长庆兄是著名的小说家，二十世纪五六十年代，他有一段金门军中服务处的特殊经历，小说的题材别出匠心，我作的跋，附在他的多卷本文集之末，原题叫《长春书店里的陈长庆》。卓克华教授虽然不是金门人，他的一部著作研究的却是金门史，吸引我的不仅是该书的研究对象，更主要的是他的研究方法以及资料的搜集。

书中序文涉及的作者，施祖毓兄、胡金望兄已经离去。祖毓兄，40后，病逝于2008年；金望兄，50后，病逝于2013年。前两三年，重庆一位研究吴梅村的学者，苦于祖毓兄已经再也无法联络上，因读过我作的序，转而向我乞要复印本。也许这位学者比我更需要此书，我索性把有祖毓兄题签的书转送给他。转寄之前，摩挲再三，如对故人，唏嘘不已。人事有代谢，往来成古今，新一代的学者正在成为学术的中坚，我为之作序的阮娟、郑珊珊，他们都是80后，出书时都不过三十来岁。这两三年给90后的硕博士生上课，我对他们说，将来你们的著作出版，如果不嫌弃，我还会为你们撰序。

"朝为媚少年，夕暮成丑老"，阮籍所说，的确是大实话；"朝如青丝暮成雪"，白发如雪，仍不失美感，李白似乎比阮籍更懂得长者之美学。无论丑与美，阮籍、李白，都以青少年为"朝"，老人为"暮"，看法都是一致的。当今把长者都看作"夕阳"（虽然后边缀上一个"红"字），和"暮"的意思也差不多，只是很容易让人联想起李密所说之"日薄西山"。庄子讲齐物，以为八千岁为春、八千岁为秋的大椿，和不知晦朔的朝菌、不知春秋的蟪蛄没有两样。作为个体的一切生物，结局固然没有不同，但是个体生物存在时间的长度和过程却是很不一样的。曹学佺为林光宇作序，光宇卒年二十八；任昉为王俭作序，王俭卒年三十八；欧阳修作《苏氏文集序》，苏舜钦卒年四十一。

对林光宇、王俭、苏舜钦来说，二十多岁、三十多岁就是他们的暮年。2014 年，厦门第一中学 64 届高中毕业 50 周年纪念活动，同学推举我作为代表发言，我说，面对来参加活动的九十多岁的王毅林校长，我们没有资格言老；面对九十多岁仍然乘公交车上教堂做礼拜、唱诗的我的母亲和她的姐妹，我们没有资格言老。

谢谢本书所有为我提供作序机会的朋友和同学，谢谢大家让我分享阅读作品和研究成果的快乐，谢谢大家带给我作序过程和之后的莫大愉悦！

2015 年 7 月 5 日

陈庆元《庆元序跋》，台湾兰台出版社 2015 年版

《金门洪景星先生墓志铭》跋

　　洪植城先生出《金门洪景星先生墓志铭》拓本，言："景星，曾祖也。"《墓志铭》直书、繁体，多僻字、俗字，不易识，植城先生嘱改为简体、横写，并加标点。植城先生家金门烈屿，与余同县同乡，故欣然应命。

　　《金门洪景星先生墓志铭》，陈衍撰文，侯官林铧栘书丹，闽县林石庐篆盖，闽县林清卿刊石。陈衍（1856—1937），字叔伊，号石遗，晚称石遗老人。侯官（今福州）人，晚近同光体闽派之魁首，著有《石遗室诗集》《石遗室文集》等十数种。石遗老人与洪景星先生年相若，有深交，景星没，故为之撰铭文。

　　洪天赏，字景星，生于清咸丰九年己未（1859），卒于民国十九年庚午（1930）。铭文作于天赏卒后次年，即1931年。洪氏世居金门烈屿，营航业。家道中落，天赏父中年弃世，天赏尚在孩童之年，遂随世父移居省垣福州，至鬻馎饦为生。稍长，重操祖业，远至山东、华北、东北。久之，轮船日兴，帆船日替，转为茶叶制作和贸易，海上遇险，九死一生，而岁获奇盈。乐济善施，茶厂员工达数百人之多。烈屿洪氏，世代繁衍于生存环境险恶之小岛，靠海吃海，出海营生，颇具拼搏冒险之精神，且相商机而能应变，艰难创业，百折不挠，金门人习性如是。

《金门洪景星先生墓志铭》一文，《石遗室文集》不载，此佚文的发现，当补入。然《石遗室文集》四集有《书洪天赏事》，文云：

洪君天赏，金门烈屿人。世营航业，寖有盖藏，翦然倾覆于洪涛。家中落，勠力再造。回翔燕、齐、辽、沈间。久之，改营茶业，矢言获奇赢。岁撙若干算，以襄义举，垂三十年如一日。私计刊书劝善，何以能传万本也；制药施济，何以能达四方也。出口茶，岁千万箱，箱虱二物，则不胫而走矣。乙丑七月以数艘载茶上海舶，中途飓风起，一艘遽至垂没矣。力疾搬卸，甫毕而艘沉，值八千余金无一损者。论者以为微箱内善书善药之关系。不及此，其年十月匪军踞南港，九十余乡糜烂，遗黎涂炭。救济会起，君遽捐巨金，以为兵灾天下之至痛也。君字景星，今年已七十。子心广，能恢父业而体父志。书之以为好行其德者劝。（陈步编《陈石遗集·石遗文集》四集，662—663页，福建人民出版社2001年版。原文标点及个别字有修改。）

此文云"今年已七十"，天赏卒于1930年，年七十二，则文作于 1928 年。陈衍作此文，天赏已垂暮，故于营茶业、施善诸事，亦述之颇详，足见书事为稍晚陈氏撰铭文之基础。然书事无洪氏家世谱系及天赏迁徙省垣诸事，而详于铭文。书事"乙丑七月"，铭文改为"乙丑六月"，铭文后出，订正前文，当以铭文为是。

天赏子心广，孙七：汝端、汝方、汝正、汝直、汝屿、汝青、汝岐。前四者，取为人当端方正直。屿，烈屿也；青岐，烈屿一地名，洪氏祖居地。警示后人时时不忘乡梓。植城先生谓余曰：心广十子，长早夭，依次即铭文汝端七人。天赏卒于 1930 年，汝岐后，又有汝康，生于 1937 年，现居永安；汝康后又有汝宁，生于 1940 年，现居福州。陈衍老人卒于 1937 年，故未及见汝康、汝宁之生。汝宁者，原福建省金门同胞联谊会副秘书长、福州市金门同胞联谊会副会长也；1985 年，福建省金门同胞联谊会成立，汝宁为十七发起者之一。汝宁子植锦，福州市政协委员、福州市金门同胞联谊会副秘书长。

植城，天赏之曾孙，心广之孙，汝方之子，原供职于福州市商业局，原福州市金门同胞联谊会理事，年届八十，神情矍铄；子辉益，福建省金门同胞联谊会常务理事、福州市金门同胞联谊会会长。

金门烈屿，与植城先生同宗之洪必照、洪楷孕后人尚健否？

2006 年 2 月 19 日

附：

金门洪景星先生墓志铭

侯官陈　衍撰文

侯官林辂栘书丹

闽县林石庐篆盖

漳、泉人善懋迁阜财，岛居者尤伙颐。金门洪景星先生，则律于史迁《货殖传》中人而无愧色。先生讳天赏，世居县之烈屿。曾祖讳必照，祖讳楷孕，操航业，资转运，寖有盖藏矣。嗣焉，倾覆浮湁洪涛中，家用荡析。考耀夺公中年弃世，先生方龆龀，姒冯宜人，劬劳抚育，顾贫无立锥地。世父耀尊公挈底省垣，至鬻饷饩为活，困可知也。稍长，勠力理旧业，回翔燕、齐、辽、沈间。久之，长船务，运业蒸蒸日上矣。乃光绪中，输纸至牛庄，值日俄构兵，物价一落千丈，先生首决脱货，未甚折阅也。不旋踵，谐价者求解约，愿赇多金，峻却之。乃货主邮书咎专擅，先生终不获谅，遂慨然休职，惟与舶商通有无。又久之，轮船日兴，帆船日替。先生曰："昔白圭有言：'智者不足以权变，勇不足以决断，非吾术也。'茶叶，吾山国产，改营兹业焉。可既得势，饶益则出。"矢言曰："陶朱公三致千金，分散贫交，疏昆弟。吾岁获奇盈，定擢若干算以襄义举。"于是南郡公学，悦颐堂敬节，厦岛建祠，或独任，或倡捐，其他兹善不可枚举。垂三十年如一日。尝计刊书劝善，奚以传万本也；制药济急，何以达四方也。出口茶，岁万箱，箱虱二物，则不胫而走矣。岁乙丑六月，命数艘载茶登海舶，一艘遭巨风，遄至垂没矣。力疾般卸，甫毕，而艘沉，值万金而无一损者。先是，尝航海返里中，途触礁。同舟胥罹厄，先生无恙，论者以为皆行道有福云。岁在上章敦牂，月建巳，癸丑日，疾终台江寓庐，春秋七十有二。其明年逮寅之月，配陈宜人复疾终内寝。宜人善事威姑，举一男二女，率躬乳哺。抚兄公遗孤如己子。备极室劳，䘏恤饥寒也。防力薄因滥以漏，常遣谨愿仆妪密察里巷，真无告者。茶厂工作恒数百人，中多妇女，慰劳殷勤，暇则谆谆以讲妇道。男心广，训饬必严，曰："独子姑息，不啻无也。遗以金不如遗以德。"心广用能早恢父业而继父志。女，长适蒋，次适赵。孙七：汝端、汝芳、汝正、汝直、汝屿、汝青、汝岐。孙女、曾孙、曾孙女各二，亦以盛矣！心广将卜葬先生于高盖李厝山之阳，宜人附焉。以衍知深，乞为铭，铭曰："趋时观变猛而鸷，前沈后扬足扶义。江神海若敛恣肆，蒙禠咨赍纷涕泗。俾尔绳绳毋失坠，既伏既息妥此隧。"

闽县林清卿刊石

《诗词例析》书后

1961 年 5 月，中央人民广播电台开办《阅读和欣赏》节目，其目的是帮助听众提高对中外优秀文学作品的阅读能力和鉴赏水平。1962 年 6 月开始，电台将广播稿编辑出版，共出四辑，书名也题为《阅读和欣赏》。1979 年，这个节目恢复广播，《阅读和欣赏》（古典文学第一辑）交由北京出版社出版，至 1982 年共印三次，计 40 多万册。1983 年上海辞书出版社以《唐诗鉴赏辞典》为书名，开始把中国古代文学作品的欣赏纳入"辞书"出版的范畴，接下来的几年间这家出版社出版的《鉴赏辞典》形成系列，一印再印，经久不衰，总数量可能达到数百万册之巨。在《唐诗鉴赏辞典》出版前后，许多出版社也纷纷策划出版以古典文学为主的各种"鉴赏集""鉴赏辞典"，一时间，中国高等院校和科研单位的古典文学教学科研人员，都纷纷加入撰写鉴赏文章的队伍。

陈祥耀先生在高校教中国古典文学数十年之久，分析讲解作品是必不可少的"基本功"，和中央人民广播电台开办《阅读和欣赏》节目同时，也是在 1961 年，先生在福建师范学院（福建师范大学前身）中文系主办的《函授教学》发表了范缜《神灭论》、司马光《赤壁之战》、苏轼《石钟山记》等分析古文的文章。此后又接受多种"鉴赏集""鉴赏辞典"编者的邀请，陆续写了不少古典诗词的鉴赏文章。八十年代末、九十年代初，我也接受一些撰写的任务。有一次，我向先生请教明诗，说我比较喜欢王象春的《书项王庙壁》，先生说，象春是王士禛的从祖，明朝人写项羽的，这一首最好。撰写近代诗，我分到的是沈瑜庆等家，先生问我选哪些作品，我说选了沈氏的《哀馀皇》，先生说，是不是写马尾海军的那首。我非常惊讶！我认识的长辈学者多矣，先生对古代作品如此熟悉，让我敬佩万分。

先生撰写的讲解、分析或鉴赏文章，八十年代中后期曾以《诗词例析》为名，编成讲义，为研究生、本科生授课，很受学生欢迎。前年，我建议先生把历年诗词讲解、分析或鉴赏的文章结集出版，得到先生的首肯。收入本书的文章，诗歌有 91 篇，词 52 篇，计 143 篇。这 143 篇中少数是先生主动撰写的，多数是出版社的约稿。因为是约稿，通常是出版社分给你某家某篇，作者按照他们的体例写就是了，很少有挑选的余地。因此从整本书看，有的朝代写得多些，有的少些；有的诗人、词家的作品多些，有的少些；有的文章长些，有的短些；有的作品也不一定是这个诗人或者词家的代表作，这是客观存在，无法回避的。也因为这种缘故，先生撰写古文讲解、分析或鉴赏的文章也就不太多，现以附录的形式附于本书之后。

陈先生退休之后，不住在福州，我在编此书时，材料的收集稍有不便。陈先生的友人蔡厚示先生，不嫌麻烦，把藏书借给我使用；浙江大学朱则杰教授、湘潭师范大学刘奇玉教授、福建师范大学协和学院余晓青副教授，或提供复印件，或提供照片，在此一并感谢！陈祥耀先生早年的硕士生陈德福，在校的硕博士生于莉莉、韩敏、徐超颖、郭丹红、翟倩倩，分别录入了部分文字。特此说明。

作为陈先生的学生，受到先生的信任，代为编辑这本书，是我的荣幸。编书的过程，也是学习的过程，学到了我以前没有学到的许多知识。这一百多篇文章刊载在多种书刊之中，体例各异，此次编辑，对各篇的书写体例，做了一些整齐划一的工作。这次结集出版，只对原文的个别错字进行了修正，其余文字则一仍其旧。

2011 年 7 月 10 日

陈祥耀《诗词例析》，凤凰出版社 2011 年版

《晚明闽海文献梳理》书后

文学文献，是相对历史文献而言的。当下的学科分类，历史学一级学科之下的二级学科有历史文献学，而中国语言文学之下的二级学科则简称为文献学，这个文献学，就是文学文献学。当代的学科划分，越分越细，固有其合理的一方面，但多少也有画地为牢之嫌。文史本是一家，文学文献与历史文献原本也是一家，研究工作，不过稍稍有所侧重而已。

十多年前，我出过一本《文学：地域的观照》（上海远东出版社、上海三联书店 2003 年版），从地域的视角研究文学，是那部书的任务；本书是《文学：地域的观照》的姐妹篇，从地域的角度研究文学文献。所谓"地域的角度"，《文学：地域的观照》一书的《前言》已经略有阐发，故不再赘述。

本书分为甲、乙、丙、丁四编。

《文学：地域的观照》书影

《晚明闽海文献梳理》书影

甲编为著述考，考证四位闽籍作家的著述，其中两篇是编年考证。《日本内阁文库藏曹学佺〈石仓全集〉编年考证》，费时最长，用力最著，从大陆写到台湾，又从台湾修改到大陆。

乙编为年表年谱，分别为何乔远等十人作表作谱，《徐𤇺年表》之后附有《徐𤇺生卒年考证》，以与《徐𤇺年表》相发明。笔者另纂有《鳌峰集》（广陵书社 2012 年版），可参证。年表只是一个纲，最多也是纲和目而已，详细的引述考证有待于详细或详尽的《年谱》或《年谱长编》。《徐𤇺年表》，更详细的引述考证，可参看笔者 40 万字的《徐𤇺年谱》（广陵书社 2014 年版）。其他各家的年谱，如《年谱长编》《曹学佺年谱长编》《张燮年谱》等，也在陆续出版之中。

丙编诗文辑佚四篇，一篇是唐代文学家传记《闽中名士传》的辑佚考证，此书亡佚已久，只鳞片爪，弥足珍贵。诗文辑佚，均注明出处，同时略有考证或说明。《红雨楼题跋》，受到清代林佶、郑杰、缪荃孙等著名目录学家、藏书家的青睐，近年浙江大学著名文献学家沈文倬先生又加重辑，但仍有遗漏。本人在前人的基础上再作辑补。这个工作告一段落之后，又发现一些佚文，未再补入，留待将来整理出版《徐𤇺全集》再作进一步的完善。

丁编是两部新辑诗话。《明诗话全编》辑有《徐𤇺诗话》和《曹学佺诗话》，读者可将《徐兴公诗话》《石仓诗话》和那两部诗话作一对照。2014 年"香港浸会大学中国诗学前沿国际学术研讨会",本人提交的论文专门讨论新辑诗话的问题。那篇论文主要的观点是:新辑诗话是相对传统诗话而言的,就是说原本作者没有这个诗话,是纂辑者从原作者的文集、笔记或其他著作纂辑出来的诗话。所以,新辑诗话是替原作者纂辑的诗话,所以你这部诗话必须比较准确地反映原作者的诗学理论、观点、观念和诗评特色。新辑诗话,严格说是一部选本,既然是选本,选家的眼光十分重要;新诗话的辑录,绝不是一项简单的抄录工作。辑录诗话的过程,是一个研究的过程;对原作者和原作没有一定的研究,请"谨入"。新诗话的辑录,必须使用原作者的诗文集和笔记全本,版本应是最好或较好的本子。

本书的研究,离不开目录、版本、辑佚、考证这些文献学的基本范畴。以时代论,则集中在晚明,以地域论,则集中在闽地。

我时常对学生说,大事做不了,就做些小事;大题目做不了,就做些小题目。七宝楼台,炫人眼目,拆碎下来不成片断,但是如果没有这些片断,如何建造楼台?又如何建造炫人眼目的七宝楼台?如果这些片断,只是一些次品、残缺品,即使建造出来的楼台耀眼一时,也会很快坍塌、轰毁。

我还时常对学生说,我做研究工作,没有特别偷懒的阶段，但也没有特别勤奋的时期。不过，近一两年似乎稍稍努力一些。今年元旦一过，到台北看书，早上九点进馆，至下午五点闭馆，中间只喝水，不进餐，分秒必争。傅斯年图书馆对善本的管理甚严，不能影印，不许拍照，只能手抄或者用计算机录入，院内外读者一视同仁。规矩的制定，必有它的道理，准许我来读书，已经很感恩了。白天进馆，晚上准备第二天的功课，十二点睡觉，次日早上八点背上背包直奔北投地铁站。虽然自己做了努力，这部书稿还是拖了很长的时间，同仁交了初稿，我才交提纲；同仁书都出来了，我的书稿还没最后完成。除了努力不够，还得承认天分和才学的差距。

　　一本书做完了，心情还是很好的。因此想起赠送影印本《海岳山房存稿》《葵圃存集》《乌衣集》的东海大学许建昆教授，想起赠送影印本《灵雾山人诗集》《覆瓿集》的文哲所蒋国华研究员。春回大地，太阳出来了，我也随即跟着兴奋起来。下午又可以到江边"曝背"。"野人献曝"，野人很享受、很快乐，愿意把心得分享给大家。

2015 年 2 月 11 日

陈庆元《晚明闽海文献梳理》，人民出版社 2017 年版

《曹学佺全集》书后

　　本书整理的底本用的是日本内阁文库藏本《石仓全集》，实际上，曹学佺生前并未用过这一书名，只有《石仓文稿》及《石仓三稿》《石仓四稿》《石仓五稿》《石仓六稿》，黄虞稷《千顷堂书目》卷二十五著录，始见《石仓全集》之名。黄虞稷，晋江（今福建泉州）人，其父黄居中为曹学佺友，喜藏书，其家所藏曹学佺诸集当非常完整。黄虞稷著录没有卷数，可能诸集卷数的统计比较困难，例如《雪桂轩草》（不分卷）附有《戊己江上诗》，算一卷还是两卷？如果把《雪桂轩草》看作一卷，而所附《戊己江上诗》之名可能被淹没。《戊己江上诗》收录万历三十六年至三十七年（1608—1609）戊申、己酉跨越两年逆江前往西蜀诗，曹学佺借刊梓《雪桂轩草》的机会，把戊、己两年未梓诗，趁便也刻出来，以免散失，实际上《戊己江上诗》也是可以独立成卷的，也就是说《雪桂轩草》一卷，《戊己江上诗》也是一卷；类似情况，他集还有。一般认为，《明史·艺文志》颇参考《千顷堂书目》，然而《明史》著录则为《石仓诗文集》一百卷。《明史·艺文志》编者，不取黄虞稷"全集"之名，而用比较含混的"诗文集"，可能比较符合曹学佺诸集的实际。曹学佺诸集最晚一集是《古希集》，作于崇祯十六年（1643），编刻于次年，即甲申年，是年明亡。甲申及其后，曹学佺又活了三年，亦多有作，可能未刻。清兵入福州，曹学佺自缢死，清兵籍没其家产，图籍散失，后人多方搜集，亦可成集。《明史·艺文志》著录为"诗文集"，可能比较谨慎。"一百卷"，应当经过统计，是取其成数的一个数字，大体可信。我们这次整理，出版社建议采用《曹学佺全集》之名，我们也觉得有道理，一是日本内阁文库藏本《石仓全集》是曹学佺诸集流传至今最全的诗文集；二是经过我们的努力，另外搜集到曹学佺诸集未收的诗文数十篇，我们把这些诗和文各编为一卷，作为《石仓诗集拾遗》《石仓文集拾遗》附在诗部和文部之末。《曹学佺全集》计诗五十八卷，文五十六卷，合计一一四卷。

《曹学佺全集》的工作程序是这样的：

2003 年，我们从日本影印《石仓全集》回来，共六十一册。自己先编一个目录，逐册阅读。

2004 年，撰写《日本内阁文库藏本曹学佺〈石仓全集〉初探》一文，参加中国国家图书馆主办的地方文献国际学术研讨会，该文后来收入会议论文集，由原北京图书馆出版社 2006 年出版。该文主要讨论从日本内阁文库藏本《石仓全集》看《千顷堂书目》《明史·艺文志》两部书目对曹学佺诸集的著录情况、曹学佺诗文集的卷数，日本内阁文库藏本《石仓全集》庋藏六十一册的编排得失。

2005—2015 年，继续阅读曹学佺诸集并作文字输入，对日本内阁文库藏本《石仓全集》的编排再作思考，同时对曹学佺裔孙曹岱华在乾隆间所编的《石仓诗稿》一书的得失也作了思考，完成长编论文《日本内阁文库藏曹学佺〈石仓全集〉编年考证》（国家图书馆《文献》2013 年第 2 期）。其间进行的工作还有：一、对石仓诸集作初步点校；二、搜集曹学佺佚诗、佚文；三、搜集曹学佺传记，搜集诸家序，搜集诸家与曹学佺倡酬诗，搜集诸家致曹学佺书牍，搜集诸家集评和友朋的祭吊诗文，辑编《石仓诗话》；四、撰写《曹学佺年谱长编》。

2014 年，将第三次打印稿交出版社。出版社将此书定名为《曹学佺全集》。经由出版社申请，此书获 2015 年国家古籍出版专项经费资助。

2016 年 6 月至 12 月，一校。

2018 年 3 月至 9 月，二校。

连同之前的三次打印稿及两次校稿清样，此书先后已经打印过五次，也校过五次。这两次清样的校对，又陆续发现一些新材料，附录部分也都略有增饰，不断改易，不过，这也给责编带来更大的工作量，甚感歉意。

　　十五年前，开始着手曹学佺诗文集的整理，师友问及"现在在做什么"，我的回答很明确；十年前，师友问及，我也是这样回答，五年前再问及，已经有些不好意思回答了，毕竟一部书拖得太久。一部书做了十五年，固可以说做得很用心，也可以说很拖拉。整理曹学佺诸集，还得追溯到二十年前为福建文史馆编《福建丛书》，我承担若干种，其中一种是《谢肇淛集》，另一种是《徐熥集》。撰写前言，通读两部书，趁便做些笔记，动手做年谱。其实，做年谱没有想象的那样简单，谢、徐与曹学佺生活在同一时代，做他们的年谱，至少两个人的生平活动及创作是绕不过去的，一位徐熥之弟徐𤊧（二徐之姐为谢肇淛父谢汝韶继室），一位就是曹学佺，不得不费尽心力去寻找这两位的著作，徐𤊧的《红雨楼集》稿本藏上海图书馆，曹学佺的《石仓全集》藏日本内阁文库。因为做《谢肇淛集》《徐熥集》，就不得不"分心"关心徐𤊧的《鳌峰集》和曹学佺诸集，甚至也为他们做个年谱或年表，不然研究谢肇淛和徐熥心里不踏实。等到日本内阁文库藏本《石仓全集》和《红雨楼集》稿本先后获得，爱不释手，索性徐、谢、曹一起做。近代谢章铤论历代闽诗，有句云"当年鼎立徐曹谢"，这四位正好代表了闽诗的一个时代，在晚明诗歌史的地位也足以与中原争旗鼓，特别是曹学佺，除诗文诸集外，还编有千余卷的《石仓十二代诗选》，琳琅宝库，非常难得。

徐、曹、谢四家集，分量最重的要数曹学佺集了。

我的学生江中柱点校的谢肇淛《小草斋集》（福建人民出版社 2009 年版），我整理的徐熥《鳌峰集》（广陵书社 2012 年版）相继出版，徐熥的《幔亭集编年校笺》《徐熥尺牍编年校笺》也已经基本完成，而分量最大的曹学佺集进展就显得比较慢了。整理古人别集，近年出现"伪整理"的不正常现象，即从网上或硬盘下载已经输入，甚至已经断句的本子，"整理者"稍作编排、标点，仓促间便可成书。此种最下。其次，是只点不校。网上找不到输入的本子，自己输入或在原件的复印件上进行标点，交出版社输入排印，没有一处出校，往往只有一篇简短的出版说明，书后没有附人物传记，没有附集评，也没有附年谱或年表。《曹学佺全集》整理之所以十分费劲，很多的工夫花在附录上。附录四《诸家倡酬赠答》，辑录近百位诗友的诗上千首，急不得、快不得。附录八《曹学佺年谱简编》，年谱的功能一是逐年，甚至逐月逐日记述谱主的活动；二是作品系年；三是描述谱主何时何地何因交集了什么人，有何互动和作品；四是简短的评论。年谱长编和年谱简编的区别只是所记所述的繁与简而已，根本的时、地、人、事和作品系年不会因繁简的不同而不同。曹学佺一生交游有姓名可考者约 2500 人，重要的有数十人，要了解曹学佺和他们的交游情况，最好要读这数十人，甚至更多人的文集、作品；搜集、阅读有作品传世的友人之作也相当费时费事，至于搜集过程的甘苦更不待言了。《曹学佺全集》没有笺注，《曹学佺年谱简编》无疑能起到编年笺注的部分功用，将来《曹学佺年谱长编》(人民文学出版社)出版，对《曹学佺全集》来说，是最好的注释本或诠释本。

研究工作往往环环相扣，古籍整理也如此。在为福建省文史馆编《谢肇淛集》《徐熥集》的过程中，引出虚校整理《鳌峰集》《曹学佺全集》这两部书的想法，而《曹学佺全集》这一部书的分量之重却和上述三种相当。《曹学佺全集》反而成了我这十几年工作的重心，所以亲朋问及最近你在做些什么，我都会说整理曹集。

在整理《曹学佺全集》的过程中，我们还关注和他同一时代的许许多多诗人，仅闽中诗人其集见存的还有赵世显、陈益祥、陈鸣鹤、周仕阶、袁表、谢杰、谢汝韶、陈第、叶向高、邓原岳、董应举、陈一元、陈勋、陈价夫、陈荐夫、崔世召、邵捷春、林子真、陈鸿、王宇、林古度、邓庆寀、商梅、周之夔、韩廷锡、李时成、陈衎、曾异撰、林崇孚、徐钟震、徐延寿、林日光、林峦、林之番、许友等；福建其他郡有集传世的与曹学佺关系较密的诗人有泉州的何乔远、蔡复一、黄景昉，漳州的张燮、郑怀魁，宁德的崔世召等。福建之外，钟惺、谭元春等也非常重要，其他不一一胪列了。我们附带完成待刊的还有《林古度集附年谱》、商梅的《那庵全集附年谱》，完成大半的有《蔡复一集附年谱》《崔世召集附年谱》《张燮年谱长编》等，这些成果既可以视为曹学佺诸集整理的副产品，也可以看作完成《曹学佺全集》整理的基础性工作。我个人认为，对古籍整理基本的阅读面宽广一些、对整理对象的相关作家了解多一些、深入一些，关系到古籍整理者的修养，也关系到古籍整理的质量。

《曹学佺全集》连同前言、目录约 5000 页，校对一遍都得花半年的时间，特别是附录部分，有的是十几年前抄录的，有的是近期补上的；有的自己有藏书或复印件，有的只能从图书馆靠手抄或计算机输入，复核十分麻烦。2016 年夏，一校时正好在前往台湾金门大学任讲座教授前夕，只好背上一箱《石仓全集》复印件渡海。暑期中的金门大学，空山清寂，和内人温惠爱相对校书，如切如磋，如琢如磨；内人虽然读的是东语系，而点校古籍见识甚高，且比我细心，纠正了许多错讹；后来二校亦如是。这部书如果没有内人参与，不知得校到何时何日，也可能留下许多瑕疵。内人回陆后，又日夜逐句逐字而校，听风听雨听涛，大学综合楼五楼数十间研究室的灯光，往往是我这一间最后熄灭。跨出大楼的东北门，东北季风从海上扫将过来，赶紧护着电脑，三步并成两步赶紧躲进学人宿舍。2016 年最后一天，女儿女婿从厦门来金门看我，顺便也将一箱校稿带回寄往北京。

一部书孜孜矻矻做了十五年。台湾东海大学许建昆教授，也是最早注意到日本内阁文库藏本《石仓全集》的学者之一，1997年，我到东海大学参加魏晋南北朝学术会议，到机场接机的就是许教授。许教授研究李攀龙，二十世纪八十年代已经出版专书了。不期许教授也专注于曹学佺的研究，我在台三度客座，常与许教授碰面，还一起徒步环行日月潭。与许教授互通研究之有无，他为我印了不少资料，我则把未刊稿《曹学佺年谱长编》发送给他。2014年，他的《曹学佺与晚明文学史》问世，再三说期待我的整理本。

日本内阁文库藏本《石仓全集》是现存最全的曹学佺诗文集，个别卷有缺页，如《林亭文稿》缺了三页，北京大学图书馆所藏曹学佺部分文集，恰好有此集，经由友人钱志熙教授协助，他让学生拍下书影发给我，使得这部书得以完璧。谢谢！

转眼已经秋仲，南方的暑热慢慢退去。《曹学佺全集》二校终于校完，感慨良多。希望这部书能为研究者提供一个完整的曹学佺诗文集的读本。曹学佺家被籍没时，好友徐𤊹已经过世四年，徐𤊹子孙徐延寿、徐钟震家没有受到牵连，藏书保存完好，但是过了十来年，耿精忠之乱，徐氏藏书楼散为炮架，徐氏藏书陆续流散。清乾隆间曹学佺裔孙曹岱华搜集曹学佺诗集，益以自家所藏，自称已经完备，而所刻《石仓诗稿》比日本内阁文库藏本缺少十多卷。道光间梁章钜撰著《东南峤外诗话》，光绪间汪端编《明三十家诗选》、郭柏苍编《全闽明诗传》，民初沈瑜庆、陈衍纂辑《福建通志·艺文志》，都以未见到比较完整的曹学佺诗文诸集为憾。二十世纪九十年代之后，开始有硕博士生以曹学佺为对象作硕博士论文，即使是在我和复旦大学黄仁生教授已经把日本内阁文库藏本《石仓全集》介绍到国内之后，仍然有博士生只依靠《石仓诗稿》和很少的几卷曹学佺文稿，便作出《曹学佺研究》论文，并以专著的形式出版；2012 年香港文学报社出版公司出版内地学者所辑《曹学佺诗文集》，辑者花费很大力气搜集曹学佺家乡福州所能见到的曹氏著作数种，精神可嘉，但所辑只是曹学佺诸集的一小部分。我们无意贬低这些研究者的劳动，只是为他们未能见到《石仓全集》感到遗憾，当然也为此集流失海外而遗憾。但是，不论是什么原因，完整的曹学佺诸集外流到日本，并且得以完整保存下来，还是好事。在全国古籍整理出版规划领导小组办公室和人民文学出版社的支持下，《石仓全集》得以面世，与读者见面，从曹岱华到梁章钜、汪端、郭柏苍、沈瑜庆、陈衍，如果地下有知，也会感到欣慰！

2018 年 9 月 10 日

陈庆元《曹学佺全集》，人民文学出版社，即刊

《中古文学论稿续编》书后

　　1992 年《中古文学论稿》在天津人民出版社出版之后，中古文学研究方面，先后出版了《沈约集校笺》（1995）、《新编古诗三百首》（1995）、《阮籍·嵇康》（1999）、《龙性难驯——嵇康传》（1999）、《三曹诗选评》（2002、2018）、《陶渊明集》（2011、2014）。论文《大明泰始诗论》（2003），获《文学评论》优秀论文提名、《文学遗产》优秀论文奖、福建省政府优秀社科成果一等奖。2010 年之后，参与赵逵夫先生的重大招标项目《全先秦汉魏晋南北朝文》的辑校工作，主持子项目《全南朝文》。近年，应人民文学出版社之约，编选《汉魏六朝诗选》。数十年间，对中古文学的热情依然。

　　敝帚自珍，遂将 1992 年之后发表的中古文学论文、文章都为一集，改订错字讹字，规范注脚，名曰《中古文学论稿续编》，以续接《中古文学论稿》。本集收入论文、杂记、书评、序文三十多篇。《〈中古文学论稿〉余话——答〈古典文学知识〉记者问》一文（《古典文学知识》"治

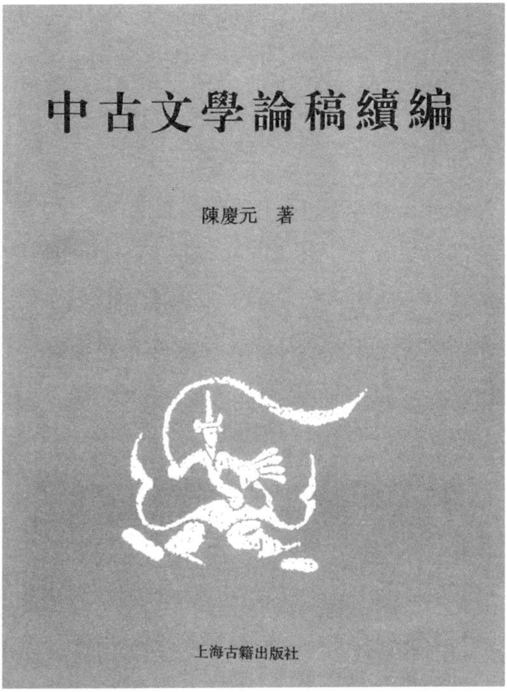
中古文學論稿續編
陳慶元　著
上海古籍出版社

《中古文学论稿续编》书影

学门径”栏，1993 年第 1 期），附于书末。

1979 年，我结束了长达九年半的中学教师和行政工作，投到段熙仲先生门下，专攻汉魏六朝文学，时先生已经八十有二。1982 年毕业论文答辩，曹道衡（1928—2005）先生为答辩委员会主席，沈玉成（1932—1995）等先生为答辩委员。《中古文学论稿》出版前请序于曹先生，先生握管之际，“想起段熙仲先生仙逝已久，不觉临文泫然”。

二十多年来，由于分心从事其他领域的研究，未能全力以赴，深负段先生、曹先生的厚望。在编《中古文学论稿续编》的过程中，我也时常想起往事，段先生、沈先生、曹先生分别仙逝三十二载、二十四载、十四载，更是临文泫然。有曹先生《中古文学论稿序》在前，《中古文学论稿续编》不再请师友作序，移曹先生《中古文学论稿序》作本书之序，以纪念段先生、曹先生以及沈先生。

五十五年前萌发考研愿望，过了十五年方才获得机会。今年是研究生入学四十周年，谨以此书作为入学四十周年的纪念。

2014届硕士研究生吴梅玲协助做了本书注文的核对工作，在此表示感谢。

2019 年 12 月 21 日

陈庆元《中古文学论稿续编》，上海古籍出版社 2020年版

《徐兴公年谱长编》书后

这部书前后已经做了二十年，终于交付出版编排了。

开始接触荆山徐氏家族，是将近三十年前之事了。1992 年动手撰写《福建文学发展史》，1993 年进入明代文学专章。整部《福建文学发展史》，明代一章着力甚多，因为少有傍依，文献也更为分散，或许也是这一原因，撰写时也更加兴奋。《明史·文苑传》问题不少，例如闽中十才子名单的问题，闽中诗派表述的问题，都是比较大的；枝节问题，如谢肇淛成进士年份有误，曹学佺享年也有误。《明史》之外，当代人的研究，问题似乎更多，根本的原因，是明代别集、总集大多没整理，研究者无由接触古籍文献，较早的研究一旦发生错误，后续作者，往往沿袭，一错再错，一代贻误一代，徐𤊹的生卒年就是如此。

2002 年，接受福建文史馆编委会之邀，为《福建丛

《徐兴公年谱长编》书影

书》编《徐㶇集》，撰写《前言》，为徐㶇做《年表》。徐㶇只活了三十九岁，徐㶇的生平活动及文学创作，往往与其弟徐㷒交错。因此，做《徐㶇年表》，不能不同时做《徐㷒年表》。而"二徐"的生平活动及文学创作，又往往与同郡谢肇淛、曹学佺等人交错，又不能不同时关注谢、曹。然而，徐、曹、谢的生平活动及文学创作又与同郡的其他人，如叶向高、邓原岳、董应举、二孺（陈价夫字伯孺，陈荐夫字幼孺）、陈鸿、林古度交错，因此又不能不对这些人加以关注。同郡之外，还有同省文友；同省之外，又有省外文友，范围十分广泛。不过，最终还是应当回到闽中，回到闽中诗派，而其"原点"，则是"二徐"。

徐熥卒年三十九，假设他十八九岁从事文学活动，活跃期不过二十年；再说，徐熥的著作只诗文集《幔亭集》和《晋安风雅》两种。《徐熥年谱》较早完成，并且于2014年出版。徐𤊺就不同了，他的寿命几乎是徐熥的两倍，文学和学术活动超过五十年，著作数十种，涉及面除了文学，还有方志学、目录版本学、书法绘画，甚至自然科学的领域。本谱在撰著过程中，文献的搜集搁浅过一阵子，《红雨楼集·鳌峰文集》稿本残本藏于上海图书馆，明人稿本，十分珍贵。2008年复旦大学出版社出版了《上海图书馆未刊古籍稿本》，《红雨楼集·鳌峰文集》也在其中，本谱的撰著才得以顺利进展。

在撰著过程中，我们做了以下几件基础性的工作：

一、文献的准备。文献准备包括三个方面的工作，一是谱主的所有著作，二是谱主父兄、子孙的著作，三是谱主文友的著作。兴公生前文集有一百多卷，未刻，六十岁之后，他四处找人助刻，没有成功，幸有部分稿本（藏上海图书馆，十之八九为尺牍）流传至今。诗集部分，刊本《鳌峰集》下限是万历四十八年（1620），往后二十多年诗未刻，幸有崇祯间三年左右的七律抄本传世。专书之类，很多未刻，我们有幸看到《续笔精》残抄本。兴公兄徐熥《幔亭集》为友人王若捐资分两次刻竣，前十五卷为诗词先刻，后五卷为文后刻，因此传世有十五卷本、二十卷本两种。在北平图书馆甲库公布之前，我们见到的二十卷本为美国国会图书馆所藏缩微胶卷。兴公子延寿有《尺木堂集》，顺治十六年（1659）中牟令吴彦芳为之刻，我们现在看到的也只是抄本。兴公孙钟震诗文集两种，一是拼凑本《雪樵文集》，北平图书馆甲库藏本，近年公布，此本有若干题序为钟震代兴公作，马泰来先生《新编红雨楼题记》未录；二是《徐器之集》，藏台湾台北图书馆，此书集钟震若干种诗集而成，编排混乱，疑为收藏馆重装并别拟书名。兴公诗友诗文集，谢肇淛《小草斋集》三十卷、《续集》三卷，福建师范大学图书馆、福建省图书馆所藏都不全，合两馆所藏，遂成完璧；曹学佺《石仓全集》六十一卷，日本内阁文库藏；崔世召《问月楼集》，日本宫内厅书陵部藏本；陈价夫《招隐楼稿》，兴公抄本，上海图书馆藏；张燮《霏云居集》《续集》《群玉楼集》分藏中国国家图书馆、河南省图书馆、台湾图书馆、河南唐河县图书馆；颜继祖《双鱼集》藏台北傅斯年图书馆；马嶷《下雉纂》，徐㷒抄本藏福建省图书馆；林古度《林茂之文集》，藏无锡市博物馆；等等。傅斯年图书馆所藏善本书，既不能复印，也不能拍照，只能手抄。

二、《鳌峰集》点校整理。对谱主诗文别集及其他著作的熟悉，是第一步，也是最基本的工作。熟悉诗文集和其他著作，则是对诗文集和其他著作的点校整理。徐㷒的诗文集，生前只刻过一种，即天启本《鳌峰集》。此集录万历四十八年（1620）及之前所作诗。这部诗集为我们提供了万历四十八年徐𤊻活动的大致情况。我们的整理本，还收录了抄本《鳌峰集》的作品，此集录崇祯七年至九年（1634—1636）谱主所作七律数百首。此外还搜集佚诗数十首，弥补刊本的不足。整理本出版于2012年。

三、《徐𤊻尺牍》编年校证。徐𤊻《红雨楼集·鳌峰文集》稿本，十之八九为尺牍。这批尺牍，跨越五十个年头，共742通，扣除后人重装时的分拆、滥入，核发计739通。因为是稿本，没有经过修饰，原原本本，是研究的第一手资料。尤其是天启、崇祯两朝，徐𤊻诗基本不存，幸亏尺牍数量较多，我们才得以了解他五十岁之后的活动和思想。稿本在流传过程中，虽然有散失，流传至今的却大多保存完好，由于主人几经易手，装订混乱在所难免，甚至有一书分散在两册者。编年校证的工作，首先是将散乱者加以规整，然后逐一对各通尺牍校勘、编年，考证受牍者姓名、里籍，弄清各通的内容。整理过的尺牍，对本谱的撰著，起了重要支撑作用。

四、考订徐𤊻所有著述，为其编年。撰写《徐𤊻著述编年考证》（《文献》2007年第4期）一文，也是本谱撰著的一项准备工作。只有对徐𤊻全部著作了如指掌，本谱的工作才能顺利进行。

五、搜集佚诗佚文。佚诗佚文是指不见于天启本《鳌峰集》、崇祯间七律抄本《鳌峰集》、《红雨楼集·鳌峰文集》稿本、沈文倬《重编红雨楼序跋》、马泰来《新编红雨楼题记》诸书未收录的作品。佚诗已经附于点校本《鳌峰集》之后，佚文则作为本谱的附录。佚诗佚文，不太为研究者所知，也不太为研究者所重，但对谱主的生平事迹的描述，则起了补充的作用。

六、先从粗线条的《年表》做起，《徐熥年表》发表于 2010 年。继而做《徐熥年谱简编》（2012），附于《鳌峰集》之后。2015 年，申请教育部项目《徐兴公年谱长编》，进而扩大并精细化。

七、《前言》说本谱是"网状"式的，或者说是"发散"式的，不是只关注谱主本人的"独干"式的年谱，因此在撰著这部年谱的同时，也给谱主的友人做了或详或略的年表、年谱，积累下来，也有十余种。相互印证、相互发明，对谱主生平、事迹、作品的记录、判断，相信能更为精准。

八、年谱撰著过程，也是研究徐熥的过程。这期间发表的相关论文有十余篇。这十几篇论文涉及徐熥生平思想、创作活动、学术成就方方面面，汇集起来，稍加增删，也就是一部《徐兴公研究》的专书。这些论文，值得一提的是《徐熥生卒时间详考——兼论作家生卒年的考证方法》一文（2011），其原因不在于此文发表的是《文学遗产》这样的刊物，而是作家生卒年的考订事关研究方法。这篇文章写作的缘起，是早在 1996 年，我的《福建文学发展史》已经解决了徐熥生卒年的问题，当时用脚注略加考证，而在此后的十五六年间，福建本地的作者涉及徐𤊹的论著，还是沿用旧说。旧说最有代表性的有两种，一是生于嘉靖四十二年（1563），卒于崇祯十二年（1639）；二是生于隆庆四年（1570），卒于顺治二年（1645）。我不是说涉及徐𤊹论著非要用《福建文学发展史》的结论不可，而是强调做研究要读原书，要读与研究对象相关的著作，而不应辗转相抄，以致一误再误。我的考证认定，生于隆庆四年（1570）七月初二，卒于崇祯十五年（1642）十一月。写此文时，北平图书馆甲库的图书尚封存中，无由见到其孙徐钟震的《雪樵文集》。这部文集录有《先大父行略》一文，文曰："先大父生于隆庆庚午年七月初二日巳时，卒于崇祯壬午年十一月廿五日午时，享年七十有三。"足以证明考证是正确的，略有不足的是有卒月而未能精确到卒日。因此，在撰著此谱时，我们使用了徐钟震的《先大父行略》，而省却了之前的考证。如果说《福建文学发展史》的一条脚注不足以引起研究者的注意，那么《文学遗产》这样"大刊物"的文章应当引起研究者的注意了吧？如果刊物不足以引起注意，那么重新呈现于读者面前的《雪樵文集》该引起注意了吧？很难理解的是2019年本地出版社出版的一部书还是坚持徐𤊹生卒年为1563—1639年的说法。不知问题出在哪里，希望我们这部《徐兴公年谱长编》能引起研究者的注意。

以前发表文章，不讲究注明"基金项目"。二十年前动手写这部书，根本没有想到将来去申请一个项目。近年来，单位都很重视项目的申报。2015 年，本人先后报了两个项目，教育部项目在前，因为兴公年谱动手最早，就以《徐兴公年谱长编》为题申报；下半年，又有国家后期资助项目的申报，因为整理《石仓全集》的缘故，《曹学佺年谱长篇》也接近完稿，所以也把这个项目报了上去。大学或研究单位很讲究项目的级别，而在我的意念中，不论有无项目的"支撑"，不论是国家、教育部或省规划办的项目，都必须以同样认真的态度去完成它，绝不能因为这个项目级别高就严肃对待，那个项目级别低就可以马虎从事。二十世纪八九十年代，项目结项只看成果，不太讲究发表多少篇论文、刊物"级别"如何。这次在教育部项目结项过程中，则有所要求，项目批下来之后至今，与兴公相关的论文，发表在"C 刊"的已经有四篇，其中两篇发表在国家图书馆《文献》季刊上。本来信心满满，审查时由于技术上的问题，例如论文没有注明"基金项目"等，扣除三篇，因此不能"免检"。免不免检，无伤大雅，书稿已经完成，交付出版也可以结项。小小插曲，聊记于此。

万事起头难，2002 年夏天特别热，挥汗如雨，计算机操作尚不熟稔，试将谱主每年的活动都做一个文档，边摘抄、边判断、边调整，点点滴滴，日积月累，过了若干年，将各个文件合并为一个大文件，就成了年谱的雏形。

之后，不断增删调整，根本无法预见完成的日期，只觉得路途遥远。2015 年申报教育部项目，原以为做了十几年的年谱，加把力，三年总可以完成了吧，结果却拖到五年。如果不是结项事逼，似乎还会延宕下去。十九年前尚在壮岁，满头乌发，如今头颅花白，癯然老翁。好在书稿总算可以交付出版了。

近二十年的研究工作，得到内人温惠爱很大的帮助，从文件输入，到校对书稿，甚至商榷文字，功不可没。与广陵书社合作二十多年，始终非常愉快，社长曾学文，前后总编办主任王志娟、方慧娟，都是很好的朋友，谢谢他们对本书及其他著作的出版付出的努力和劳动。本书列入广陵书社"闽海人物年谱丛书"之一种。

己亥腊月以来，对本谱进行交稿之前最后的删补，除了除夕这天做点家务，没有怠过一天工。池塘生了春草，园柳变了鸣禽，沉寂的日子已经过去，渐渐恢复了往日的喧哗，年谱的工作基本告竣。与兴公相关的研究工作，如《徐兴公尺牍编年笺证》《徐兴公研究》《徐𤊹集编年校笺》的工作，正在进行中。

2020 年 3 月 30 日

陈庆元《徐兴公年谱长编》，广陵书社 2020 年版

后记

　　本书选录二十多年间写的随笔四十篇：写台湾高校见闻的有十一篇；记叙台湾朋友和他们所著书的有八篇，王晚霞曾到台湾访学，故此篇也归于此类；另外有三篇发表在中华书局的《学林漫录》，作于 2000 年前后；《敬畏学术》《少年心事未辽远》为纪念《文学遗产》创刊六十周年、人民文学出版社建社七十周年而作；其余的十六篇为书序、前言（小引）、跋（书后），有的是为师友、学生写的，有的是自己所著书的前言（小引）或书后。

　　《〈汉魏六朝诗选〉前言》是我数十年间治汉魏六朝诗的心得，为了行文的流畅，不作很多的引证，更像随笔，与论文有所区别。《中古文学论稿续编》《晚明闽海文献梳理》《曹学佺全集》《徐兴公年谱长篇》四篇书后，分别是汉魏六朝研究专书、闽海文献研究专书、古籍整理和年谱的书后（后记），属于四种不同的学术类型。

2021 年 8 月 5 日于

福州仓山华庐

壶兰轩杂录　　　　　　　游自勇　著

己亥随笔　　　　　　　　顾　农　著

茗花斋杂俎　　　　　　　王星琦　著

远去的星光　　　　　　　李　庆　著

梦雨轩随笔　　　　　　　曹　旭　著

半江楼随笔　　　　　　　张宏生　著

燕园师恩录　　　　　　　王景琳　著

鼓簧斋学术随笔　　　　　范子烨　著

纸上春台　　　　　　　　潘建国　著

友于书斋漫录　　　　　　王华宝　著

五库斋清史存识　　　　　何龄修　著

蜗室古今谈　　　　　　　丰家骅　著

平坡遵道集　　　　　　　李华瑞　著

竹外集　　　　　　　　　朱天曙　著

海外嫏嬛录　　　　　　　卞东波　著

耕读经史　　　　　　　　顾　涛　著

南山杂谭　　　　　　　　陈　峰　著

听雨集　　　　　　　　　周绚隆　著

帘卷西风　　　　　　　　顾　钧　著

宁钝斋随笔　　　　　　　莫砺锋　著

湖畔仰浪集　　　　　　　罗时进　著

闽海漫录　　　　　　　　陈庆元　著

书味自知　　　　　　　　谢　欢　著

三余书屋话唐录　　　　　查屏球　著

酿雪斋丛稿　　　　　　　陈才智　著

平斋晨话　　　　　　　　戴伟华　著